AF563374

K

Titel der COR-Saga in Lesereihenfolge:

Das Herz des Adlers – Der Aufbruch des Prinzen
Das Herz des Adlers – Das Vermächtnis des Zauberers
Das Herz des Adlers – Der Schrei des Phönix

J.S. Kaiser

Das Herz des Adlers

Der Aufbruch des Prinzen

Roman

4., überarbeitete Auflage: Mai 2026
Die 3. Auflage erschien im Februar 2021 bei Amazon
Die 2. Auflage erschien im Dezember 2013 bei Der Kleine Buch Verlag
Die 1. Auflage erschien im Oktober 2013 bei Der Kleine Buch Verlag, Karlsruhe,
ISBN: 978-3942637-48-0

Lektorat: Michael Lohmann, www.worttaten.de
Umschlaggestaltung & -abbildung, Satz & Layout: Jérémie Kaiser

www.jeremiekaiser.com
www.facebook.com/jeremiekaiserartist
www.instagram.com/j.s.kaiser

Druck: Amazon.com

ISBN: 979-8700133-74-6

Für meine Familie.
Für meine Freunde.
Für das Kind in uns, das weiterhin träumt.

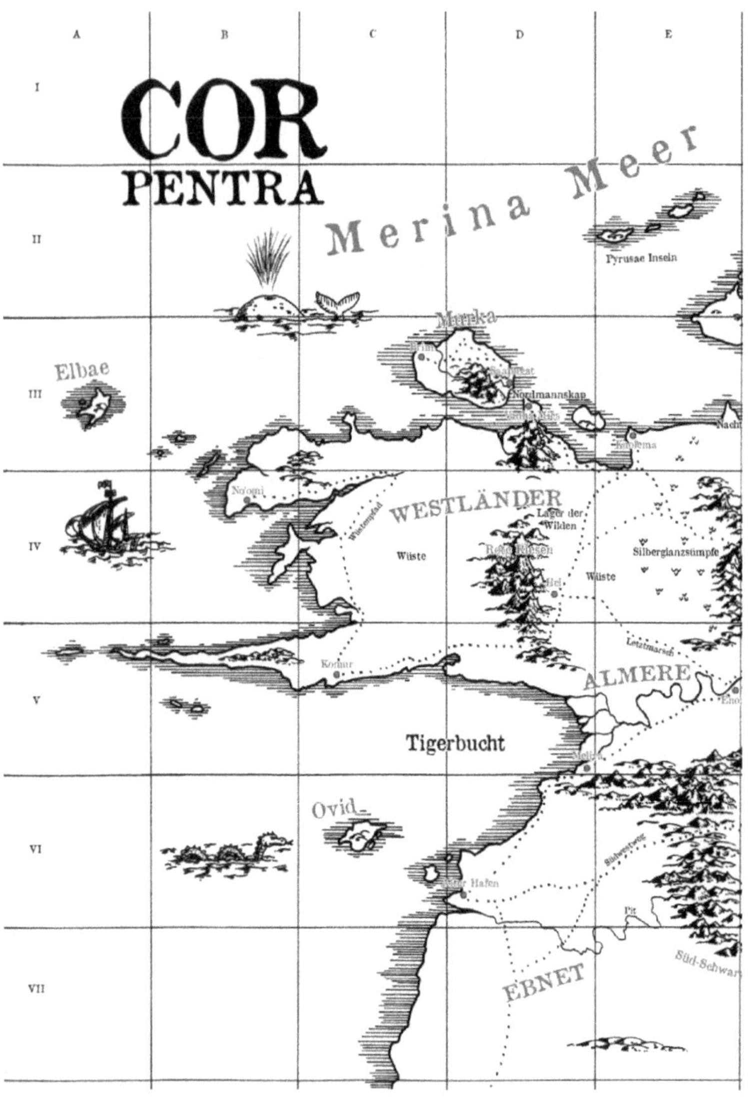

A
B
C
D
E
I
II
III
IV
V
VI
VII
COR
PENTRA
Merina Meer
Pyrusae Inseln
Elbae
Nordmannskap
WESTLÄNDER
Lager der Wilden
Wüste
Silberglanzsümpfe
Wüste
ALMERE
Tigerbucht
Ovid
EBNET

F
G
H
I
J
MOKUSO
QI
Nordkranz
Mondschein
Schneefall
Eissee
BORINGAR
Alfenküste
ANTELOT
Brühl
Oolowald
Auwald
Adamas
Das Graue Gebirge
Ostweg
Isla
Nasser
Rosenwald
Schwarzer Berg
(Drachenberg)
NEUES
KÖNIGREICH
(Eh. Ellynavin)
Chogour'al
Wallahasee
THELANOS
Nesra
Maza
Abara
Lehen
Moor
NEBULAND
Mork
Whein
Brangen
ALTES-KÖNIGREICH
Königsweg
Ruinen von
Braunfels
Hermingen
Goldsee
Nordroute
GOLDTAL
Kung
Ruinen von
Hammerfest
VERLORENE LANDE
Mirtis
Alfentümpel
Schwarzer
See
N
W
E
S

Das Erdbuch

Inhaltsverzeichnis

Prolog

Pentra, die zweite Welt, viertes Zeitalter. Jahr 2992 nach der Großen Wanderung.

Einem kranken Herzschlag gleich bebte die Erde Ellynavins in unregelmäßigen Abständen. Der frische Wind blies dumpfes Donnern und Grollen an die Ohren des jungen Boten. Schreie vermischten sich mit Klirren von Metall. Schreie von Mutigen, von Verzweifelten und von Sterbenden. Die Glieder des Mannes zitterten. Er traute sich nicht, vom Hügel hinab auf die Ebene zu sehen. Er hatte die Augen starr auf seine Hand gesenkt, die fest zu einer Faust gepresst war, und wartete auf die Befehle des Königs.

Sein Herr kam aus dem Zelt und reichte ihm einen versiegelten Umschlag. Der junge Bote blickte auf. Zögernd und mit großer Angst nahm er den Brief entgegen. Er wusste, welches Unheil dem Land widerfahren würde, und schluckte schwer, als ihm der Mann in der goldenen Rüstung vor ihm ernst in die Augen sah.

»Überbringt diese Nachricht dem Zauberer Grasegggur«, sagte sein Herr. »Ihr werdet ihn im Süden am Rand des Moors, an den Ausläufern des Schwarzen Gebirges finden. Dort stehen die Überreste eines alten Wachturms. Euer Gelingen entscheidet über Pentras Zukunft. Ich zähle auf Euch.«

Der Bote schaute besorgt in das furchtlose Antlitz vor ihm. Er war ein großer, kräftiger Mann mittleren Alters, dem das lange blonde Haar würdevoll auf die Schultern fiel.

Der blonde Bart zeigte einige silberne Strähnen und die blauen Augen funkelten im Schein der Feuer.

»Jawohl, Eure Majestät. Ich werde Euch nicht enttäuschen.«

»Gut«, erwiderte der König und nickte, dann lächelte er freundlich. »Richtet bitte meinem alten Freund die besten Grüße aus. Sagt ihm, dass ich mich dafür entschuldige, keine Pfeife mehr mit ihm rauchen zu können.«

Diese Gelassenheit. Der Bote schluckte. Er hatte seinen König noch nie zuvor gesehen, geschweige denn etwas von ihm gehört, auf das er sich verlassen konnte. Noch vor Kurzem dachte er, dass sein Herr wie jeder andere Herrscher in Pentra wäre: dick und nur um sich selbst besorgt. Doch nun stand sein König vor ihm, strotzend vor Kraft wie ein mächtiger Löwe. Der Bote verstand, warum dieser Mann so beliebt war im Volk.

»Einen letzten Befehl noch«, sagte der König. Er zog das Schwert aus der Scheide.

»Was immer Ihr wünscht.«

»Ihr seid der jüngste Krieger im Heer, aus diesem Grund habe ich Euch als Boten ausgesucht. Bleibt nach der Übergabe des Briefes fern von dieser Schlacht, es wäre unnötig zurückzukehren. Wir werden diese Schlacht verlieren.«

Der junge Mann erschrak. Tränen der Erleichterung fielen von seinen Wangen, als er sich voller Dankbarkeit tief verbeugte.

»Ich weiß nicht, wie ich Euch jemals werde danken können«, stammelte er.

»Überbringt die Nachricht und Ihr werdet Eure Schuld mir gegenüber verlieren. Nun geht!«

Der Bote eilte den steinernen Hang hinab und bestieg eines der Pferde. Er blickte kurz zurück und sah, wie sein König golden schimmernd im Sonnenaufgang die letzten Befehle erteilte.

Ich werde euch nicht enttäuschen, dachte er, riss sein Pferd herum und gab ihm die Sporen. Ich werde euch nie vergessen, mein König.

*****

Graseggur saß auf einem Stein und paffte gedankenversunken an seiner Pfeife aus Elfenbein. Er hatte gerade die Nachricht des jungen Boten empfangen und drehte den Brief in seinen Händen. Er wusste, was zu tun war, wenn der schlimmste Fall eintreten sollte, und verspürte tief in sich Kummer und Sorgen.

Eine Kriegerin stellte sich neben ihn und sah nachdenklich gen Norden.

»Wir werden verlieren«, sagte sie schließlich. »Nicht wahr?«

Obwohl sie die Worte tonlos ausgesprochen hatte, hörte Graseggur den inneren Schmerz deutlich heraus. Der Zauberer antwortete nicht gleich. Sie schwiegen, bis die Frau ihre graublauen Augen auf ihn richtete.

»Ich befürchte es, ja.«

Die Kriegerin nickte.

»Sobald unser König gefallen ist, ist das Land verloren«, sagte sie. »Was werden wir machen? Wir werden die Prinzen hier nicht beschützen können.«

Graseggur tat einen langen Zug an seiner Pfeife.

»Nein, das werden wir nicht können. Aber ich kenne ein

Versteck, wo der Dunkle Magier sie nicht finden wird.«

Die Kriegerin nickte erneut.

»Das reicht mir. Wir folgen dir, wo auch immer du uns hinbringst.«

Eine weiße Taube kam angeflogen und setzte sich auf die Schulter des alten Mannes. Sanft pickte sie ihm mit dem Schnabel gegen die Wange, als wollte sie ihm etwas mitteilen. Der alte Mann seufzte und legte die Hände zusammen.

»Siklingur, unser König, ist gefallen«, sagte er. Seine Stimmung trübte sich ein. »Du warst ein guter Freund und hast deine Bürde mit Bravour getragen. Oh, Edda, du hast uns heute einen harten Schlag verpasst und eine große Aufgabe auferlegt.«

Der alte Mann erhob sich und schaute auf seine wartenden Freunde. In ihrer Mitte standen zwei Körbe auf dem Boden.

»Besteigt die Pferde. Es ist Zeit zu gehen. Lasst uns die Prinzen in Sicherheit bringen.«

Ich werde helfen, so gut ich kann, Siklingur, mein Freund.

Tagebuch der Lebenskugel, Prima: Viertes Zeitalter. Jahr 2999 nach der Großen Wanderung, Frühling.

Wir schreiben das Jahr 2999 nach der Großen Wanderung. Nach einer der Umrechnungen der Primaner, oder Erdlinge, wie sie sich selbst nennen, ist heute der 22. März 1999. Es ist ein schöner, warmer Sonntag. Keine Anzeichen auf Wolken heute, der Himmel ist blau. Die Stille der Bäume und Pflanzen um mich herum ist deutlich zu spüren. Die Welt ist ruhig, so ruhig, wie sie nur selten in den vergangenen Jahrtausenden war. Ich fühle eine elektrisierende Anspannung in der Luft. Ich glaube, der Zeitpunkt ist bald gekommen, auf den ich so lange gewartet habe. Wir müssen noch ein paar Jahre warten, bis der Junge seine lange Reise antreten kann. Die Welt erwacht aus ihrem Schlaf und ruft nach einer Veränderung. Ich gedulde mich weiterhin und bin gespannt, was dieses junge Zeitalter an Veränderungen mit sich bringt.

Graseggur

Kapitel I.
Ein seltsamer Traum

Leise streiften ein Mann und ein Kind durch das Dunkel des Waldes. Es war ein kühler Morgen im Frühling. Es hatte die Nacht über geregnet und roch nach frischer Erde. Die Sonne erwachte aus ihrem tiefen Schlaf, ließ sich jedoch noch nicht sehen und so nahm der Wald langsam in Grautönen Gestalt an. Der Mann und der Junge waren in der Nacht auf der Jagd gewesen und hatten etwas Beute gemacht. Zwei Hasen hingen an einer Schnur über dem Rücken des Mannes. Der Junge stolzierte hinterher und war froh über die erbeutete Ente in seiner Hand.

»Habt Ihr gesehen, oh, mein Oheim, wie zielsicher ich mit dem Bogen geworden bin?«

»In der Tat, es war ein guter Schuss«, antwortete der Mann und schmunzelte in sich hinein. Der Junge wird einmal ein großer Krieger.

»Bald sind wir zu Hause«, bemerkte der Junge. »Ob Alda schon Brot gebacken hat?« Der Junge sprang auf einen umgefallenen Baumstamm und balancierte flink zum anderen Ende hinüber. Mit einem großen Satz überwand er ein Gebüsch und gelangte hinaus auf die Lichtung, die noch zwischen ihnen und dem im Wald versteckten Haus lag. Dort wartete seine Muhme auf ihre Rückkehr.

»Sie wird es bestimmt nicht versäumt haben«, sagte der Mann und lachte. Er freute sich auf die Heimkehr und auf die warme Umarmung seiner Frau. Viel hatten sie durchgemacht, seit Pentras König gefallen war. Seit sein Bruder gefallen war. Gäbe es doch bloß das ganze Übel nicht, dachte er und blickte traurig zu den letzten Sternen vor der Morgendämmerung empor. Er würde Alda ein Reich schenken, wie es einer Prinzessin gebührte, und nicht nur eine kleine versteckte Holzhütte im Wald.

»Dürfte ich Euch fragen, warum ihr jedes Mal Eure Rüstung anzieht und Euer Schwert mitnehmt, wenn wir aus dem Haus gehen?«

Der Junge kratzte sich an der Nase und bewunderte die goldene Rüstung, die von Zeit zu Zeit beim Gehen unter dem grauen Mantel seines Oheims zum Vorschein trat. »Sie sind bestimmt lästig bei der Jagd.«

»Ich bin für deine Sicherheit verantwortlich und nehme diese Bürde sehr ernst. Als ein Krieger unseres verstorbenen Königs ist mir diese Rüstung heilig. Und sie ist nicht so lästig, wie du denkst. Sie ist eine Spezialanfertigung und ziemlich leicht.«

»Meiner Sicherheit?«, fragte der Junge und grinste. »Was soll ...«

Sie hatten die andere Seite der Lichtung schon fast erreicht, da hob der Mann ruckartig den Arm. Es war das Zeichen zu schweigen, das der Junge von ihren Jagdausflügen gut kannte.

»Duck dich!«, flüsterte der Mann.

Der Junge legte sich mit einem flauen Gefühl im Magen in die Wiese und schaute sich um. Es konnte sein, dass ein größeres Raubtier sich in diesen Abschnitt des Waldes verloren hatte. Sein Oheim hatte ihm oft von seinen früheren Abenteuern erzählt, von riesigen Katzen und Bären und sogar Drachen. Oder war es etwa ... der schlimmste Fall? Er schaute hinauf und sah das ernste Gesicht des Mannes, dessen geübte Augen die

Morgendämmerung durchkämmte. Sie lauschten.

Raschelnd huschte etwas hinter ihnen über die Lichtung. Sie wirbelten herum und konnten gerade noch zwei Schatten erkennen, die auf ihrer linken Seite im Wald verschwanden.

»Oh, nein!«, stieß der Mann dumpf aus und wurde blass. »Sie haben uns gefunden!«

»Mein Oheim«, sagte der Junge leise. Sein Magen krampfte sich vor Angst zusammen. Er ließ die Ente fallen. »Was geht da vor sich?«

»Schnell, lauf!«

»Aber …«

Der Mann griff dem Jungen an die Schultern und schaute ihm in das angstverzerrte, bleiche Gesicht.

»Wir haben das oft genug besprochen. Du kennst doch noch den Weg, oder?«

»J... Ja.«

Er küsste das Kind auf die Stirn und zog sein Schwert. »Dann los! Lauf!«

Der Junge begann zu rennen, quer über die Lichtung in die Richtung, aus der sie gekommen waren. Die ersten Sonnenstrahlen glitzerten nun auf dem nassen Gras des nächtlichen Regens und ein leichter Nebel füllte die baumfreie Fläche. Einige Male rutschte der Junge aus und landete im Schlamm. Als er die andere Seite der Lichtung erreicht hatte, hörte er den hohen grässlichen Schrei einer Frau, gefolgt von einem kurzen Gurgeln. Schock überfiel das Kind und es blieb abrupt stehen. Der Junge wusste nur zu genau, wem diese Stimme gehörte.

»Alda!«, wimmerte er. Zitternd versteckte er sich in einem Buschwerk an der Grenze zum Wald. Das Kind fing an zu weinen. Tränen der Verzweiflung flossen über seine mit Schlamm bedeckten Wangen und vermischten sich mit dem feuchten Waldboden.

Es blickte zurück. Sein Oheim stand mit gezücktem Schwert im Bodennebel auf der anderen Seite der Lichtung und versuchte, mit seinem Blick das Halbdunkel des Waldes zu durchdringen. Golden schimmerten das lange Haar und der kurz geschnittene Bart des Kriegers. Der Junge bewunderte seinen Oheim, der stolz und ohne Furcht gegen das unerwartete Böse kämpfte. Seinen Oheim konnte niemand besiegen, das wusste der Junge.

Aus dem Nichts durchbrach ein leises Surren die Stille des frühen Morgens und endete mit einem dumpfen Aufschlag. Der Krieger stolperte rückwärts und landete ein paar Meter weiter im Schlamm.

Der Junge war vor Schreck wie gelähmt. Er wollte schreien, er wollte losstürzen und seinem Oheim zu Hilfe eilen, aber die Glieder gehorchten ihm nicht mehr. Er konnte nur hilflos zusehen, wie der Mann versuchte, sich mit schmerzverzerrter Miene aufzurichten. Und dann sah er sie, wie sie auf der gegenüberliegenden Seite mit blitzenden roten Augen auf der Lichtung erschienen. Gedichte und Fabeln schrieb man über sie. Auch schöne Geschichten aus alter Zeit erzählte man sich. Nie hatte man ihm gesagt, dass sie anderen Wesen das Leben nahmen. Es war gegen ihre Natur.

»Warum greifen nur die Sklaven Faros an?«, fragte der Krieger. Er hustete. »Ist euer Herr nicht stolz genug, sich selbst zu holen, was er begehrt?« Der Mann stand auf und tastete vorsichtig mit zitternder Hand an den Pfeilstiel, der aus seinem Brustkorb ragte. Ein höllischer Schmerz zuckte durch seinen Körper. Der Krieger biss die Zähne zusammen und zerbrach den Pfeil. Er wurde fast ohnmächtig vor Schmerz.

»Werdet nicht übermütig, kleiner Mann«, antwortete der Anführer, das Größte der fünf Wesen, halb Mensch, halb Pferd, und funkelte ihn mit roten Augen böse an. »Wo steckt der Junge?«

»Euch fünf Eseln werde ich es bestimmt nicht sagen«, sagte der Krieger. Er lächelte. Kalter Schweiß rann ihm von der Stirn.

Die fünf Wesen schnaubten und griffen nach ihren kostbaren Stangenwaffen.

»Ich wollte dich eigentlich an dem vergifteten Pfeil sterben lassen«, meinte der Anführer in einem langsamen, verächtlichen Ton. Seine Augen blitzten. »Aber es wird mein Herz mit Glück erfüllen, wenn ich jedes deiner mickrigen Glieder einzeln abhacken kann, Mensch!«

»Dann kommt nur, ihr dreckiger Abschaum Eures Geschlechts! Ich erwarte euch!«, schrie der Krieger und hob die Faust. »An mir kommt ihr Joste nicht vorbei!«

Eine Schande, dass Faro nun auch Zentauren gefangen und versklavt hat, dachte er mit Abscheu.

Die fünf Zentauren scharrten mit den Hufen und schnaubten vor Wut, dann stürmten sie voran.

»Dusill«, flüsterte der Mann und strich mit zwei Fingern an der Klinge seines Schwertes entlang. Die Waffe fing an, blau zu flimmern, und die alten Runen unterhalb der Parierstange auf der Klinge blitzten rot auf. Die Zentauren stockten in ihrem Angriff. Das Schwert wurde länger und breiter. Zacken erschienen auf dem Metall, während es sich langsam zu einem mannshohen Zweihänder verwandelte.

Bläulich schimmerte das Schwert in der frühen Morgendämmerung.

»Dusill, das Schwert der Könige«, raunte einer der Zentauren und wieherte nervös. »Wie kann das sein? Der Menschenkönig ist schon lange tot!«

Der Krieger grinste böse. »Fragen beherrschen unsere Welt, nicht wahr? Fragen, auf die ihr nie Antwort erhalten werdet! Jetzt bezahlt ihr für den Tod meines Weibes!« Er ignorierte seine schmerzende Wunde und rannte, so gut es ihm der Schlamm erlaubte, auf die Zentaurenkrieger los.

»Greift an!«, rief der Anführer und stach mit seiner Stangenwaffe zu. Der Oheim machte eine kleine Drehung zur Seite und wich so dem Angriff mit Leichtigkeit aus. Gleichzeitig griff er seine Waffe neu, stach blind unter seiner Schulter durch und konzentrierte sich auf die vier anderen Gegner. Er wusste ganz genau, wo er den Zentauren getroffen hatte, und zog sein Schwert aus dem wankenden Leib hinter ihm. Der Krieger nutzte den Schwung, um einen Schlag von der Seite her abzuwehren, wirbelte geduckt herum und schlug einem weiteren die Vorderhufe ab. Zwei Herzschläge später verlor der dritte Zentaur den Kopf, während der Krieger gleichzeitig den Angriffsversuch der zwei Verbliebenen abwehrte. Der Krieger holte mit einem lauten Schrei aus und das Schwert schnitt den Lebensfaden der letzten zwei Geschöpfe entzwei.

Keuchend schaute er auf die Körper im Schlamm hinab. Seine Kleider waren blutüberströmt. Nachdem er das Leiden der Überlebenden beendet hatte und das Schwert auf seine normale Größe geschrumpft war, humpelte er auf die Stelle zu, an der der Junge verschwunden war. Das Kind stürzte aus seinem Versteck und rannte zu seinem Oheim.

»Warum bist du noch hier?«, fragte der Mann zornig. »Hatte ich dir nicht gesagt, du sollst verschwinden?«

»D… doch«, wimmerte das Kind, »aber ich konnte Alda und Euch nicht hierlassen! Ist sie … ist Alda wirklich …?«

Der Krieger lächelte sanft und schloss den Jungen in seine Arme. Die Wunde in seiner Brust schmerzte sehr, aber ihm war es egal. Er konnte den Jungen noch einmal in seine Arme schließen.

Ein letztes Mal.

Ihm wurde übel, das Gift fing an zu wirken. Seine Beine gaben nach und er sackte zu Boden. Langsam legte er sich in das nasse Gras.

»Hör mir jetzt gut zu«, sagte der Krieger. Seine Stimme wurde matt. Der Mann fühlte, wie das Blut aus seinem Gesicht wich. »Du gehst jetzt den Weg weiter, den du kennst und kehrst unter keinen Umständen hierher zurück. Hast du mich verstanden?«

»Aber was ist mit Euch! Der Zentaur hat gesagt, dass der Pfeil vergiftet war!«

»Meine Mission hier ist beendet, du lebst.« Er griff an seinen Hals und löste eine goldene Kette. Eine Münze mit dem Zeichen einer Waage hing an ihr. »Hier. Nimm das.« Er überreichte dem Kind die Halskette. Sie war ungewöhnlich warm.

»Was ist das?«, der Junge nahm die Kette weinend entgegen.

»Das wirst du noch herausfinden. Dusill gehört nun auch dir.«

»Euer Schwert?«, fragte das Kind und erschrak. »Das kann ich nicht annehmen!«

»Du bist in Pentra der Letzte aus unserer Familie. Der Letzte, dessen Blut es noch akzeptieren wird.« Eine Träne bahnte sich ihren Weg über die Schläfe des Kriegers.

Das Kind schnallte sich das Schwert um und zog die Kette an. Das neue Gewicht lastete schwer an seiner Seite. Dann kniete es sich neben seinen Oheim nieder. Es spürte, wie die Nässe des Bodens langsam die Beine erklomm, aber es machte ihm nichts aus.

»Bitte …«, sagte das Kind und schluchzte. »Ihr dürft nicht gehen! Ich habe sonst niemanden mehr! Ich ... Ich will nicht alleine sein!«

Der Krieger keuchte und hob den Kopf. Blaue Adern schimmerten durch die bleiche Gesichtshaut.

»Du bist nicht alleine. Vergiss das nie … es gibt noch ...«

Der Krieger zuckte vor Schmerz zusammen.

»Vater!«, schrie das Kind, das komplett die Fassung verloren hatte. Für seinen Oheim empfand es Gefühle wie zu einem Vater. »Die Angus dürfen Euch noch nicht holen! Nicht jetzt! Ich brauche Euch!«

Vater, dachte der Krieger. Seine Tränen flossen. Wenn du wüsstest … Edda, ich danke dir für dieses Leben. Es ist Zeit zu gehen. Meine Lieben, ich komme.

Schwer atmend legte der Krieger seinen Kopf langsam zurück auf den Boden. Er gab dem Jungen seine Hand und drückte sie fest. Seine röchelnde Atmung beschleunigte sich. Im nächsten Moment entspannte sich der Körper des Mannes und es entwichen die Kraft des Druckes und sein letzter Atemzug. Dann war alles still. Etwas Blut quoll aus seinem Mund und floss langsam über die Wangen in den Bart. Seine glasigen Augen glänzten leblos in den morgendlichen Himmel.

Der Junge hatte aufgehört zu weinen und schaute seinen geliebten Oheim an. Noch immer hielt er die Hand fest, die ihn so oft getragen hatte. Der Junge schluckte seinen Kummer, seine Schreie hinunter in den verkrampften Bauch. Er kniff die Augen zusammen und drückte die Hand fest an seine Wange. Langsam entwich ihr die Wärme und sie versteifte. Jetzt war auch sein Oheim tot. Die Angus hatten ihn zu sich geholt. Der Junge war nun völlig allein und auf sich gestellt. Er wusste sehr genau, wie er im Wald überleben konnte, sein Oheim hatte ihm alles beigebracht.

Aber er wusste nicht, wie man alleine lebt. Ohne jemanden, der ihn aufmunterte, wenn er Kummer hatte. Ohne jemanden, der ihm einen freundlichen Kuss auf die Wange gab, wenn er etwas Richtiges getan hatte. Seine Muhme und sein Oheim waren nun in Paradan, in der Welt der Angus, und litten keine Schmerzen mehr. Dieser Gedanke tröstete ihn ein wenig.

Er wäre noch stundenlang so sitzen geblieben, wenn ihn nicht ein Aufschrei hinter ihm von der Fesselung gelöst hätte. Er drehte sich blitzartig um. Gerade noch rechtzeitig, um zu sehen, wie wütende Zentauren mit funkelnden roten Augen aus dem Wald preschten und auf ihn losstürmten. Erneut brach Panik in ihm aus und er stürzte los. Der Junge rannte zurück, an seinem Versteck vorbei und immer tiefer in den Wald hinein. Er rannte, so schnell wie die Umstände es zuließen. Das Schwert seines Oheims war schwer und verlangsamte seine Schritte deutlich. Es schleifte am Boden, stieß gegen seine Beine, wobei er des Öfteren strauchelte und fast hinfiel. Dennoch war er von Natur aus schneller als jeder andere Junge.

Blätter und Äste peitschten in sein Gesicht und schnitten kleine Kratzer in die Haut. Hinter sich hörte er das Hufgetrappel und Rufe in fremder Sprache stetig näher kommen. Ein leises Surren ertönte und im Baumstamm links neben seinem Kopf blieb ein Pfeil stecken. Blass und schweißgebadet vor Angst rannte der Junge weiter durch den dichten Wald. Er spürte einen Stoß an seinem Fuß, strauchelte über eine Wurzel und fing sich noch rechtzeitig an einem Baum, dessen Rinde seine Finger aufschürfte. Er dachte nicht über den Schmerz nach und rannte weiter. Immer weiter. Es war nicht mehr weit.

Schließlich erblickte er die Felswand mit der kleinen Öffnung. Der Spalt in die Freiheit. Er war fast angekommen, fast in Sicherheit. Auf der anderen Seite der Felswand würde er gerettet sein. So hatte man es ihm gesagt.

Der Junge vernahm zum zweiten Mal das Surren eines Pfeiles. Dieses Mal jedoch verspürte er einen tiefen Schmerz in seinem rechten Oberschenkel und er stürzte in vollem Lauf zu Boden. Durch den Schreck und den Schmerz vergaß er, sich im Fallen zu schützen, und landete mit dem Gesicht auf einem Stein. Blut spritzte aus der gebrochenen Nase. Benommen und mit pochendem Herzen kroch er auf dem Boden weiter zur Öffnung, die er nur noch verschwommen durch seine tränenden Augen sehen konnte. Als er die kühle Felswand ertastete und zu hoffen begann, hörte er das Hufgetrappel hinter sich abbremsen. Er spürte, wie einer der Zentauren-Joste an den Pfeil griff, der in seinem Bein steckte. Der Junge schrie vor Schmerz auf. Der Widerhaken verfing sich im Fleisch und er wurde hochgezogen, was die Qualen verzehnfachte. Der Junge schrie aus Leibeskräften und versuchte, sich irgendwo festzuhalten. Vergeblich tastete er um sich in der Hoffnung, noch eine Haltemöglichkeit zu erwischen, aber er griff nur ins Leere. Dann ertönte ein Knacken und er fiel auf die schlammige Erde. Der Pfeil war gebrochen. Eine Hand packte das Fußgelenk des Kindes und rutschte am glitschigen Schlamm ab. Das Kind nutzte die Gelegenheit und zog sich mit einem letzten Ruck in den engen Spalt. Hinter sich hörte es wütende Rufe, Kratzen und Schaben. Es schaute nicht zurück. Der Junge krabbelte weiter durch das Pechschwarze, bis er auf der anderen Seite angekommen war und den rettenden Spalt, der in einem Gebüsch endete, verließ. Seine Wunden schmerzten und seine Nase pochte stark. Ihm wurde schwindelig. Die Angst ließ ihn noch ein Stückchen weiter über den Waldboden kriechen, weg von diesen Wesen, weg von diesem Ort. Unter einer Eiche verfing sich das Kind in zwei Hasenfallen und die Drähte zogen sich zu: Es war gefangen.

»Nein!«, sagte es mit schwachem Atem.

Mit einem letzten Verzweiflungsakt versuchte der Junge sich zu befreien, aber es gelang ihm nicht. Seine Finger verkrampften sich in der Erde, dann übermannte ihn die Ohnmacht.

*****

Quent schreckte aus seinem Traum auf. Sein Herz raste und schlug ihm schmerzhaft von innen an die Brust. Schweißtropfen hatten sich auf seinem Gesicht gebildet. Er schaute sich um. Keine Lichtung, keine Zentauren und kein toter Krieger waren zu sehen. Was ihn jedoch am meisten erleichterte: dass er nicht mit diesen schrecklichen Wunden in den Hasenfallen lag. Quent saß sicher und geborgen zu Hause in seinem Zimmer, in seinem Bett. Er atmete erleichtert aus und legte sich wieder hin.

Was für ein Albtraum!, dachte er. Wer war dieser Mann gewesen, der ihn beschützt hatte? Es war ihm alles so real erschienen, als hätten seine Sinne perfekt funktioniert. Er konnte noch den frischen Tau des Morgengrauens spüren und die nasse Erde riechen. Gut hatte sie gerochen. Sein Traum hatte ihn heute an einen wunderschönen Ort gebracht, nur die Handlung … die hätte schöner sein können. Wie es wohl ausgegangen wäre? Würde er sterben? Hoffentlich nicht! Dummer Traum!

Quent lag noch immer auf dem Rücken, so wie er sich wieder hingelegt hatte, und schaute in einen Sternenhimmel. Im Dunkeln hatten die Lichtpunkte über ihm etwas Magisches an sich. Sie fesselten ihn. Sie gaben ihm das Gefühl an einem weit entfernten Ort zu sein, völlig abgelegen von jedweder Zivilisation. Sein Adoptivvater Robert hatte ihm die fluoreszierenden Sterne zu seinem sechsten Geburtstag an die Decke seines großen weißen Himmelbetts geklebt, damit er sich nicht zu sehr vor der Dunkelheit fürchten musste. Nun hingen sie nur noch als Dekoration da. Er war ja schließlich drei ganze Jahre älter und fürchtete sich nicht mehr.

Quent drehte den Kopf zur Seite. Das grüne Licht seines Weckers zeigte ihm an, dass es Viertel nach fünf war. Noch zwei Stunden schlafen, dachte er und schloss die Augen. Vielleicht würde der Traum ja noch gut enden. Der Junge fiel wieder in einen tiefen Schlaf.

Als der Wecker um Viertel nach sieben leise summte,

erinnerte sich Quent nicht mehr an den Traum. Er stand auf und gähnte. Der Rollladen ließ durch das Halbdunkel des Zimmers viele kleine Lichtstrahlen dringen, die den Boden und die gegenüberliegende Wand neu verzierten. Quent freute sich, auf der Ostseite des Hauses zu wohnen. Er konnte jeden Tag den Sonnenaufgang miterleben, wenn der Feuerball geschmeidig zwischen den Spitzen des nahen Hochgebirges emporstieg, die Felder und Wälder der Umgebung streichelnd begrüßte und dem Tag neues Leben schenkte. Es war ein herrlicher Anblick!

Er streckte sich und schaute sich um. Sein Zimmer war groß, eines der größten des Anwesens Walter. Neben dem Bett befand sich ein kleiner Nachttisch, auf dem sein Wecker stand und ein aufgeschlagenes Buch lag.

Hätte ich bloß auch so einen Ring wie Bilbo, dann müsste ich nicht mehr zur Schule, dachte Quent. Er überflog die Ausgabe von Tolkiens ›Der kleine Hobbit‹, die er schon so gut wie auswendig konnte, und trat aus seinem Zimmer in den Flur. Verschlafen ging er die Treppen hinab und in die Küche. Ein ganz normaler Morgen. Quent seufzte leise.

In der Küche drehte er das Radio auf und machte sich einen heißen Kakao und Honigbrote. Während er aß, summte er leise zu ›Don't stop me now‹ von Queen. Quent mochte jede Art von Musik, solange sie ihn berührte. Er schaute aus dem Fenster. Das Anwesen lag auf einem Hügel unmittelbar in der Nähe eines alten Dorfes, auf einer Ebene in den Ausläufern der Alpen. Höchstwahrscheinlich war es mal die Wohnstätte eines reichen Ritters oder Barons. Er konnte den Weg bis zu seiner Schule verfolgen, die sich in der Mitte des Dorfes befand. Alfenberg, so hieß das Dorf, bestand aus einer Ansammlung von Häusern, Geschäften, einer Kirche, der Schule und dem Kaltbach, einem kleinen Fluss, der Alfenberg im Bogen umrundete. Jeden Morgen kam der Bäcker auf den Marktplatz, um seine warme Ware zu verkaufen. In der Ferne konnte Quent die großen Windkraftanlagen erkennen, die so zahlreich in dieser Gegend aus dem Boden wuchsen. Die Ebene zeigte sonst, außer dem Hügel mit dem Anwesen Walter, keine natürliche Erhöhung.

Als er fertig war, räumte er alles auf und stieg wieder in den ersten Stock, um sich zu waschen und anzuziehen. Bereit für die Schule, verließ er das Anwesen um zehn vor acht. Langsam lief er über die mit Sand belegte Zufahrt. Sie war lang und schön angelegt. Die großen Eichenbäume rechts und links am Wegesrand machten aus der Zufahrt eine kleine Allee. Verträumt schaute er sich im Vorbeigehen die Veilchen, Krokusse und Tulpen an, die im Gras auf beiden Seiten fröhlich blühten, und sog ihren Duft tief durch seine Nase.

Quent durchquerte das Eingangstor und lief die Straße hinunter ins Dorf. Er hatte es nicht eilig, denn er fühlte sich nicht sehr wohl dabei. Er mochte es nicht, aus dem alten Grundstück zu gehen. Er spürte förmlich, wie er hinaus in eine andere, fremde Welt gelangte, die ihm nicht sonderlich behagte. Ein Hauptgrund waren die Dorfbewohner, die seine Adoptiveltern und ihn nicht mochten. Den Menschen aus Alfenberg gefiel es überhaupt nicht, dass eine dahergelaufene reiche Familie einfach mir nichts, dir nichts in ihr Wahrzeichen eingezogen war. So dachten sie jedenfalls.

Quent wusste nichts von irgendwelchen Reichtümern,

die seine Familie besitzen sollte. Wenn er recht überlegte, besaßen sie außer dem riesigen Haus nicht sehr viel. Den Walters war materieller Wert nicht wichtig. Manchmal wünschte sich Quent, dass seine Adoptiveltern anders dachten. Er war durch sein gesamtes Auftreten nicht besonders beliebt in der Schule. Besäße er ein paar der aktuellen Spielzeuge oder Sammelkarten, könnte er sich mit seinen Mitschülern messen. Auf diese Weise hätte er vielleicht die Möglichkeit, endlich Freunde zu gewinnen. Freunde. Er fühlte sich einsam bei dem Gedanken.

Während Quent gedankenversunken ins Dorf lief, merkte er nicht, wie ihm drei Gestalten auflauerten und sich dann in seinen Weg stellten.

»Na, wenn das nicht der kleine Quentin ist.«

Quent schreckte auf. Oh, nein, nicht die schon wieder!, dachte er und schluckte. Die drei älteren Jungs grinsten ihn höhnisch an.

Derjenige, der ihn angesprochen hatte, war groß, dick und kräftig. Er hieß Ben und war, hinter Quentin und seinen Adoptiveltern, die unerwünschteste Person im Dorf. Quentin spürte, wie sich sein Bauch vor Angst zusammenzog. Hilfesuchend blickte er sich um.

»Die Straße ist leer, Kleiner«, sagte Ben langsam und genoss dabei jedes Wort in seinem Satz. Er beäugte erfreut das ängstliche Gesicht seines Opfers. Ben packte Quentin feste am Arm und zog ihn mit sich in eine kleine Seitengasse. Seine zwei Weggefährten folgten lachend.

»La... lasst mich bitte in Ruhe«, sagte Quent. »Ich habe nichts.«

»Halt's Maul, Quentin. Jemand, der in so einer Hütte wohnt wie du, ist stinkreich. Vielleicht hast du ja diesmal etwas Nettes bei dir?«

Bens Helfer rissen den Reißverschluss von Quentins Rucksack auf und drehten ihn herum. Hefte, Mäppchen und ein Pausenbrot fielen auf den Boden. Blätter vermischten sich und wehten davon.

»Gebt mir das her, ihr Deppen«, schnauzte Ben. Er entriss ihnen den Rucksack und wühlte sich durch ihn hindurch. Taschentücher und ein Asthmaspray, das Quent manchmal brauchte, kamen zum Vorschein.

»Ah ...« Ben hielt zufrieden eine kleine Geldbörse hoch. »Du hast nichts, wie?«

Er machte sie auf und holte ein paar Münzen heraus. Er betrachtete die Beute eine Zeit lang und versuchte, den Betrag zu zählen, dabei verzog er sein Gesicht so stark, dass Quent meinte, einen chinesischen Faltenhund vor sich zu haben. Da Ben das Zählen der paar Münzen nicht so richtig gelingen wollte, gab er sie an einen seiner Handlanger weiter.

»Das reicht uns gerade mal für drei Kaugummi-Päckchen, Ben.«

»Willst du mich verarschen?«, schrie Ben und schmiss in einem Wutanfall die Börse auf Quent, der sie mit der Metallkante schmerzhaft an den Kopf bekam. Ben presste Quent gegen die Wand und schlug ihm mit der Faust in den Bauch. Hustend brach Quent zusammen und schnappte nach Luft. Der Schmerz bereitete ihm Übelkeit.

»Super, Ben!«, johlte einer der Jungs und gluckste. »Diese Flasche hat's verdient.«

»Lasst mich doch, bitte!«, flehte Quent, wobei er weiter kräftig hustete.

»Kommt, wir gehen« sagte Ben und zertrat im

Vorbeigehen Quents Pausenbrot. »Ups, das war keine Absicht ... Versager.«

Grölend zogen die drei Jungs weiter und ließen Quent auf dem Boden liegend in der Gasse zurück. Er weinte und hielt sich den Bauch, die Augen fest geschlossen. Er wollte fort von hier, weg aus dieser Welt. Irgendwohin, wo er alleine wäre. Alleine. Nicht nur ohne Freunde, wie er es jetzt schon war, sondern auch ohne Menschen. Ohne Menschen, die ihm in jeder Form wehtaten.

»Alles klar, mein Junge?«, fragte eine raue Stimme freundlich.

Quent öffnete die Augen. Ein alter Mann mit einem langen weißen Bart stand vor ihm und schaute ihn mit einem warmen Blick an.

»Ich ... ich denke schon«, sagte Quent. Sein Bauch brannte.

Der alte Mann reichte ihm die Hand und Quent rappelte sich auf.

»Danke.«

»Komm, ich helfe dir deine Sachen zusammenzusammeln, Quent.«

Der Junge sah überrascht auf.

»Kennen wir uns?«, fragte Quent und schaute dem alten Mann verwundert zu, wie er die Ärmel seines alten grünen Strickpullovers hochkrempelte und anfing, die verstreuten Blätter einzusammeln.

»Ich dich, ja. Du mich aber nicht.«

Als sie alles aufgesammelt und ordentlich in den Schulranzen verstaut hatten, fragte Quent: »Woher kennen Sie mich?«

»Das wirst du noch früh genug erfahren.« Der Mann

schaute auf die Uhr. »Jetzt aber schnell zur Schule, du bist schon spät dran. Und vergiss nicht: Du bist nicht allein.«

»Ich … euh ... okay ...«

Quent wusste nicht recht, was er von dieser Person halten sollte, und eilte aus der Gasse hinaus. Als er noch einmal zurückblickte, war der alte Mann verschwunden.

Komischer Kauz, dachte Quent.

Die Alfenberger Kirchenuhr zeigte zwanzig vor neun. Die erste Unterrichtsstunde war schon fast vorbei. Er würde eine saftige Strafarbeit bekommen, da war er sich sicher. Quent rannte die Hauptstraße entlang zur Schule. Dort bekam er den befürchteten Ärger. Vergeblich bemühte er sich, die Situation zu erklären, aber wie erwartet glaubte ihm keiner.

Außer dem Ereignis am Morgen passierte nichts Ungewöhnliches an diesem wolkenlosen Frühlingsmontag. Alles verlief wie gewohnt: Schulstunden, Lehrer, die Pausen, die neckenden Mitschüler und der Heimweg nachmittags um vier.

Welch ein aufregendes Leben, dachte Quent ironisch, während er alleine die Hauptstraße zurück zum Hügel lief. Er fühlte sich seltsam verloren in einer Endlosschleife, aus der es kein Entrinnen gab. Alles war ruhig. So ruhig wie es auf dem Land nun einmal nur sein kann. Der Junge schaute in den Himmel. Das Blau des Firmaments wurde nur von ein paar einzelnen weißen Flecken durchzogen. Er fühlte sich nicht nur seltsam verloren, sondern auch fremd in dieser Welt. Die Autos, die an ihm vorbeifuhren, verbreiteten ein Gefühl des Unbehagens. Er konnte es sich nicht erklären warum, aber es lag ein Gewicht auf seinen Schultern, das er tagtäglich mit sich herumschleppte. Und er hatte Heimweh. Nach was, das wusste er nicht, aber er spürte eine deutliche Leere in sich.

Quent dachte an den alten Mann. Wer war er gewesen? Woher kannte er ihn? Woher kannte er seinen Namen? Und was ihn am meisten beschäftigte: Warum benutzte er die Kurzform seines Vornamens? Außer seinen Adoptiveltern nannte ihn niemand Quent. Da er keine Antwort fand, beschloss er, das Grübeln zu verschieben.

Quent passierte das Eingangstor zur Villa Walter. Das leise Knirschen des harten Sandes unter seinen Schuhen ließ in ihm ein vertrautes Gefühl hochsteigen, ein Gefühl der Heimkehr. Er ging die Steintreppen zur Eingangstür empor, schloss die Tür auf und trat ein. Die Eingangshalle war groß und leer. Dunkler, bröckelnder Putz war an den Wänden angebracht, die hier und da von Gemälden oder Wandteppichen bedeckt wurden. Zwei romanische Säulen hielten die Decke. Gegenüber der Eingangstür führte eine mittlere Treppe aus massiver Eiche hinab in den Keller und zwei weitere im leichten Bogen hinauf in den ersten Stock. Auf dem Boden lag ein staubiger Teppich mit dem Wappen eines Ritters, der sicherlich früher einmal in der Villa Walter gelebt hatte. Auf dem Schild des Wappens war ein Baum mit langen Wurzeln abgebildet. Die Äste des Baumes umklammerten eine Kugel. Zwei identische schwarze Adler wirkten als Schildhalter und über dem Schild befand sich eine Krone. Quent gefiel das Wappen. Es machte ihn jedes Mal neugierig, welche Geschichten sich dahinter verbargen.

Lautes Bellen und das Geräusch von Pfoten ertönten aus dem ersten Stock. Quent sah erschrocken auf. Ein grauer Wolfshund kam die Treppe hinuntergestürzt und raste auf ihn zu, wobei er heftig mit seinem Schwanz wedelte. Quent schrie auf. Er machte ein paar Schritte zurück, wobei er gegen die geschlossene Eingangstür stieß. Mit panisch aufgerissenen Augen folgte er dem Tier, das vor ihm auf dem glatten Steinboden rutschend zum Stehen kam. Seine Familie besaß keinen Hund.

Oje!, dachte Quent. Wie ist dieser Hund in unser Haus gekommen? War die Eingangstür etwa offen gewesen?

»Hallo, Quent, wie war die Schule?«

Hanna, Quents Adoptivmutter, kam aus dem Keller. Sie hatte enge Sportbekleidung an und wischte sich mit einem Handtuch den Schweiß von der Stirn. Ihr dunkelbraunes glattes Haar war zu einem Pferdeschwanz zusammengebunden.

»Hanna, Achtung!«, rief Quent. »Ein Hund ist ins Haus gekommen!«

Hanna lachte.

»Mach dir um den Hund keine Sorgen, er ist ganz lieb.«

»Lieb?«, fragte Quent. Misstrauisch erwiderte er den Blick des Hundes, der auf seltsame Weise zu lächeln schien. »Woher kommt dieser Hund? Kennt ihr ihn?«

»Er ist ein alter Bekannter von Robert und mir. Wir haben ihn aufgenommen.«

Hanna streichelte liebevoll den Kopf des Hundes, der seine Schnauze leckte und mit dem Schwanz wedelte.

Quent beruhigte sich langsam. Er näherte sich dem Hund und bot ihm seine Hand an, die das Tier freudig beschnüffelte.

»Hat er einen Namen?«, fragte Quent.

Seine Adoptivmutter schaute hinab auf das Tier. Nach kurzem Zögern sagte sie: »Bello.«

Der Hund zuckte zusammen und vergrub seinen Kopf

unter den Vorderpfoten.

»Bello? Ist das dein Ernst?«

»Wenn er dir nicht gefällt, suchst du dir halt einen anderen aus«, sagte Hanna. Der Blick ihrer strahlenden graublauen Augen richtete sich auf den Hund und sie lächelte amüsiert.

»Aber ich dachte, er ist ein alter Bekannter von euch. Warum hat er dann keinen Namen?«

»Mach, was du willst, Quent«, sagte Hanna, drehte auf dem Absatz um und lief die Treppe in den ersten Stock hinauf, um sich zu duschen. Quent schaute ihr nach. Er hatte schon einige Frauen Ende dreißig kennenlernen können, aber keine, die sich so gut gehalten hatte wie seine Adoptivmutter. Sie trainierte oft mit Robert im Keller, in einem großen Trainingsraum mit Matten und Sportgeräten, an dessen Wänden unzählige mittelalterliche Waffen hingen. Das Arsenal bestand hauptsächlich aus Ein- und Zweihandschwertern, Bögen und Lanzen. Jeden Tag verbrachten seine Adoptiveltern mindestens drei Stunden in diesem Raum, mit Fitness und irgendwelchen Kampfübungen. Auch mit den Waffen an den Wänden. Um »ihren Körper fit zu halten«, wie sie es immer so schön zu sagen pflegten. Quent selbst verabscheute jegliche Art von Waffen und Gewalt. Er verstand nicht, warum Hanna und Robert so dermaßen in sie vernarrt waren, dass sie ein ganzes Waffenarsenal brauchten. Und je mehr Quent darüber nachdachte, desto seltsamer fand er dieses Hobby. Ob noch mehr Eltern so etwas Verrücktes machten? Er schaute zum Hund hinab, der seinen Kopf zur Seite legte und ihn interessiert anstarrte.

»Was hältst du von Abu?«, sagte Quent und setzte sich

im Schneidersitz vor den Hund auf den Boden.

Das Tier gab einen gelangweilten Ton von sich und ließ sich auf den Boden plumpsen. Quent fing an, ihm den Kopf zu kraulen.

»Nein? Dann vielleicht Otis, Orkan, Rex?«

Der Hund drehte sich bei jedem Namen weiter um, bis Quent nur noch das Hinterteil sah.

»Bist wohl ein ganz Schwieriger«, sagte Quent und ihm wurde das Absurde der Situation bewusst. »Warum rede ich überhaupt mit einem Hund?« Dann erinnerte er sich an einen Namen aus einem seiner Träume. »Dusill?«

Wie vom Blitz getroffen, drehte sich der Wolfshund um, rammte Quent mit den Vorderpfoten auf den Boden und knurrte ihn böse an. Er hatte lange spitze Zähne, von denen der Speichel auf Quents Pullover tropfte.

»Okay, okay!«, rief Quent, dem die Glieder vor Entsetzen zitterten. »Den auch nicht! Dann nenne ich dich halt Lug!«

Der Hund beruhigte sich und gab ein zufriedenes Schnauben von sich. Dann trottete er ein paar Mal um Quent herum und betrachtete interessiert, wie der sich aufrappelte.

Was ist das nur für ein seltsamer Hund?, dachte Quent und stapfte die Treppe der Eingangshalle hinauf. Er war genervt von der Reaktion des Tieres. Beim ersten Treppenabsatz blickte er sich um und sah den Hund friedlich in der Mitte der Eingangshalle sitzen. Quent seufzte.

»Lug, bei Fuß!«

Verdutzt sah Quent zu, wie der Hund dem Befehl gehorchte und ihm hinauf auf den Absatz folgte.

»Sitz.«

Der Hund setzte sich hin.

»Na, mit dir wird das wohl doch nicht so schwierig, wie ich dachte ...«

Quent ging in sein Zimmer und warf die Sachen in eine Ecke. Dann setzte er sich auf das große weiße Himmelbett. Neben etlichen Büchern, Kartons und Decken, die Häuser und Höhlen formten, lag Holzspielzeug in großer Zahl herum, das er mit Robert geschnitzt hatte. Selbst wenn sein Adoptivvater nicht oft im Haus war, nahm er sich doch all die restliche Zeit und spielte mit Quent in dessen Zimmer. In diesem Raum fühlte sich Quent wohl und geborgen. Hier konnte er ein furchtloser Pirat, ein schmerzloser Indianer oder ein listiger Trapper sein. Dies war seine Bat-Höhle, sein Lummerland, sein Phantásien, seine endlosen Prärien und unbezwingbaren Gebirgszüge. Hier suchte er mit Jim Hawkins den Schatz und schwang sich als Spider-Man durch Wolkenkratzer. Hier reiste er in der ›Nautilus‹ in die tiefsten Ecken der See und flog mit Peter Pan von Kensington Gardens hinauf zu den Sternen. Dies war sein Königreich, in dem er der Fantasie freien Lauf lassen konnte.

Wenn er jedoch nur ein bisschen mit seinen Gedanken von seinen Abenteuern abschweifte, kehrte er in die Realität zurück und erinnerte sich daran, dass er einsam war. Einsam. Ja, meistens fühlte er sich einsam. Gute Freunde hatte er ja nicht; die Alfenberger wollten ihn nicht und er legte auch keinen großen Wert auf ihre Freundschaft.

Warum? ... Das wusste er selbst nicht. Er fühlte sich unwohl in diesem Alpendorf und wünschte sich nichts lieber, als eines Tages wirklich nach Nimmerland davonzufliegen und alles hinter sich zu lassen.

Geistesabwesend streichelte er Lugs Kopf, dann stand er auf. Er ging zu dem großen alten Holzschrank, der gegenüber dem Bett stand, und öffnete ihn. In der Tür befand sich ein Spiegel, aus dem ihn ein kleiner, dürrer Junge mit schüchternem Blick anstarrte. Die leuchtenden hellblauen Augen wanderten neugierig über seinen Körper. Der Junge war nicht sportlich und sein Aussehen passte gut zu seinem Charakter. Quent strich sich über den Kopf und wunderte sich, warum seine Adoptiveltern darauf bestanden, seine schönen, wirren, blonden Haare braun zu färben, sobald ein bisschen von der Ursprungsfarbe nachwuchs.

Seine Adoptiveltern, Robert und Hanna Walter, waren jeden Tag für ihn da. Hauptsächlich Hanna, die, im Gegensatz zu Robert, das Anwesen nur selten verließ. Und wenn sie dies tat, sprang Robert für sie ein. Quent wusste nicht viel über die beiden, außer dass sie seinen Eltern sehr nahe gestanden hatten. Sie machten aus seiner und ihrer Herkunft ein großes Mysterium und antworteten auf seine Fragen stets mit »Lass uns später darüber reden ...« oder »Das Wetter ist schön heute, wollen wir draußen essen?« Von Anfang an lebte er nur mit dem Wissen, dass seine Eltern vor sieben Jahren gestorben waren. Wie es passiert war, hatten ihm Robert und Hanna nie gesagt. Er selbst hatte keine Erinnerungen mehr an sie. Im Allgemeinen waren Robert und Hanna, obwohl jung, sehr altmodisch. Mit Technik kannten sie sich kaum oder überhaupt nicht aus und staunten über jeden neuen Apparat, den Quent ihnen zeigte. Er war sich nicht einmal sicher, ob seine Adoptiveltern überhaupt Führerscheine hatten. Ein Auto oder ein Motorrad besaßen sie zumindest nicht.

Quent holte aus einer geschützten Ecke das einzige Foto heraus, das er von seiner Familie besaß. Er erkannte sich in der Umarmung zwischen Robert und Hanna. Sie hatten ihm das Foto zu seinem sechsten Geburtstag geschenkt. Er betrachtete Robert. Der Mann, der ihn anlächelte, war kräftig, breit gebaut und einen Kopf größer als Hanna. Er hatte langes, goldbraunes, lockiges Haar. Sein Bart, der von derselben Farbe war, reichte ihm bis auf die Brust. Die grünen Augen strahlten die gleiche Wärme und Zuversicht aus wie die Hannas. Mit einem leisen Seufzer schloss Quent die Schranktür und legte sich mit dem Foto auf das Bett. Die Plastiksterne hingen über ihm und hatten im Tageslicht nichts Magisches mehr an sich.

Ich weiß nicht einmal, wer ich bin, stellte er traurig fest.

Kapitel II.
Der verwunschene Hund

Prima: Viertes Zeitalter. Jahr 3006 nach der Großen Wanderung, Neujahr. Sieben Jahre später.

Die Tür des Zimmers ging leise auf. Sanfte Schritte waren zu hören. Quent öffnete langsam die Augen. Ein warmer, flackernder Schein durchdrang die Dunkelheit und legte sich sacht auf die Wände. Er drehte verschlafen den Kopf Richtung Tür.

»Alles Gute zum Geburtstag und ein frohes Neues noch einmal!«

Robert und Hanna standen vor Quents Bett und hielten einen lecker riechenden, mit kleinen Kerzen verzierten Schokoladenkuchen in den Händen. Sie hatten am Vorabend zusammen Neujahr und gleichzeitig Quents sechzehnten Geburtstag gefeiert. Er setzte sich verschlafen auf.

Sein Zimmer hatte sich in den letzten Jahren nur wenig verändert. In einer Ecke stand seit Kurzem eine Musikanlage, die er sich mit selbst verdientem Geld gekauft hatte und an den Wänden hingen Poster von seinen Lieblingsmusikern und Filmstars.

»Guten Morgen«, murmelte Quent. Er gähnte und rieb sich den Schlaf aus den Augen. Ein Kribbeln breitete sich in seinem Bauch aus. Ich habe Geburtstag! Erst jetzt spürte er es wirklich und legte ein breites Grinsen auf.

Hanna setzte sich mit dem Kuchen neben den Jungen auf das weiße Himmelbett und strich ihm durch das Haar.

Sie hatte Ringe unter den Augen. Beide schienen in der Nacht nicht viel geschlafen zu haben.

»Hopp, du musst die Kerzen auspusten«, meinte Robert. »Bis du reagiert hast, sind sie ja runtergebrannt.« Er versuchte, ein Lächeln aufzusetzen.

»Ist alles in Ordnung mit euch?«, fragte Quent. Er hatte das Gefühl, dass etwas in der Luft lag, dass der heutige Morgen anders war als sonst.

Hanna warf einen Blick zu Robert, der ihn erwiderte. Quent erkannte eine ungewohnte Anspannung.

»Wir haben einiges vor heute«, sagte Robert. »Am besten beeilen wir uns ein wenig.«

Quent nickte. Er blies die Kerzen aus und bedankte sich. Dann gingen sie wie jedes Jahr in das Erdgeschoss, um zu frühstücken. Als Quent jedoch in die Küche trat, war seine Enttäuschung groß. Er überflog mit einem schnellen Blick den Raum: Den Holztisch im Zentrum, der von seinem Uropa hätte stammen können, den Spülstein am einen und die Kommode am anderen Ende des Raumes. Auch zur alten Standuhr in der Ecke und zum kleinen Kühlschrank neben der Besenkammer huschten seine Augen. Nirgends war ein Anzeichen eines Geschenkes zu sehen. Er bekam zwar nicht viel, auch keine Geschenke mit großem materiellem Wert, aber er hatte sich jedes Jahr über eine Kleinigkeit freuen können.

Bestimmt haben sie sich für dieses Jahr etwas ganz Tolles ausgedacht, dachte Quent und half seinen Adoptiveltern, den Tisch zu decken. Seine Neugierde und vor allem seine Vorfreude wuchsen von Sekunde zu Sekunde.

Still nahmen sie das Frühstück zu sich. Quent

betrachtete Robert und Hanna, wie sie sich verstohlene Blicke zuwarfen. Er war gespannt auf das, was es dieses Jahr wohl geben würde. Einen Ausflug in den nahen Freizeitpark konnten sie sich nicht leisten und das würden sie auch nicht wollen; sie würden es wohl nie eingestehen, aber Quent war sich sicher, dass die beiden Angst vor diesen Attraktionen hatten. Ob er sich dieses Jahr sein Geschenk vielleicht selbst aussuchen konnte?

»Wo ist Lug?«, fragte Quent, um das Schweigen zu brechen. Der Hund war Quent über die letzten Jahre ein treuer Begleiter geworden, mit dem er sich nicht mehr so einsam fühlte. Das Tier war stets auf irgendwelchen Erkundungstouren durch das Haus oder schnüffelte sein Revier im Garten ab. Morgens jedoch saß er stets neben Quent am Frühstückstisch und verabschiedete ihn, wenn er zur Schule ging. Zumindest hatte es für Quent den Anschein, dass Lug das tat.

Hanna und Robert antworteten nicht gleich. Sie schienen ihre Worte zu suchen, wobei sie sich wieder für Quent unverständliche Blicke zuwarfen. Auf einem Mal kam Quent eine schreckliche Vorahnung. Ihm stockte der Atem und der Magen krampfte sich zusammen.

»Ist … ist Lug etwa tot?«

»Nein, nein!«, sagte Hanna hastig. Sie hob die Hände. »Nein, Lug ist nicht tot. Ihm geht es gut.«

Quent atmete beruhigt aus. Das wäre wohl der schlimmste Geburtstag geworden.

»Wir haben eine kleine Überraschung für dich.« Robert wechselte abrupt das Thema und schaute hilfesuchend zu Hanna, die ihren Kuchen noch nicht angerührt hatte. »Für deinen sechzehnten Geburtstag haben wir etwas ... etwas ganz Besonderes für dich.« Er zögerte und suchte seine Worte.

»Ja?«, fragte Quent und sah dabei seine Adoptiveltern abwechselnd gespannt an. Hanna stocherte nervös in ihrem Kuchen herum. Robert kratzte sich am Bart.

»Ich weiß nicht, wie ich es ihm erklären soll, Hanna.«

Was ist denn mit denen los?, dachte Quent. Wenn sie eine Überraschung zu seinem Geburtstag geplant hatten und es nicht verraten wollten, sollten sie lieber überhaupt nichts sagen.

»Quent«, begann Hanna schließlich. Sie beugte sich vor. »Kennst du das Gefühl, du schläfst, träumst von wunderbaren Orten, reist durch fantastische, nie gesehene Welten, und wenn du aufwachst, kam dir alles real, zum Anfassen echt vor?« Sie wirkte traurig und nachdenklich. Aber dann entfachte in ihren Augen eine lodernde Flamme. »Du stehst morgens auf, schaust aus dem Fenster, schaust auf die Alpen, über Alfenberg, siehst die riesigen mechanischen Windräder, und sagst dir, das ist nicht meine Welt? Ich weiß, du fühlst es in deinem Inneren ... dass etwas nicht stimmt ... dass irgendetwas nicht stimmt mit all dem, was um dich herum geschieht. Ich sehe es dir an, in deinen Augen, in der Weise wie du dich bewegst, wie du jeden Tag träumend in die Leere starrst und im Geiste nach dem Sinn deines Lebens fragst.«

Quent fühlte sich überrumpelt. Er wusste nicht, was er antworten sollte. Sie hatte genau das ausgesprochen, was er fühlte, seitdem er denken konnte. Dennoch verhielten sich Hanna und Robert nicht wie sonst. Quent konnte sich keinen Reim aus dem Gesagten machen.

Robert schaute Hanna besorgt an.

»Meinst du nicht, dass du etwas zu voreilig bist, Nifia? Schau dir den armen Kerl doch mal an. Ich glaube, er hält dich für verrückt.«

Quent betrachtete seine Adoptiveltern skeptisch.

»Seid ihr sicher, dass es euch gut geht?« Quent setzte ein gequältes Lächeln auf. »Habt ihr vielleicht zu viel trainiert? Und warum nennst du sie Nifia?« Gehörte das alles etwa zu seiner Überraschung? Oder gab es eine Wetterveränderung, die sie verwirrten? Hatten sie vielleicht Vollmond? Quent war zwar nicht abergläubisch, hatte aber gehört, dass der Mondzyklus die Nachtruhe deutlich beeinflussen konnte. Warum also nicht die Psyche?

»Siehst du, jetzt hält er nicht nur dich, sondern uns beide für verrückt. Graseggur hatte gesagt, wir sollen es langsam angehen.«

»Ach, Augustus, sei still«, sagte Hanna und winkte ab. Sie stand von ihrem Stuhl auf. »Quent, komm mit.«

»Augustus?«, fragte Quent. Jetzt war er völlig verwirrt.

Robert seufzte und winkte ihm, ihnen zu folgen.

Quent zögerte. Aber dann gewann die Neugierde überhand und er stand ebenfalls auf. Verdattert folgte er Hanna, Robert im Schlepptau.

Sie gingen aus der Küche raus, durchquerten die Eingangshalle und nahmen die alte Holztreppe, die hinunter in die Trainingshalle führte. Quent war selten in diesem großen und hohen Raum. Neben Dutzenden selbst gebauter Trainingsutensilien, einem Bereich mit Holzpuppen als Übungsgeräte und einem Schießstand für Pfeil und Bogen, hingen an den Wänden der Halle alle erdenklichen mittelalterlichen Waffen. Von Wurfmessern bis zur Lanze war alles dabei: Dolche, Schwerter, Äxte,

Armbrüste, Keulen, Hammer, Hellebarden, Speere, Schleudern und Waffen, deren Namen Quent nicht einmal kannte. Quent wiederum interessierte sich nicht sonderlich für diesen Raum, da er Gewalt verabscheute. Er fragte sich nur jedes Mal, wie jemand auf solche Hobbys kommen konnte.

Quent bemerkte Lug, der in der Mitte der großen Halle saß und auf sie wartete. Der Wolfshund schaute ihnen, während sie sich näherten, gelassen entgegen und wedelte kaum merklich mit dem Schwanz.

Eigenartig, dachte Quent, so still habe ich ihn noch nie erlebt. Er durchflog den Raum mit dem Blick. Wieder sah er kein Anzeichen eines Geburtstagsgeschenks oder einer Überraschung und verspürte erneut eine tiefe Enttäuschung.

»Warum sind wir hier?«, fragte Quent, ohne den Verdruss in seinem Ton zu unterdrücken.

Lug setzte sich auf, wobei er die Sicht auf eine kleine Holzkiste preisgab, die hinter ihm versteckt war. Dann trottete der Hund um sie herum und schob sie mit der Schnauze vor. Quent war sprachlos. Er traute seinen Augen nicht.

»Seit wann kann er das?« Quent sah seine Adoptiveltern an. »Ist das etwa für mich?«

Robert schaute den Jungen vergnügt an.

»Ja, es ist Teil deines Geburtstagsgeschenks. Wobei ich es vielleicht nicht als Geschenk bezeichnen würde.«

Quent sah zur kleinen Holzkiste auf dem Boden. Das war sein Geschenk? Dann schweifte sein Blick auf Lug, der wieder Platz genommen hatte und regungslos sitzen blieb. Das Tier sah ihn seelenruhig an, ganz so, als wartete es auf etwas.

»Was hat Lug? Ist er krank, dass er so ruhig ist?«

»Oh, der Hund hier ist voller Überraschungen«, sagte Robert.

»Wie meinst du das?«

»Er kann noch weit mehr, als du dir jemals vorstellen kannst.«

»Übertreibe nicht, Augustus«, meldete sich eine fremde Stimme. Sie war dunkel und rau. Quent zuckte zusammen.

»Wer war das?«, fragte Quent. Hastig sah er sich um, konnte aber außer Robert, Hanna und sich selbst niemanden erkennen.

»Ich.«

Quent sah zu Boden, in die Richtung, aus der der Klang der Stimme gekommen war. Lug starrte ihm ins Gesicht, legte den Kopf zur Seite und leckte sich die Schnauze. Schreiend sprang Quent zurück und stieß dabei mit Robert zusammen.

»Robert? Hanna?« Fassungslos hob Quent die Hand und zeigte zitternd auf den Hund. »Hat ... hat Lug gerade mit mir gesprochen? Nein, das kann nicht sein! Ich … ich bilde mir das nur ein.«

»Quent, beruhige dich!«, sagte Robert. Er hielt Quent fest an den Schultern gepackt. »Du brauchst keine Angst zu haben.«

»Keine …?« Weiter kam Quent nicht. Er sah, wie Lug sein Maul bewegte und menschliche Töne von sich gab.

»Dass ich gesprochen habe, das hast du dir nicht eingebildet.« Zu den Adoptiveltern gewandt sagte das Tier: »Habe ich euch nicht gesagt, dass ihr ihm alles in Ruhe erklären sollt? Ihr habt ihn ja direkt ins kalte Wasser geschmissen. Schaut ihn euch an. Er ist ja schon ganz blass!«

»Moment, stopp!«, Quent schnappte nach Luft. Ihm wurde schwindelig. »Vor fünf Minuten saßen wir noch oben am Tisch, haben gefrühstückt, dann kommt ihr mit wirrem Zeugs und jetzt redet Lug? Was ist hier los? Träum ich?«

»Lass mich dir alles erklären«, sagte der Hund und seine Gestalt löste sich in einem pechschwarzen Nebel auf.

Quent schrie erschrocken auf. Er versuchte, sich vergeblich aus Roberts Griff zu befreien, aber es gelang ihm nicht.

Dort, wo zuvor Lug gestanden hatte, bildete sich eine dunkle wirbelnde Wolke, die sich schnell in die Länge dehnte und eine menschliche Form annahm. Als die Wolke sich aufgelöst hatte, stand vor Hanna, Robert und Quent ein alter Mann mit schneeweißem Bart. Er hatte einen in Quents Augen uralten schwarzen Reisemantel an und auf seinem Kopf bildete sich kurz darauf ein ebenfalls uralt ausschauender spitzer schwarzer Hut. Die Züge des Mannes waren von den Jahren geprägt und dennoch voller Leben. Er glänzte lächelnd in die Runde. Sonderbarerweise kam der Mann Quent vertraut vor.

»Ich grüße dich, Quent, Siklingurs Sohn«, sagte der alte Mann mit der rauen Stimme Lugs.

»Sie sind doch ... Sie ... sind Sie nicht ...«, stotterte Quent. In diesem Augenblick schossen ihm die Erinnerungen des seltsamen alten Mannes durch das Gedächtnis, der ihm vor einigen Jahren in der Gasse die Schulsachen aufgehoben hatte.

Hanna legte die Hand auf Quents Schulter.

»Dies, mein Junge, ist Graseggur, der älteste und weiseste Zauberer, den die Welten je hatten.«

Quents Gedanken rasten. Er empfand ein Kribbeln im Körper und ein seltsames Gefühl im Bauch. Der Raum um ihn herum begann sich zu drehen.

»Quent?«, erklang es dumpf aus einem weit entfernten Ort. Dann war alles still.

Es war Abend geworden. Die schneebedeckten Dächer leuchteten im Schein des Mondes und die Menschen in Alfenberg bereiteten sich auf die Nachtruhe vor. Langsam erloschen die Lichter in den Fenstern der Häuser und bald war auch das letzte Haus dunkel. Nur auf dem Alfenberger Hügel war noch ein Zimmer hell erleuchtet und glitzerte wie ein Stern durch die finstere Nacht.

Quent öffnete die Augen. Er lag in seinem Bett. Die falschen Sterne über ihm leuchteten und kämpften als einzige Lichtquellen gegen die Dunkelheit in seinem Zimmer an. Ihm kam langsam die Erinnerung zurück. In seinem Kopf wirbelte es nur so von Gedanken. Quent schloss erneut die Augen und versuchte, das Durcheinander zu ordnen. Das kann einfach nicht sein!, dachte er. Er sah wieder, wie Lug sich vor ihm auflöste und in einen alten Mann mit langem weißem Bart verwandelte. Ich werde verrückt. Er rieb sich das Gesicht. Ich will nicht verrückt werden. Er stand auf und betrachtete sich im Spiegel seines Schrankes. Werde ich verrückt? Bin ich etwa krank?

Leises Gemurmel drang vom Erdgeschoss zu ihm hinauf. Es gab wohl nur eine Möglichkeit, es herauszufinden. Quent ging zur Tür, öffnete sie und trat in den Gang. Wie in Trance stieg er vorsichtig die große Holztreppe hinab, durchquerte den Eingangsbereich und betrat das Wohnzimmer. Der große Raum war mit Parkett ausgelegt und gefüllt mit alten Eichenmöbeln, gemütlichen Sesseln und Sofas. Ein prasselndes Feuer in einem großen Kamin, vor dem Quent die Umrisse dreier Gestalten erkennen konnte, wärmte das Zimmer.

»Ah, Quent, du bist wach«, meldete sich eine raue Männerstimme. »Hast du dich von dem Schock erholt?«

»Das hat dich ja mächtig mitgenommen, mein Kleiner, hehe«, kam es von einer anderen, ebenfalls männlichen Stimme, die Quent wohl vertraut war. Hierauf folgten ein dumpfes Geräusch und ein kleiner Schmerzensschrei.

»Au! Was denn ...? Warum stupst du mich?«

Eine weibliche Stimme fuhr fort: »Quent, du bist in Ohnmacht gefallen und hast lange geschlafen. Geht es dir gut?«

»Ja.«

»Sehr schön«, erklang die raue Stimme. »Dann setze dich bitte zu uns, es gibt einiges zu erklären.«

Quent gehorchte und setzte sich auf den freien Sessel gegenüber dem alten Mann mit dem weißen Bart.

»Wie du bereits vernommen hast, bin ich Graseggur, und glaube bloß nicht alles, was man über mich erzählt«, sagte der alte Mann und warf einen kurzen tadelnden Blick zu Robert und Hanna. »Wäre ich weise gewesen, säßen wir nun nicht hier versammelt.«

»So etwas kannst du nicht sagen, Graseggur!«, stieß Hanna bestürzt hervor. »Dank dir sitzen wir ja eben in diesem Moment lebendig zusammen!«

»Vieles hätte verhindert werden können, Nifia. Nicht mit jeder Entscheidung bin ich heute zufrieden. Aber die Vergangenheit lässt sich nun nicht mehr ändern.«

»Nifia?«, fragte Quent. »Warum nennt ihr sie alle so?«

Der Mann, der sich Graseggur nannte, seufzte.

»Quent, um dir das zu erklären, müssen wir ganz von vorne beginnen. Es wird eine lange Geschichte.«

Graseggur begann zu erzählen und Quent hörte gespannt zu. Der alte Mann erzählte von der Schöpfung der Welt, wie Quent sie noch nie zuvor gehört hatte, er erzählte von Göttern, die perfekt sein wollten und am Ende scheiterten, nicht an ihrer Schöpfung, sondern an sich selbst. Er erzählte von zwei Blutlinien der Menschen, den Tamin und den Silis, die anfangs gut miteinander auskamen und sich später hassten. Er erzählte von langen Kriegen und großen Schlachten, von unsterblichen Helden und alten Mythen und Legenden, von Wesen, die Quent vielleicht einmal in einem Film im Kino gesehen hatte, von uralten, majestätischen Städten und Bauten der Menschheit. Er erzählte von einem Tor, das zwei Welten verband, von Untreue, Verrat und Mord, von einer neuen Hoffnung, von einer Prophezeiung und vom Tod eines Königs durch einen Magier namens Faro.

Es war schon spät in der Nacht, als Graseggur die Tasse mit heißem Tee absetzte.

»… und deshalb, beschlossen wir, euch zu trennen. Da wart ihr gerade einmal zwei Jahre alt. Dein Zwillingsbruder Selas blieb in Pentra bei eurem Onkel Prinz Baldur. Dich habe ich mit Augustus und Nifia nach Prima geschickt. Sie waren beide Leibwächter deines seligen Vaters. Es sind die Besten und Treuesten, die ich kenne, ich würde ihnen mein Leben anvertrauen.«

Quent hatte sich nur Bruchstücke der Geschichte gemerkt, die der alte Mann ihm erzählt hatte. Je mehr er gehört hatte, desto absurder wurde sie für Quent. Nun schossen ihm zu viele Informationen durch den Kopf. Ihm wurde erneut schwindelig.

Was?, dachte er sich. Er schloss die Augen und lehnte sich in den Sessel zurück. Sein Kopf drehte sich. Ich soll einen Bruder haben?

»Alles klar mit dir, mein Junge?«, sagte Hanna besorgt, oder Nifia. Oder wer auch immer …

Quent holte tief Luft.

»Ich wache heute Morgen, an meinem sechzehnten Geburtstag, auf, bekomme gesagt, dass meine Familie ermordet wurde, meine Adoptiveltern Helden seien und meinem angeblichen Vater, einem König, gedient hätten. Ich bekomme gesagt, dass es zwei Welten gibt und, irgendwo hinter einem magischen Tor, Zwerge und Gnome umherspringen und sich betrinken. Ihr habt sie doch nicht mehr alle!«

Quent schmunzelte.

»Ich bin fast darauf reingefallen. Netter Scherz, den ihr euch da zu meinem Geburtstag ausgedacht habt.« Er wandte sich zum Zauberer: »Sagen Sie mir bitte, wie haben Sie die Illusion mit dem Hund geschaffen?«

»Quent!«, fuhr ihn Robert energisch an. »Das ist kein Scherz! Meinst du, es macht uns Spaß, jahrelang an diesem Ort zu verweilen, weit entfernt von zu Hause?« Er erhob sich. Eine Augenbraue zuckte vor Zorn, während er auf Quent herabsah. »An einem Ort, an dem alles kalt ist und ohne Leben? Wenn ich draußen durch die Wälder spazieren gehe, höre ich, wie die Welt schreit! Sieh, was die Menschen aus ihr machen! Sie wird gefoltert und ist verpestet! Jeden Tag habe ich das Gefühl, ich ersticke unter den Abgasen der Automobile und all dem anderen Müll, den sich die

Menschen in Prima ausdenken! Die Sonne brennt ungesund auf der Haut und der Regen ist Gift!«

Quent war bestürzt. Er hatte seinen Adoptivvater noch nie so grimmig erlebt.

Robert kam ganz dicht an Quent heran und flüsterte: »Ich würde lieber hundertmal auf dem Schlachtfeld sterben, als in dieser Welt weiter zu leben.«

Dabei schaute er Quent tief und durchdringend in die Augen. Dann setzte er sich wieder.

Was ist denn mit dem los?, fragte sich Quent. Er wusste nicht, was er von alldem halten sollte; Robert würde sich niemals wegen einer Kleinigkeit aufregen, das wusste Quent. Er versuchte, sich zu erinnern, wann sein Adoptivvater das letzte Mal wütend geworden war. Eigentlich hatte er sich noch nie aufgeregt, stellte Quent überrascht fest.

»Es ist wohl an der Zeit, dein Päckchen auszupacken«, sagte Graseggur und reichte ihm die alte Holzschachtel. »Du bist so weit. Du bist bereit, mit deiner Vergangenheit wieder in Verbindung zu treten. Ich wünsche dir trotz allem alles Gute zum sechzehnten Geburtstag und ein frohes neues Jahr.«

Quent öffnete mit zitternden Händen das Lederband und den Deckel der Schachtel. Als er den Inhalt erblickte, hätte er vor Überraschung fast alles fallen lassen. Er erkannte es sofort.

»Ich habe das schon einmal gesehen!«

»Ach wirklich?«, antwortete Graseggur und horchte auf. »Wo?«

Quent brachte eine goldene Kette zum Vorschein, an der eine kleine Münze hing.

»Ich hatte einmal vor langer Zeit einen Albtraum, in dem ich vor irgendetwas geflüchtet war«, erinnerte sich Quent. Bruchstücke des alten Traums kamen ihm wieder in den Sinn. »Ich weiß aber nicht mehr, vor was. In dem Traum gab mir ein sterbender Mann ein Schwert und genau diese Kette.« Er betrachtete sein Geschenk von allen Seiten und erkannte auf dem Medaillon neben ein paar hübschen Verschnörkelungen eine bewegliche Balkenwaage.

»Interessant«, sagte Graseggur. Er strich sich mit der Hand durch den Bart. »Das ist wirklich äußerst interessant.« Der Zauberer zog aus seinem Mantel eine alte Pfeife aus Elfenbein und stopfte sie. »Wann hattest du diesen Traum?«

»Vor sieben Jahren«, antwortete Quent, der sich, unerklärlicherweise, über diese Zeitspanne genau sicher war.

»Hast du in deinem Traum überlebt?«

Quent dachte nach. Normalerweise erinnerte er sich nie an seine Träume. Heute Abend schob er sich ihm aber klar und deutlich vor die Augen, wie ein Film.

»Ja, ich glaube schon. Zumindest bin ich durch irgendein Loch in einem Felsen gekrochen.«

Graseggur nickte zufrieden, wobei die Züge seines Gesichtes sich lockerten.

»Der Mann, den du gesehen hast, war wohl Prinz Baldur. Ein guter Mensch.«

»Graseggur, meinst du, Quent hatte eine Vision?«, fragte Robert.

»Das ist gut möglich. Wir müssen wohl davon ausgehen, dass der Prinz vor sieben Jahre gefallen ist und Selas sich allein durchschlagen musste.«

»Wenn dem so wäre, wenn Prinz Baldur wirklich gefallen ist, dann würde es unser Vorhaben um einiges erschweren«, sagte Hanna.

»Wer ist noch einmal dieser Baldur?«, fragte Quent.

»Prinz Baldur war der Bruder deines seligen Vaters König Siklingur und Prinz des Alten Königreichs. Seine Gattin hieß Alda. Hoffentlich hat sie das Schicksal ihres Gatten nicht geteilt.«

Quent erinnerte sich immer lebhafter an den Traum. Längst vergessene Schreie und unheimliche Geräusche drangen aus der Tiefe seines Unterbewusstseins. Obwohl sich Puzzlestücke aneinanderlegten, konnte er der ganzen Geschichte keinen Glauben schenken.

»Prinz Baldur hatte die Kette aber nicht dir geschenkt, Quent«, sagte Graseggur. Er tat einen langen Zug an seiner Pfeife. »Sondern Selas.«

»Meinem angeblichen Zwillingsbruder?«

»Deinem Zwillingsbruder, ja«, antwortete Graseggur. »Diese Kette ist ein Relikt aus einer längst vergessenen Zeit und äußerst wertvoll. Sie wird dein Leben verändern und dich zu deinem Bruder führen.«

Quent rieb sich die Augen, es wurde ihm langsam zu viel. Sollte er die Polizei rufen? Andererseits fing es auch an, spannend zu werden. Hatte er wirklich einen Bruder? Könnte die Geschichte wahr sein? Er betrachtete die drei Personen vor ihm: Sie hatten allesamt ernste Gesichter. Waren sie vielleicht nur gute Schauspieler?

»Also gut, nehmen wir an, ich glaube euch. Was spiele ich in dieser Geschichte für eine Rolle?«

»Die Hauptrolle, mein Junge«, sagte Graseggur. Er sah auf die alte Uhr auf dem Kaminsims. »Nun, es ist spät und wir müssen morgen früh aufbrechen. Wir sollten schlafen gehen und Kräfte sammeln, solange wir noch in einer gemütlichen Bleibe übernachten können.«

»Aufbrechen?«, fragte Quent. Verdutzt sah er sich in der Runde um. »Aber wohin denn?«

»Nach Pentra, mein Lieber«, sagte Hanna. »Nach Hause.«

Sie liefen nun schon seit einer guten Stunde die Landstraße entlang, immer gen Osten und auf das Hochgebirge zu. Zu ihrer Rechten floss der Kaltbach, der seine Quellen weit oben an den Gletschern der Alpen hatte. Selten kamen ihnen Autos entgegen und Quent wurde es zum ersten Mal bewusst, wie einsam die Gegend um Alfenberg war.

Robert, Hanna und Quent trugen wasserdichte Winterkleidung und hatten alte lederne Taschen auf ihre Rücken geschnallt. Für Vorbeifahrende hinterließen sie wohl den Eindruck einer Familie auf einem Ausflug.

Es war kalt, Quent fror und seine Beine taten ihm bereits jetzt schon vom Laufen weh. Er blickte sich um und verfolgte die Abdrücke ihrer Schuhe im Schnee, die weit hinter ihnen in der Ferne verschwanden. Alfenberg war nur noch ein kleiner Punkt am Horizont. Quent dachte sehnsüchtig an den warmen flackernden Kamin ihres Wohnzimmers. Er mochte es nicht, sich so weit von dem Anwesen zu entfernen ... und dennoch, je weiter sie kamen, desto mehr löste sich eine gewohnte Anspannung in seiner Magengegend. Aus einem ihm unverständlichen Grund hatte er das Gefühl, aus langer Gefangenschaft hinaus in die Freiheit zu gelangen.

»Warum nehmen wir nicht den Bus oder das Taxi?«, fragte Quent. »Die Straßen sind gestreut und frei von Schnee.«

»Es ist sicherer«, antwortete Robert. »Wir wollen unbemerkt bleiben.«

»Ich denke eher, ihr seid immer noch nicht so vertraut mit der Sicherheit der Maschinen.« Quent legte ein breites ironisches Grinsen auf.

»Hmpf« Robert schnaufte verärgert. »Macht er sich auch noch lustig über uns. Immerhin wohnen wir schon lange genug hier ...«

»Also … habe ich das jetzt richtig verstanden? Unser Ziel ist ein versteckter Ort in den Alpen, in dem dieses Tor sein soll – wie hieß es noch gleich?«

»Entropila oder auch Portapila«, meldete sich die raue Stimme des Hundes hinter ihnen.

»Graseggur, Hunde sprechen nicht«, sagte Hanna.

»Wuff …«

»Gut.« Quent kratzte sich an der Nase. Ihm war die Geschichte mit dem alten Mann, der sich in einen Hund verwandeln konnte, noch immer nicht geheuer. »Wir wandern bis zu diesem Entropila-Dings, und dann?«

»Vorher suchen wir noch unsere alten Sachen zusammen und gehen dann durch das Tor nach Pentra«, sagte Hanna.

»Pentra, die zweite Welt?«

»Genau, die zweite Welt, erschaffen durch den Gott Karam.«

»Es gibt also Götter bei euch?«

»Es gibt zwei: Karam und Tromos. Aber, Moment ... Nimm lieber das hier.«

Hanna wühlte in ihrer Tasche und reichte Quent ein schwarzes Buch.

»Was ist das?«

»Das Buch handelt von Mythen und Legenden aus unserer Welt. Du wirst darin bestimmt etwas über die Schöpfung der Welten finden.«

Quent musterte das Buch. Es war alt und mit schwarzem Leder überzogen, das durch etliche silbernen Verzierungen geschmückt war. Auch die Schrift war silbern. Der Titel lautete: ›Mythen und Legenden – Erinnerungen der Tamin‹. Quent packte das Buch in seine Tasche und folgte seinen Adoptiveltern wortlos durch den Schnee.

Sie liefen noch einige Stunden in den Abend hinein, bis es dunkel wurde und suchten sich einen geeigneten Platz zum Schlafen, abseits der Straße, versteckt in einem kleinen Wald.

Zunächst war Quent entsetzt und mit der Situation komplett überfordert: »Was? Wir schlafen draußen? Wir sind mitten im Nirgendwo, und das im Winter!« Aber als er sich an die Vorstellung gewöhnt hatte und den Unterschlupf sah, nahm er die Situation ohne weiteres Nörgeln hin. Quent war todmüde, konnte kaum noch auf seinen Beinen stehen, und das Nachtlager sah gemütlich aus. Robert hatte es mit langen Ästen, kleinen Baumstämmen, Blättern, Moos und Rinde gebaut. Mal was anderes ... Glücklicherweise hatten sie ihre warmen Schlafsäcke dabei.

»Hier in Prima haben wir noch nichts zu befürchten und brauchen für die Nacht keine Wache aufzustellen«, sagte Robert, den Hanna und der alte Zauberer Graseggur Augustus nannten. »Wir können uns sogar erlauben, ein kleines Feuer anzuzünden. Wenn wir trockenes Holz finden, qualmt es nicht zu sehr. So sind wir vor fremden Augen gut geschützt. Dann sitzen wir schön im Warmen. Eine erste Lektion für das Überleben in der Wildnis, Quent.«

Quent war gerade alles egal. Seine Füße und Beine brannten. Er war selten in seinem Leben so lange gelaufen.

Er aß ein bisschen Käsebrot, das er als Proviant aus Alfenberg mitgenommen hatte, und legte sich in seinen Schlafsack. Da ihm an diesem Abend noch zu viel durch den Kopf ging, um sofort einschlafen zu können, widmete er sich dem Buch, das Hanna ihm gegeben hatte. Es kamen in ihm viele Lieder und Gedichte über Helden und längst vergessene Schlachten vor, aber dann fand er die Stelle, die er gesucht hatte, und fing an, im warmen Licht des kleinen Feuers zu lesen.

Die Schöpfung der Welten

Nach dem Mythos der Lebenskugel

Der Ursprung allen Lebens geht auf das Jahr 12931 vor der Großen Wanderung zurück. Die Schöpfungsgeschichte der Lebenskugel begann mit dem Treffen der zwei Zauberer Karam und Tromos auf dem Berg Maia in Taijo, in der Welt der Götter, im ersten Monat des Lenzes. Ihr Ziel war es, die perfekte Welt zu erschaffen. Tromos wollte herrschen, Karam wollte Wissen erlangen.

Lange Jahre forschten sie unermüdlich und erschufen dabei Cor, das Buch der Vergangenheit, Gegenwart und Zukunft, in dem sie ihr gesamtes Wissen aufbewahren konnten. Cor enthüllte ihnen die Lebensformel, mit deren Hilfe Karam und Tromos die vier Elemente aus Taijo in einer Glaskugel verschmolzen und Edda entstehen ließen. Edda füllt alle Ecken der Lebenskugel, Edda ist ihre Energie. Sie ist Teil des Zentrums der Lebenskugel.

So entstand 12102 vor der Großen Wanderung die erste Welt: Prima.

Prima war eine Meisterleistung, aber noch lange nicht das

Ersehnte. Sie galt als erster Versuch. Kurz darauf erschufen Karam und Tromos verschiedenste Tier- und Pflanzenarten, die das Land bevölkerten. Der Riese Jimir war Tromos erster Versuch, eine Abbildung von sich selbst zu machen (Siehe Kapitel III: Der Riese Jimir). Er widersetzte sich jedoch den Befehlen Tromos und starb in Gefangenschaft an einem grausigen Fluch, der ihn langsam von innen verfaulen ließ.

Karam war der Fleißigere und erlangte schnell das Wissen, das ihm half, die erste Blutlinie der Menschen ins Leben zu rufen: die Tamin. Die ersten Menschen sahen Karam als ihren einzigen Schöpfer an, huldigten ihm und verweigerten die Aufgaben des Tromos. Erbost über das Verhalten der Tamin stahl Tromos Karams Wissen und erschuf die zweite Blutlinie der Menschen: die Silis.

Anfangs duldeten sich die zwei Völker. Jeder verehrte seinen Gott und respektierte den anderen. Aber die Zeit veränderte die Denkweisen der Menschen: Es entstanden die ersten Konflikte.

Der erste Krieg um Prima fand im Jahre 565 vor der Großen Wanderung statt. Er war ein sehr blutiger Krieg, der nicht nur unter den Menschen herrschte. Karam und Tromos, besessen vom Erfolg ihrer Macht, stritten ebenfalls als kämpfende Magier und Berater der Könige auf der Seite ihrer Völker in der Lebenskugel um die Vorherrschaft. Die nächsten fünfundzwanzig Jahre waren dunkle Zeiten für Prima. Hunderte von Schlachtfeldern bedeckt mit dem Blut der Menschen, die in Frieden leben sollten, durchzogen das Land. Im sechsundzwanzigsten Jahr des Krieges schloss Karam Tromos während der letzten Schlacht im Jahre 549 vor der Großen Wanderung in sein Schwert Dusill ein. Tromos wurde nicht entmachtet, ohne zuvor noch einen letzten Trumpf zu erlangen: Unmittelbar vor dem Bann übertrug Tromos seine Macht seinem treuesten Diener.

Über die Jahrtausende haben sich eine Reihe von Lebensformen weiterentwickelt und uralte, aus der Anfangszeit der Lebenskugel, offenbart. Manche nahmen Partei und wählten einen Gott und unterwarfen sich einer Blutlinie, manche blieben neutral und manche verachteten die Götter.

Im Jahre 109 vor der Großen Wanderung erschuf Karam für seine Diener eine Welt, die bessere Lebensqualitäten bot, abgeschottet von den Silis. Er nannte sie Pentra. Elf Jahre vor der Großen Wanderung erschuf Karam Entropila, das Tor zwischen den beiden Welten. Es diente dazu, die Tamin in die zweite Welt zu führen. Diesen Weg nutzte auch der unbekannte Diener des Tromos, um einen Weg zu finden, seinen Schöpfer wieder befreien zu können.

Mit der Großen Wanderung neigte sich das erste Zeitalter seinem Ende zu und ein Neues begann. Über sechs Jahre dauerte die Wanderung der Diener Karams nach Pentra. Dieser Schnitt in der Geschichte der Menschheit schenkte den Welten ein Zeitalter der Ruhe und des Friedens. Den Anhängern des Tromos löschte Karam jede Erinnerung an ihre Vergangenheit.

Tausend Jahre nach der Großen Wanderung erschuf Karam die dritte und letzte Welt: die ersehnte perfekte Welt. Getauft wurde sie vor ihrer Schöpfung mit dem Namen Paradan. Durch den immensen Kraftverbrauch bei ihrer Erschaffung verlor Karam seine göttliche Macht, die Verknüpfung an Taijo. Er war zu sehr auf die Perfektionierung Paradans konzentriert gewesen, sodass sein eigener Fanatismus ihn über seine Grenzen schreiten ließ. Mit der Erschaffung Paradans löste Karam den Übergang in das dritte Zeitalter aus. Paradan bietet den Menschen aus Prima und Pentra eine zweite Chance. Eine Chance, die, nachdem sie angenommen wurde, nicht wieder rückgängig gemacht werden kann. Paradan bietet ein Leben in Frieden und Unendlichkeit. Tod gibt es an diesem Ort nicht. Karam schenkte dieses Reich den Angus, dem ältesten Volk der Lebenskugel, die aus den Freudentränen der Edda entstanden, als sie den ersten Sonnenaufgang in Prima sah.

Karams Besessenheit, die Suche nach der Perfektion, büßte er mit Hunderten von Menschenjahren in seiner eigenen Schöpfung ein. Die Jahrhunderte zeigten ihm Menschen und Lebewesen verschiedenster Charaktere. Er lernte Liebe, Freundschaft und Trauer kennen. Er sann viel nach, sah etliche Generationen kommen und gehen. Er fand heraus, dass die Welten noch immens viele Geheimnisse bargen, die es zu erforschen galt, und durchsuchte jeden Winkel.

Prima, Pentra und Paradan sind alle untereinander durch das Zentrum verbunden. Es ist der Ort, der die Lebenskugel und Taijo, die Welt der Götter, vereint. In ihm befinden sich das Buch Cor und ein Modell der Lebenskugel. Wer jemals an diesen Ort gelangen sollte, würde das Wissen der Vergangenheit, der Gegenwart und der Zukunft in Händen halten.

Autor unbekannt.
Mythen und Legenden – Erinnerungen der Tamin.

Quent schloss das Buch und die Augen.

Am nächsten Morgen brachen sie vor Sonnenaufgang auf und wanderten weiter auf das Hochgebirge zu. Quent hatte überraschenderweise nur leichten Muskelkater, aber es graute ihm schon bei dem Gedanken an den Muskelkater, der ihn am nächsten Tag heimsuchen würde. Er hatte sich nie die Zeit genommen, um etwas außerhalb von Alfenberg zu unternehmen, was – wie er jetzt fand – wirklich sehr schade war. Es war eine ansehnliche Gegend. Um Alfenberg gab es verschiedene wunderschöne Landschaften mit alten Dörfern, weißen Wäldern und zugefrorenen Seen.

Obwohl das Laufen anstrengend war, empfand Quent langsam ein gewisses Gefallen an diesem Abenteuer. Eine

Neugierde war in ihm geweckt worden, etwas, das lange Zeit geschlummert hatte und nun verschlafen die Augen aufmachte.

Der nächste Morgen war tatsächlich der schlimmste für Quent. Seine Beine brannten höllisch und er verfluchte bis zum Mittag jede Unebenheit auf ihrem eisigen Weg so laut, dass des Öfteren Raben erschraken und krächzend aus den weißen Feldern aufflogen.

Am dritten Tag erreichten sie die Grenze zu der Ebene, in der Alfenberg lag. Die Landschaft um sie herum wurde allmählich hügeliger und der Schnee höher. Sie kamen an kleinen, gemütlichen Dörfern vorbei, die an diesen abgelegenen Orten ihren Lebensunterhalt wohl nur durch Wandertourismus bestritten. Hier kauften sie Proviant für die nächsten Abschnitte ihrer Reise.

Am Nachmittag dieses dritten Tages schmerzte Quents ganzer Körper so sehr von der ungewohnten Anstrengung, dass sie sich ein Zimmer mieteten und einen Tag lang rasten mussten, weil er keinen weiteren Schritt mehr machen konnte. An diesem Tag ordnete Quent wieder einmal seine Gedanken. Je weiter sie auf die hohen Berge der Alpen zukamen, desto mehr fühlte er sich in dieser Welt und in diesem Leben fehl am Platz. Konnte es wirklich sein, was Robert, Hanna und dieser Hund gesagt hatten? Zumal der Hund der größte Beweis für ihre Erzählungen war. Quent dachte nach und realisierte, was die Entscheidung, mit seinen Adoptiveltern auf Wanderschaft zu gehen, für Konsequenzen hatte: Er würde nicht weiter zur Schule gehen, seinen Abschluss verpassen, der Alltag wäre vorbei, kein gemütliches Zuhause mehr … wofür? Um naiv ein paar Verrückten zu folgen, mit ihnen in die Welt hinauszuziehen und Abenteuer zu erleben?

Ich verstehe immer noch nicht, warum ich das mache, dachte Quent. Er war verloren in seinen eigenen Gedanken. Alles vermischte sich und er gab es auf, weiter darüber nachzudenken. Er beschloss, seinem Bauchgefühl zu folgen. Sonderbarerweise vermittelte es ihm ein gutes Gefühl, als wäre diese Kraftanstrengung mit einem Unbekannten und zwei sehr gut Bekannten genau das Richtige.

Sieben weitere lange und schreckliche Tage folgten. Quent wurde ungeduldig: Der Muskelkater ließ nur langsam nach und sein müder Körper rebellierte bei jeder neuen Bewegung. Diesmal war der größte Schmerz an einer sehr unangenehmen Stelle. Seine Po-Muskulatur brannte höllisch. Quent sprach es aber nicht laut aus, um seinen Weggefährten keinen Grund zu geben, Sprüche zu reißen. Ihm war mit diesen Schmerzen überhaupt nicht zum Spaßen zumute. Er biss stets seine Zähne stark zusammen, wenn sie eine Pause machten und er sich, mit einem lachenden und einem weinenden Auge, auf einen Stein setzen konnte.

Die Berge um die kleine Gruppe wurden immer höher und massiver und die Wege immer unebener und steiler. Für Quent war es eine reine Tortur. Er fing wieder an zu nörgeln und jeden neuen, noch steileren Pfad zu verfluchen. Um sich abzulenken, schaute er sich die eingepuderten Täler und Berge unter dem klaren blauen Himmel um sich herum genauer an. Tausendfach spiegelte sich die Sonne im Schnee der Hänge und im Eis der Bäche wider. Quent kniff die Augen zusammen. Hier und da schaute das graue Gestein der schier unzerstörbaren Riesen heraus. Er sah zwei Gipfelkreuze auf weit entfernten Bergen und wünschte sich in dem Moment, die Aussicht auf das Tal von dort oben haben zu können. Sie kamen an zugeschneiten Kiefern, Fichten und Tannen vorbei und manchmal erblickte Quent auch eine Buche.

Am späten Morgen des zehnten Tages, sie hatten gerade eine Klamm hinter sich, konnte und wollte Quent nicht mehr. Er wäre am liebsten sitzen geblieben und nicht mehr weitergelaufen. Er hatte es satt. Er war todmüde von diesem ganzen Unsinn und lief nur noch hinterher, weil er den Weg zurück nicht mehr kannte.

Just in dem Moment, in dem Quent lauthals rebellieren wollte, sagte Robert: »Wir haben es bald geschafft. Wir kommen gegen Mittag an.«

Und wirklich: Die Sonne stand am Zenit, als die Gruppe eine alte, mit Efeu und Moos überwucherte Holzhütte erreichte, die im Dickicht des verschneiten Waldes fast unsichtbar war. Quent wäre an ihr vorbeigelaufen, wären die anderen nicht stehen geblieben.

»Das war unsere erste Unterkunft in Prima«, sagte Hanna und betrachtete die alte Hütte, als sähe sie in ihr unendlich viele versteckte Dinge.

»Diese Welt, die Erde?«, erinnerte sich Quent.

»Genau. Graseggur brachte uns damals schwer verwundet an diesen Ort. Er ist einer der wenigen, die wissen, wo sich Entropila befindet. Es war damals eine sehr schwierige Zeit für uns gewesen, wir hatten viel verloren: Freunde, Bekannte, Familie, viele, die wir liebten. Ich möchte nicht daran denken, was wir auf der anderen Seite des Tores vorfinden werden, jetzt, da das Königreich der

Tamin gefallen ist. Aber lasst uns erst einmal rasten und die letzten Vorkehrungen treffen, morgen ziehen wir durch Entropila.«

Quent war die Sache immer noch nicht geheuer. Trotz der bisherigen Anstrengungen überwogen die Zweifel, ob er die ganze Geschichte als einen Scherz oder als Wahrheit ansehen sollte. Sie traten in die Hütte ein.

Graseggur nahm wieder seine menschliche Form an und streckte sich.

Quent erschrak bei der Verwandlung.

Das kann nur ein Traum sein, dachte er. Er zwickte sich am Arm. Es tat weh und er musste sich eingestehen, dass es doch kein Traum war.

Die Holzhütte war klein, dunkel und sehr einfach gebaut. Sie war durch den Schutz der Bäume vom Schnee verschont geblieben. Das Holz, das zu ihrer Erbauung gedient hatte, stammte von kleineren umgefallenen Bäumen aus der näheren Umgebung. Die Jahre allein in der Wildnis hatten an der kleinen Hütte ihre Spuren hinterlassen. Einige morsche Balken waren umgekippt. Das kniehohe Gras vor dem Eingang musste erst gestutzt werden, bevor sie die Tür überhaupt öffnen konnten.

In der Hütte standen ein grob gezimmerter Tisch, drei bettähnliche Schlafmöglichkeiten und in der hinteren Ecke eine alte Truhe. Mehr war nicht zu erkennen. Der dumpfe Geruch von Erde und Holz lag in der Luft.

»Habt ihr das gebaut?«, fragte Quent.

»Ja«, antwortete Hanna.

Quent ging durch die kleine Hütte.

»Wie lange wart ihr denn hier?«

»Ich weiß es nicht mehr genau. Es waren aber mehrere

Wochen. Wir hatten zuerst eine provisorische Hütte gebaut. Danach haben wir uns eine etwas standfestere gezimmert.«

»Augustus und Nifia kannten Prima nicht«, meldete sich Graseggur. »Ich wollte ihnen Zeit geben, um sich anzupassen.«

Quent nickte stumm. Er war zu müde, um eine Konversation zu führen. Darum warf er seine Sachen in eine Ecke, säuberte eines der Betten, legte ein paar Kleidungsstücke auf das harte Holz und schlief, glücklich darüber, nicht wieder ein Lager unter freiem Himmel aufschlagen zu müssen, sofort ein.

Am späten Nachmittag wachte er auf und verbrachte den restlichen Tag gelangweilt auf seinem Bett oder spazierte um die Hütte herum. Es passierte nichts Spannendes: Robert buddelte, warum auch immer, hinter der Hütte Löcher, Hanna war jagen gegangen und Graseggur schnüffelte als Hund die Gegend ab. Da es Quent nicht interessierte, was die anderen machten, legte er sich, müde von den Strapazen der letzten Tage, wieder früh am Abend schlafen.

Am nächsten Morgen legten alle, ganz zur Verzweiflung Quents, mittelalterliche lederne Kleider und dicke Felle an, die seine Adoptiveltern mitgebracht hatten. Es sei notwendig, meinte Hanna, sonst würden sie zu schnell entdeckt werden, wenn sie mit ihren seltsamen primanischen Kleidern zurück in ihre alte Welt kehrten, außerdem seien sie viel bequemer. Robert trug nun neben seiner Kleidung auch einen zweieinhalb Ellen langen Zweihänder, der in einer schwarzen Scheide steckte. Verziert war er mit Runen aus roten Edelsteinen, die Quent nicht lesen konnte. Hanna hatte zwei Kurzschwerter an ihre Hüfte geschnallt. Die Waffen waren wundervoll und selbst für Quents Laienaugen machten sie einen sehr wertvollen Eindruck. Sie passten zu den beiden, wie der Mond einer sternenklaren Nacht angehört.

»Diese Waffen habt ihr aber nicht die ganze Zeit mit euch getragen«, sagte Quent. »Wo habt ihr die denn her?«

»Wir hatten sie in Leder gewickelt und hinter der Hütte vergraben«, antwortete Robert. »Kommt, lasst uns den restlichen Weg gehen und endlich heimkehren.«

Sie liefen einen engen zugeschneiten Pass entlang. Quent fror es in den ungewohnten Kleidern. Er beschimpfte sich selbst mit allen möglichen Schimpfwörtern, die ihm in den Sinn kamen, dass er sich auf diese dummen Spielchen eingelassen hatte. Nach zwei Stunden Fußmarsch durch knietiefen Schnee standen sie schließlich vor einer hohen Felswand.

»Na toll!«, sagte Quent. Er seufzte wütend. »Eine Sackgasse! Sind wir jetzt extra so weit gekommen, damit wir uns verlaufen?«

»Nein, wir sind richtig. Das hier ist der Eingang zu Entropila«, sagte Hanna.

»Eine Felswand?« Quent strich sich verärgert mit der Hand über das Gesicht. Das kann nicht wahr sein, dachte er.

»Schau, hier muss das Drachensiegel rein.« Sie zeigte ihm ein kleines Loch in der Wand.

Mürrisch besah sich Quent das winzige Loch. Hätte Hanna es ihm nicht gezeigt, er hätte es wohl nie gefunden.

Ein Loch, dachte er. Was für ein Blödsinn …

Graseggur trat vor und holte einen kleinen Gegenstand

aus seinem Reisemantel. Es war ein steinernes Siegel, dessen Zentrum ein Drachenkopf schmückte. Er drückte das Siegel in das Loch und trat zurück. Ein Ruck durchdrang den Felsen und mit einem lauten Dröhnen öffnete sich ein großer Spalt vor ihnen.

Quent klappte der Mund auf. Er konnte seinen Augen kaum trauen. Langsam wich der Felsen vor ihm auf die Seite und er starrte fassungslos in tiefste Finsternis.

»Das gibt es nicht!«, stammelte er mit aufgerissenen Augen.

»Nur wenn du nicht glaubst, dass es so ist«, antwortete Graseggur und schloss vergnügt die Augen. »Lasst uns gehen.« Der alte Zauberer ging durch den Spalt und verschwand in der Dunkelheit.

Kapitel III.
Eine neue Welt

Quent musterte unsicher die tiefe Schwärze vor ihm. Der Eingang, der sich zuvor wie von Geisterhand allein geöffnet hatte, wirkte nicht besonders vertrauenerweckend. Er atmete einmal tief ein und wieder aus, dann ging er hinter Robert, Hanna und Graseggur durch das versteckte Tor inmitten der Alpen. Nachdem er ein paar Meter gelaufen war, schloss sich hinter ihm laut knirschend der Eingang.

Eine Zeit lang liefen sie einen langen feuchten Tunnel entlang, der Quent stark an den Eingang einer Mine erinnerte, mit der Ausnahme, dass die Wände fast spiegelglatt waren und keinerlei Kabel, Röhren oder Schienen ihrem Weg folgten. Die halbrund gewölbte Decke über ihm war gute vier Meter hoch und ließ ihre Schritte hallen. Der Boden war zwar staubig, doch für eine Mine viel zu sauber. Und obwohl kein einziges Fenster in die Wände gehauen und auch keine Lampen vorhanden waren, hatte sie die Dunkelheit nicht umschlungen. Zu Quents großem Erstaunen umflogen Graseggur drei strahlende Flammen, die, nicht größer als seine Faust, Licht und Wärme spendeten.

Nicht mal zehn Minuten später trat die kleine Gruppe aus dem Tunnel, wobei Quent zunächst fassungslos auf einer Anhöhe im Inneren des Berges stehen blieb und stumm das kleine, außergewöhnliche Tal betrachtete.

Wie kann man eine ganze Festung in einen Berg bauen?, dachte er und sah staunend die Anlage in voller Pracht unter sich liegen.

»Willkommen in Magor'ash«, verkündete Graseggur, wandte sich zu Quent und meinte lächelnd: »Das ist die zwergische Bezeichnung für Festung der Menschen.«

»Zwerge?«, entfuhr es Quent, immer noch überwältigt von dem Anblick. Die Wehranlage bestand aus einer sternförmigen, mit großen goldenen Runen verzierten Außenmauer, Wallschildern, prunkvollen Wehrtürmen und Bastionen. Die Höhe der Mauer schätzte Quent auf gute zwanzig Meter. Ein mit Wasser gefüllter Festungsgraben schlängelte sich um das gesamte Monument. Im Herzen der Festung ragten prächtige Türme empor. Es sah so aus, als hätte jemand den vollständigen Ort in einem Durchgang aus dem Felsen gehauen, ohne einen einzigen Makel zu verursachen: alles glatt und perfekt. Als sich Quent gesammelt hatte, fragte er:

»Es gibt Zwerge?«

»Ja, es gibt sie. In dem Buch, das dir Nifia gegeben hat, müsste etwas über sie stehen.«

»Gibt es auch Orks?«, fragte Quent nun etwas verunsichert und dachte an einige bekannte Geschichten, die er gelesen hatte.

»Wie bitte?«

»Orks.«

»Ich habe nie von solchen Wesen gehört.«

Graseggur ging voran, eine kleine Straße hinunter in Richtung Festungstor und je näher sie kamen, desto gewaltiger wurde es. Das Tor ragte mindestens noch weitere zehn Meter über die graue Wehrmauer hinaus. Außer den Runen, die fast die gleiche Höhe wie die Mauer hatten, waren keine weiteren Verzierungen zu erkennen. Der Anblick dieses Bauwerkes reichte aus, um jedem Betrachter

Ehrfurcht einzuflößen und jeden Belagerer vor Angst erzittern zu lassen.

»Unglaublich. Wie kann man so etwas erschaffen?«, sprach Quent seine Gedanken laut aus.

»Zwerge sind faszinierende Geschöpfe, nicht wahr?«, sagte Hanna und schmunzelte. »Was du hier siehst, wurde vor Tausenden von Jahren erbaut, bevor es überhaupt Pentra, die zweite Welt gab. Die Festung war der Sitz des ersten Königs der Blutlinie der Tamin, Bardul des Starken. Er war einer deiner Vorfahren, Quent.«

»Ein Vorfahre von mir?«, fragte Quent. »Waren alle aus meiner Familie Könige?«

»Jeder Einzelne.«

»Ich bin also nach Tausenden von Jahren die Ausnahme?«

Hanna warf einen verstohlenen Blick zu Robert und wechselte das Thema: »Nachdem die Tamin die Silis im größten Krieg seit der Entstehung der Lebenskugel besiegt hatten, forderte Karam die Zwerge auf, im stärksten Stein Primas die beste und sicherste Festung zu bauen, die jemals von Zwergenhand erschaffen wurde. Einhundertdrei Jahre lang arbeiteten die Zwerge an der Fertigstellung von Magor'ash. Die Festung steht nun seit rund dreieinhalbtausend Jahren und ist ein Teil des Gebirges. Sie ist der Stolz des ganzen Zwergenvolkes, und sie dichten und singen noch heute in vielen Liedern über sie, obwohl sie nicht mehr wissen, wo sie sich befindet.«

Während Hanna in ihrer Erzählung schwelgte, näherte sich die kleine Gruppe dem riesigen Tor.

»Der einzige Zweck, für den die Festung errichtet wurde, ist die Sicherung von Entropila und der zwei Welten

Prima und Pentra. Es ist ein kleiner, sehr komplexer Ort mit Zisternen, Aquädukten und Untergrundkanälen für die Wasserversorgung, versteckten Ausfall- und Fluchtgängen, Müllentsorgungsvorrichtungen und vielem mehr, was mir gerade nicht einfällt.«

Quent nickte staunend.

»Jahrhundertelang haben die Tamin über das magische Tor gewacht, das sich unter Magor'ash befindet. Sie haben über diesen Ort so lange gewacht, bis die Große Wanderung der Tamin und der Zwerge in ihre neue Heimat Pentra vorüber war. Karam löschte die Erinnerungen der Silis, und dieser Berg hier wurde mit den Drachensiegeln magisch verschlossen. Es existieren zwei Siegel: Eines besitzt Graseggur, das andere ist verschollen. Nach und nach verließen die restlichen Tamin endgültig Magor'ash und kehrten nie wieder zurück.«

Die Gruppe überquerte die Zugbrücke und befand sich nun vor dem gewaltigen Tor, das vollständig aus Eisen bestand.

Quent fragte sich gerade, ob sie wieder irgendein Siegel brauchten, um dieses Tor aufzubekommen, als er seinen Gedankengang innehielt. Er bemerkte erst jetzt, dass es im Inneren des Berges taghell war. Er schaute an die Decke. Weit, sehr weit über seinem Kopf erkannte er Dutzende heller Lichter.

Was zum Kuckuck ist das denn?, dachte er.

»Sagt mal ... wie kommt es, dass diese kleinen Lichter über uns an der Decke so viel Licht erzeugen?«

»Das ist eine weitere Meisterleistung der Zwerge«, sagte Robert. »Das Licht wird durch Edelsteine erzeugt, die ihrerseits das Licht von weiteren Edelsteinen außerhalb des

Berges beziehen. Nachts sammeln die Steine das schwache Licht des Mondes und der Sterne und ergeben einen künstlichen Sternenhimmel. Geheimes Wissen, das von Zwergengeneration an Zwergengeneration weitervererbt wird.«

»Verrückt. Und wie kommen wir jetzt in diese Festung Ma… Me… Magnarusch rein?«

Bevor Quent eine Antwort bekommen konnte, hob Graseggur seinen Stock und murmelte etwas. Ein Ruck durchfuhr das Tor und staunend betrachtete Quent, wie es sich langsam, knirschend öffnete. Die Gruppe trat ein.

»Ich brauche das alles nicht mehr zu verstehen«, murmelte Quent, kratzte sich am Kopf und lief den anderen hinterher. »Das ist kompletter Wahnsinn.«

Sie gingen auf der verlassenen Hauptstraße an einsamen Gassen und Straßen vorbei. Quent bemerkte, dass alle Gebäude noch in bestem Zustand waren und sofort hätten wieder bewohnt werden können. Alles sah so aus, als hätte nie jemand an diesem Ort gelebt und als hätte die frisch erbaute Festung nur darauf gewartet, ihre Jungfräulichkeit zu verlieren. Die Menschen hatten beim Auszug aus Magor'ash nichts zurückgelassen. Nur die Mauern und Dächer, die Brunnen und die kleinen Wasserkanäle in der Mitte der Straßen, die allesamt in einem Stück aus dem Felsen gehauen waren, deuteten darauf hin, dass es hier einst sehr bevölkert war. Sie durchliefen mehrere kleinere Tore und erreichten den Fuß einer sehr breiten und langen Treppe. Quent schätzte sie an die zehn Meter breit und mit einer Länge von mindestens einhundert Stufen. Am oberen Ende der Treppe stand ein herrlicher Palast: Das Gebäude war auf etliche Säulen gestützt, die einen kleinen Gang rund um das Gemäuer bildeten, das Dach war wie bei jedem anderen Haus in dieser Festung flach. Auch dieses Gebäude war von außen, obwohl schmucklos, sehr prachtvoll anzusehen und zeigte die einstige bedeutende Macht der Tamin in der Welt Prima. Über dem Eingang glitzerte in goldener Farbe ein Wappen, das Quent schon Dutzende Male gesehen hatte. Das Wappen zeigte ein Schild mit einem Baum, dessen Äste eine Kugel umklammerten. Über dem Schild schwebte eine Krone und links und rechts hielten zwei Adler das Schild.

»Dieses Wappen ...«, sagte Quent und zeigte mit dem Finger hinauf. »Ist das nicht ... ich dachte, das wäre das Wappen eines Ritters, der sich in Alfenberg niedergelassen hatte! Das ist doch dasselbe Wappen wie bei uns auf dem Teppich in der Eingangshalle!«

»Dies war einst der Sitz von König Bardul«, erklärte Graseggur, während sie die Treppen emporstiegen. »Als erster König der Tamin hat er das Wappen entwerfen lassen. Es ist das Wappen der Taminischen Königsfamilie. Es ist dein Wappen.«

Mein Wappen, dachte Quent und blickte voller Ehrfurcht hinauf. Er hatte also eine Vergangenheit, eine nie gekannte Vergangenheit. Er würde nur durch dieses Entropila-Tor gehen müssen, um alles zu erfahren. Was würde er herausfinden? Leichte Übelkeit überfiel ihn, während er wieder daran dachte, was man ihm schon alles berichtet hatte.

Als die Gruppe das Ende der Treppe erreichte, konnten sie hinter sich das ganze Gelände überblicken: ein atemberaubender Anblick. Quent stellte sich vor, wie sein Vorfahre einst von diesem Platz aus auf seine Festung und seine Untertanen geblickt hatte. Wenn man sich nicht beherrschen kann, wird man bei dieser Aussicht größenwahnsinnig, mutmaßte er.

Dann traten sie ein und standen sogleich in einem großen, langen Raum. Die erste Hälfte dieses Raumes bildete den Thronsaal. Ihnen gegenüber, mehrere Schritte entfernt, stand der Königsthron. Er war aus purem Gold, verziert mit unzähligen kleinen Diamanten. An der Spitze der hohen Lehne saß ein schwarzer steinerner Adler mit ausgestreckten Flügeln, als hieße er die Besucher willkommen. Vor dem Thron erblickten sie zwei Tafeln aus Holz, die parallel zueinander standen und in ihrer Mitte einen Gang bildeten. Die Wände in diesem Bereich waren geschmückt mit Darstellungen von Geschichten aus längst vergangenen Zeiten. Quent verfolgte beim Vorbeigehen die Bilder. An einer der Wände machte er ein enormes Wesen aus, das nur ein Auge besaß und aus dessen Körper kleine wurmartige Wesen kamen.

»Was ist das für ein Ding?«, fragte Quent, leicht angeekelt.

»Das Wesen, das hier abgebildet ist, war das erste Lebewesen Primas«, antwortete Graseggur. »Es war ein Erdriese, der Erste und Einzige seiner Art. Der Riese entstand bei der Schöpfung der ersten Welt aus der Vermischung von Gletschereis und Feuer des ersten Vulkans und trug einen großen Anteil zur Erschaffung der Zwerge bei. Sein Name war Jimir. Du siehst hier, wie die Urahnen der Zwerge aus Jimirs Körper kriechen; wie Maden, die sich im Laufe der Jahrtausende langsam weiterentwickelten: Ihnen wuchsen Arme und Beine, Augen und eine Nase. Sie merkten schnell, dass sie sich auf der

Oberfläche der Welt nicht wohlfühlten und gruben sich wieder tief, sehr tief in das Gebirge Primas hinein, das aus demselben Fleisch bestand wie Jimir. In den ersten primitiven Stollen und Tunnel bekamen die Vorfahren der Zwerge ihre dicken Bärte. Sie benutzten sie wie Katzen ihre Schnurrhaare als Tastsinn benutzen, um sich in ihren dunklen Stollen zurechtzufinden. Gleichzeitig schützten ihre Bärte sie vor Staub und Schmutz. Sie verfeinerten über lange Zeiten ihre Grab- und Bautechniken, entwickelten neue Werkzeuge und entdeckten die Schmiedekunst für sich, in der ihnen kein anderes Volk gleichkommt. So wurden die Zwerge, was sie heute sind: kleine, ehrgeizige, robuste Wesen mit einer der ältesten Kulturen der Lebenskugel. Jimir, durch den die Zwerge entstanden, ist der einzige Gott, oder eher Halbgott, zu dem sie beten.«

Sie durchquerten den Thronsaal und erreichten den zweiten Teil des Raumes, der hinter dem Königsthron lag. Eine lange Wendeltreppe führte tief hinab in einen blau schimmernden Raum, in dem sich Entropila befand. Das Tor bestand aus einem großen Elfenbeinbogen, in dem unzählige, Quent unbekannte Symbole eingeschnitzt waren. Zwischen dem Bogen spannte sich eine seltsame metallgraue Flüssigkeit, die sich in konstanter Bewegung befand. Um das Tor herum dehnte sich eine durchsichtige blaue Lichtkuppel, die wohl eine Art Schutzbarriere war. Graseggur passierte den Schein, reichte den anderen die Hand und führte sie durch das Licht. Kurz darauf standen alle vier vor Entropila.

»Wahnsinn« war das Einzige, das Quent über die Lippen brachte.

»Hoffen wir, dass niemand den verschlossenen Eingang

in Pentra gefunden hat und öffnen konnte«, sagte Robert. »Sonst erwartet uns gleich eine böse Überraschung. Noch gelten wir als tot.«

»Tot?«, wollte Quent fragen, aber da waren Hanna und Robert schon durch die Flüssigkeit getreten, die sie umschlang und sich hinter ihnen sogleich wieder schloss, als wäre nie jemand hindurchgegangen.

Quent fühlte den Drang in seinem Herzen, das Land hinter diesem Tor zu entdecken, aber er hatte Angst. Angst vor der Wahrheit, Angst vor der Zukunft. Angst vor dem, was kommen mochte, wenn er diesen Schritt tat. Er wandte seinen Kopf vom Tor ab und blickte in Graseggurs lächelndes Gesicht. Die Wärme der dunklen Augen füllte seinen Körper mit Geborgenheit und Stärke. Sein Herz wurde leicht und seine Zweifel verflogen wie der Morgentau durch die Hitze eines warmen Sommertages. Er wandte sich erneut dem Tor zu und lief los. Das Grau umschlang ihn und es fühlte sich unangenehm und kühl an. Einige Sekunden lang konnte er nichts erkennen, geschweige denn etwas hören, dann stand er mit Hanna und Robert in einer kleinen erleuchteten Höhle. Sie wurde nach demselben System beleuchtet wie im Berg von Magor'ash. Kurz darauf trat Graseggur neben ihm ein.

Sie liefen einen Gang entlang. Nach ein paar Minuten standen sie wieder einmal vor einer Felswand. Graseggur tippte mit seinem Stab dagegen und sie öffnete sich knirschend. Der Gang führte noch ein paar Minuten länger fort, bis sie den Ausgang als kleinen Schimmer vor sich liegen sahen, der sich langsam, aber stetig vergrößerte.

Und dann stand Quent vor einer umwerfenden Kulisse. Er befand sich auf der Spitze eines Berges und überflog mit seinem Blick ein breites Tal, das komplett von einer Bergkette eingeschlossen war. Der blaue Himmel und die aufgehende Sonne spiegelten sich tausendfach auf der Oberfläche des Sees, der die Hälfte des Tals bedeckte. Grüne Flächen spannten sich über den Grund, der mit Wäldern und Feldern gespickt war.

»Willkommen im Goldtal«, sagte Graseggur und streckte seine Arme aus. »Pentras wohl letzter friedlicher Fleck.«

Quent blieb die Spucke weg. Der Ausblick über das Tal war herrlich, fast wie gemalt.

Graseggur schmunzelte. Er ließ Quent einen Augenblick, um die Aussicht zu bewundern, dann sagte er:

»Damals kamen die Menschen in Massen hierher, um ihr Glück im Gold zu finden. Wir stehen in diesem Moment auf dem Goldberg, der die größte Goldmine des Landes beherbergte. Die Stollen sind schon längst zugeschüttet oder geflutet worden.« Sein Gesicht wurde ernst. »Unten im Tal werdet ihr Tomper treffen, einen alten Freund. Ich habe vorher noch etwas zu erledigen.«

»Verlässt du uns?«, fragte Robert.

»Ja. Ich werde euch in drei Tagen bei Tomper treffen. Ich brauche Informationen über den Stand der Dinge in Pentra. Vielleicht haben ein paar Anhänger von Siklingur Faros Sieg überlebt.«

Graseggur murmelte etwas dunkel in einer fremden Sprache. Ein schriller Schrei durchdrang die Stille des aufwachenden Landes. Ein heller Schein schoss aus der Richtung der Sonne direkt auf sie zu. Sie mussten ihre Augen vor dem blendenden Licht schützen. Dann hörten sie einen dumpfen Aufschlag neben sich. Quent schaute auf und blickte auf das für ihn wohl faszinierendste Wesen aller Sagen und Märchen, die er bis jetzt gelesen hatte: ein schneeweißer Drache. Sein Körper glich dem einer Agame, doch er war so groß wie ein kleines Einfamilienhaus, ausgestattet mit lang ausgedehnten Flügeln. Seine Stirn schmückte ein großes, gewundenes schwarzes Horn.

Quent ging unsicher ein paar Schritte zurück.

»Darf ich vorstellen: Norros, der weiße Drache«, sagte Graseggur und strich dem Wesen über den Hals. »Die Farbe eines Drachen zeigt die Reinheit seines Herzens. Jede Farbe hat eine bestimmte Bedeutung und spiegelt die Stimmung seiner Seele wider. Renn einem Drachen mit weißen Flächen auf seinem Körper nie davon und schau ihm immer in die Augen, ehrfürchtig, demütig, und er wird dir nichts tun.«

Graseggur stieg auf.

»Wir sehen uns, meine Freunde. Viel Erfolg und passt auf euch auf.«

Mit diesen Worten breitete Norros seine Flügel aus und erhob sich in die Luft. Quent winkte und schaute ihnen zu, wie sie geschmeidig hinter der Bergkette weit im Norden des Goldtals verschwanden.

»Verrückt«, flüsterte Quent. »Das ist einfach nur komplett verrückt.«

»Lasst uns gehen«, sagte Robert.

Sie stiegen gemeinsam den Berg hinab ins Tal. Quent hatte es aufgegeben, sich über das Wandern zu beschweren. Er war es leid zu laufen, auch wenn seine Glieder nun nicht mehr rebellierten. Seine körperliche Verfassung hatte sich verbessert: Oberkörper, Gesäß, Schenkel und Waden waren sportlicher geworden. Quent hatte Muskeln bekommen, die er an sich noch nie gesehen und von deren Existenz er überhaupt keine Ahnung gehabt hatte. Und obwohl er vom Laufen vollständig genervt war, tat die Bewegung gut und gab ihm einen freien Geist.

Schnell erreichten sie den Ahornwald, den sie von der Spitze des Berges gesehen hatten. Drei Tage lang wanderten sie unter dem dichten grünen Blätterdach. Es hatte angefangen zu regnen, und Quent war glücklich, bei diesem Wetter im Schutz des Waldes laufen zu können; der erstreckte sich nach Hannas Angaben von den alten Goldminen bis hin zum Ufer des Goldsees in der Mitte des Tals. Hier und da drangen hohe Nadelbäume durch die Baumkronen. Besonders die Kiefer war ihm vertraut. Durch den Regen roch es angenehm frisch nach Erde und Quent spürte bei diesem Geruch ein wohltuendes Gefühl. Er kannte zwar den aromatischen Duft eines Waldes, hatte ihn aber noch nie so intensiv, so durchdringend wahrgenommen.

»Wenn wir uns beeilen, sind wir heute Nacht bei Tompers Gasthaus«, sagte Robert, während sie gegen Mittag am Rande der Nordroute rasteten. Sie hatten die Straße immer gemieden und waren eine anstrengende Abkürzung gegangen, querfeldein.

Quent war erleichtert. Er war es leid, die Nacht im Freien verbringen zu müssen. Bald könnte er wieder in einem gemütlichen Bett schlafen. Dieser Gedanke motivierte ihn und gab ihm neue Kräfte.

Als sie sich an diesem Abend eine halbe Wegstunde vor dem Waldrand befanden, stoppte Hanna lauschend und blickte sich um. Schweigend stand sie da, wobei ihr Blick konzentriert die dunklen Schatten des Waldes durchforstete.

»Was ist los?«, flüsterte Robert.

»Ich dachte, ich hätte etwas gehört«, erwiderte sie. »Vielleicht war es auch nur Wild.«

»Lasst uns trotzdem vorsichtiger sein«, meinte Robert, nachdem auch er eine Weile das Halbdunkle hinter ihnen gemustert hatte. »Wir wissen nicht, was sich alles verändert hat in diesen vierzehn Jahren.«

Sie gingen nun vorsichtiger durch den aufgeweichten Boden des Waldes. Manchmal raschelten oder knackten tote Zweige, auf die Quent trat. Robert und Hanna jedoch huschten katzengleich lautlos zwischen den Bäumen hindurch. Es lag Spannung in der Luft. Von Zeit zu Zeit verursachten auch kleinere Tiere Geräusche, die Quent hochschrecken und sein Herz schneller schlagen ließen.

So viel Aufregung für nichts, dachte Quent. Hier wird schon nichts passieren.

Als sie den Waldrand erkennen konnten, drehte sich Hanna noch einmal abrupt um, schüttelte nur den Kopf und folgte ihnen wieder.

Jäh ertönte ein leises Pfeifen und Hanna stieß Quent auf die Seite.

Was ...?, dachte Quent. Weiter kam er nicht. Ein dumpfer Aufschlag ertönte und Hanna fiel durch die Wucht des Treffers mit Quent zu Boden.

Quent rappelte sich auf. Er sah sich um und wurde kreidebleich. Hanna lag noch auf dem Boden. Sie hatte einen Pfeil im Arm.

»Hanna!«, rief Quent.

Hanna stand auf, wobei sie mit einem kurzen Stöhnen den Stiel des Pfeiles abbrach. Dann zog sie ihre zwei Kurzschwerter. Die Verletzung schien ihr dabei nichts auszumachen. Robert zückte sein Schwert.

Quent fühlte das Adrenalin hochsteigen und das Blut schoss ihm in die Magengegend. Er zitterte, unfähig auch nur einen Finger zu bewegen. Er schluckte. Rote Augen blitzten im Halbdunkeln des Waldes um sie herum auf. Quents Angst verwandelte sich in Schrecken.

»Wir sind umzingelt«, sagte Hanna. Ihre Stimme klang so ruhig wie eh und je. Sie drückte Quent hinter sich. »Bleib in meiner Nähe.«

Acht, neun bleiche menschenähnliche Gestalten mit rot schimmernden Augen traten aus den Schatten zwischen den Bäumen hervor. Manche träge humpelnd, andere mit kräftigem Schritt. Alle trugen zerrissene schwarze Rüstungen und Reisemäntel. Einigen unter ihnen tropfte Blut aus dem Mundwinkel. Die Kapuzen ihrer Mäntel waren tief über den Kopf gezogen.

»Joste«, knurrte Robert. »Woher wussten sie, dass wir kommen?«

Quents Körper war verkrampft und seine Knie wurden weich. Sein Atem ging flach und rasend schnell. Er wollte wegrennen, konnte es aber nicht. Er wollte schreien, brachte aber nur ein heißeres Ausatmen und stummes wimmern fertig.

Eines der Wesen, das Größte unter ihnen, hob den Arm und zeigte auf sie. Es grinste böse.

»Haben wir euch«, krächzte es. »Tötet das Pack!«

Lachend stürzten sich die anderen mit Schwertern und Äxten auf sie.

Von irgendwoher surrte ein Pfeil knapp an Quents Kopf vorbei. Einen zweiten wehrte Hanna mit ihrem Schwert im Flug ab.

Wir sind tot, dachte Quent, als er sah, wie Robert den

Angriff eines der Kreaturen abwehrte und einem weiteren Gegner die Faust ins Gesicht rammte.

Dann spürte er einen harten Stoß an seinem Hinterkopf. Während er zu Boden fiel, wurde alles um ihn herum schwarz.

Es war eine regnerische Nacht, als Tomper die Tür seines Gasthauses aufstieß. Langsam schlurfte er, eine Wasserspur hinter sich herziehend, durch die Reihen der Tische und Stühle hindurch und erreichte den Kamin. Nachdem er seinen durchnässten schwarzen Mantel von sich geworfen hatte, entfachte er ein Feuer und schaute dem tänzelnden Farbenspiel eine Weile zu. Sein langes, nasses, braunes Haar hing ihm steif über das Gesicht und ließ kleine kühle Perlen über die Wangen laufen, die anschließend auf dem Holzboden aufschlugen und sich mit ihresgleichen vereinten.

Die Stille, die im Gasthaus ›Zur Schwarzen Krähe‹ herrschte, wurde nur durch das Knistern des Holzes im Kamin und das regelmäßige Rauschen des Regens gestört. Zu dieser Uhrzeit waren seine Gäste schon längst zu Hause oder übernachteten im südlich gelegenen Dirmingen. Seltener übernachtete noch ein Gast bei ihm. Das war früher anders gewesen. Sein Gasthaus lag etwas abgelegen auf der westlichen Seite der Nordroute am Goldsee, was den Reisenden in ihrer jetzigen Zeit Unbehagen bereitete. Er konnte es ihnen nicht verübeln.

Der Mann starrte eine Weile gedankenversunken in die Leere, dann zog er Stiefel und Kleider aus und legte sie vor dem Kamin auf den Boden. Langsam ließ er sich in einen Sessel fallen, hüllte sich in ein Bärenfell und legte seine

Arme auf die Lehnen.

Tomper war einer jener klassischen Wirte zu dieser Zeit, deren kräftige, hohe, gut ernährte Statur für Aufmerksamkeit sorgte. Er war ein sehr fröhlicher und netter Mensch aus dem Goldtal.

Gold. Seit jeher ist Gold als Ursache für die Freuden und das Elend vieler Völker bekannt. Gold gab es hier zur Genüge. Dennoch kam niemand mehr, um es sich zu holen. Es war gefährlich geworden, in den Östlichen Minen zu graben.

Die Zeiten sind im Wandel, dachte der Wirt und schaute aus dem Fenster. Er versuchte, die Nacht mit seinen Augen zu durchdringen. Ein Blitz stach durch die Finsternis und erhellte für eine Sekunde die Gegend. Tomper hatte für einen kurzen Augenblick die Möglichkeit, seinen Blick über die Felder der Bauern zu werfen, dann legte sich die Dunkelheit wieder auf das Land und ein lauter Donnerschlag folgte dem Naturschauspiel. Er rieb sich die kalten Hände. Der Winter hatte dem Frühling in dieser Gegend zwar schon Platz gelassen, das Wetter in der Nacht blieb dennoch frostig.

»Warum wollen die sich ausgerechnet bei mir treffen?«, brummte der Wirt in einem rauen, heiseren Tenor und ließ einen langen Seufzer hören. »Wir hätten uns auch an einem anderen Ort treffen können, an einem Ort, an dem mein Gasthaus heil bleibt, falls sie in Schwierigkeiten geraten sollten.«

Er hatte den Schock über den Blitzbesuch seines alten Bekannten, den Zauberer Graseggur, überwunden und wartete nun. Eine halbe Stunde verging, in der er bewegungslos in seinem Sessel blieb, dann stand er auf und berührte seine Kleider. Sie waren schon fast trocken. Man konnte es ihm zwar nicht ansehen, doch im Inneren sprühte er nur vor Freude über die Rückkehr seiner Freunde.

Nichts ist mehr so, wie es einst war, dachte er, seit unser alter König vor vierzehn Jahren gefallen ist. Er setzte sich langsam wieder in den Sessel zurück. Er fürchtete sich vor der Zeit, in der sie lebten. Faro, der herrschende Magier, setzte viele Länder in Angst und Schrecken. Glücklicherweise war das Goldtal bis jetzt weitestgehend verschont geblieben. Nur für wie lange noch? Diese Ungewissheit nagte sich tief in seine Seele.

Die Tatsache, dass Augustus und Nifia überlebt hatten und dass einer der Prinzen auf dem Heimweg war, gab ihm wieder Hoffnung. Er wusste, dass einige Krieger des Königs überlebt und sich ins Alte Königreich zurückgezogen hatten. Dort versuchten sie, gut versteckt vor Faro, einen Widerstand auf die Beine zu stellen. Tomper hatte Graseggur von den Rebellen berichtet. Dorthin war der Zauberer nun unterwegs. Grübelnd saß er noch eine Weile da, dann zog er sich wieder an und ging mit einem Krug in den Keller, um ein Bierfass anzuschlagen. Mit dem frischen Getränk in der Hand kam er zurück und setzte sich an einen der Tische.

Uhrenschläge ertönten und Tomper zuckte zusammen. Nervosität plagte ihn in Verbindung mit dem Wissen, dass Joste im Schwarzgebirge gesichtet worden waren. Er schaute auf die Uhr. Drei. Nicht nur, dass sie sich bei mir treffen wollen, dachte der Wirt, noch dazu verspäten sie sich. Als hätte ich nichts anderes zu tun!

Es pochte an der Tür. Bei Karam! Na, endlich sind sie da! Er stand auf und eilte zur Tür. Langsam öffnete er sie einen Spalt breit.

»Wer da?«, fragte Tomper.

»Wir sind es«, antwortete ihm eine Männerstimme. Tomper hatte diesen Klang seit Jahren nicht vernommen, hätte die Stimme aber noch nach Jahrzehnten wiedererkannt. »Lass uns rein, Tomper, wir sind klatschnass.«

Der Wirt öffnete und erblickte Augustus, der einen Jungen trug. Neben ihm stand Nifia. Alle waren nass bis auf die Knochen.

»Har!«, kam es aus seinem Mund, der ein Lächeln andeutete, während seine Nasenflügel freudig hin und her zuckten. »Da seid ihr ja endlich. Habt mich ganz schön warten lassen. Unhöflich, sehr unhöflich, wenn ich das einmal so sagen darf.«

Er schaute sie mit einem strahlenden Gesicht an. »Herzlich willkommen! Wir haben uns ja Jahre nicht gesehen, kommt nur herein! Was ist mit dem Jungen? Ist er eingeschlafen?«

Sie traten ein.

»Bei Karam! Was ist denn mit euch passiert?«, fragte er erschrocken, als er den abgebrochenen Pfeil in Nifias rechtem Oberarm stecken sah.

»Joste«, antwortete Nifia knapp.

»Joste? Mitten im Goldtal? Bei Karam! Sie dringen immer weiter vor! Ist der Junge ... ist er ...?«

»Nein«, sagte Augustus. »Ihm geht es gut. Er hat nur eine kleine Beule abgekriegt.«

»Karam sei Dank!«, sagte Tomper.

»Die Joste kamen aus dem Nichts«, fuhr Augustus fort. »Ich dachte zunächst, dass sie uns erwarteten. Aber jetzt glaube ich, dass es reiner Zufall war. Faro wusste nicht, dass wir noch lebten. Dafür war damals die Inszenierung unseres Todes zu gut. Uns hat sicherlich ein Aufklärungstrupp überrascht, der diesen Teil des Goldtals erkunden sollte.« Augustus legte Quent sanft auf einen Tisch.

»Hm, hm …«, brummte der Wirt und kratzte sich am Kinn. »Dann lass uns deinen Arm gleich verarzten, Nifia.« Er schaute sich die Wunde an. »Schmerzhaft, aber nicht gefährlich. Ich werde sie gleich säubern und verbinden.«

Er eilte los und holte die notwendigen Utensilien, die er gerade unter der Hand hatte, Schnaps und Stoff und begann Nifias Arm zu verarzten.

»Nifia«, sagte Augustus und setzte sich auf einen Stuhl. »Ich habe meine großen Zweifel, was Quent angeht. Ich kann mir nicht vorstellen, dass er sich jemals auch nur einem Jost wird stellen können.«

»Gib ihm etwas Zeit, Augustus, er ist eben erst in seiner alten Heimat angekommen.«

»Wir haben lange genug auf ihn aufgepasst. Er ist ein lieber Junge, aber ich sehe ihn einfach nicht auf dem Schlachtfeld. Er kippt ja bei jeder Kleinigkeit um.«

»Wir haben schon seinen Vater ausgebildet, als er noch ein Kind war, und er ist ein großer Krieger geworden.«

»Quent fehlt der Glanz des Königs.«

»Dieses innere Feuer wird schon noch entfacht werden. Hab noch etwas Geduld, Augustus. Quent ist kein Mensch, dessen kurzer Lebensfaden sein inneres Feuer schneller entfachen lässt. Er gehört zu unserer Familie. Wir brauchen die Zeit und wir leben die Zeit, die uns Karam und Edda geschenkt haben.«

»Genau das macht mir Angst, Nifia. Wir haben keine

Zeit.«

»Hat dir die alte Welt deinen Optimismus geraubt? Sorge dich, wenn es so weit ist. Im Moment brauchst du das noch nicht. Denk an Antaras Prophezeiung.«

Nachdem Tomper Nifia versorgt hatte, stand er auf und schaute sich Quent an.

»Das ist also Quent, der Retter der Welten?«, sagte Tomper. »Hört sich an wie der Titel eines Buches.«

»Noch nicht ganz, mein lieber Freund«, antwortete Augustus. »Er ist noch nicht bereit, diese Bürde auf sich zu nehmen.«

*****

Wer er war, das wusste der blonde Junge nicht. Er wusste nur, dass er anders war. Anders als die vielen kleinen Geschöpfe um ihn herum. Er war der Einzige, der hier dieser Lebensform angehörte und das beschäftigte ihn sehr. Als hässlich empfand er sich nicht, groß und kräftig, wie er war, und schämen musste er sich dafür auch nicht, denn alle mochten und respektierten ihn, obgleich er so verschieden war. Nein, für seinen Körper musste er sich nicht schämen. Er schämte sich nur dafür, dass er in seinem Alter noch keinen Bartwuchs hatte. Nicht einmal einen kleinen Flaum. War doch ein Bart das wichtigste Symbol hier unter der Erde. Jeder hatte einen, vom König, der den größten und prächtigsten Bart trug, bis hin zum armen Bettler, der ihn fast komplett abrasieren musste. Und er, ausgerechnet er, hatte keinen Bart. Er wuchs einfach nicht. Nächstes Jahr vielleicht.

Es war ein einseitiges Leben, das er hier unter dem Berg

führte. Kriegstraining, Körperkampf und Essen und Schlafen waren, neben seinen Gedanken, die einzigen Beschäftigungen und Sorgen, die er hatte. Dabei trainierte er unablässig mit Schwert und Axt, als Zweihänder und Einhänder mit Schild. Manchmal auch mit der Hellebarde oder mit dem Speer. Seltener mit der Armbrust. Pfeil und Bogen hatte er so gut wie nie in der Hand. Diese Waffe war an diesem Ort, warum auch immer, verpönt.

Die Geschöpfe, die hier lebten, nannten ihn alle einfach nur Magor, er selbst wusste nicht, ob dies nun eine Bezeichnung oder ein Name sein sollte. Magor konnte sich glücklich schätzen, noch am Leben zu sein. Er verdankte es diesen Geschöpfen. Sie hatten ihm erzählt, dass er verwundet und im Sterben liegend in einem Waldstück per Zufall von kleinen spielenden Waldelfen gefunden worden war. Wenn sie nicht gewesen wären, wäre er jetzt tot. Ob etwas Schlimmes passiert war, daran konnte er sich nicht mehr erinnern. Noch nicht einmal schlechte Träume suchten ihn deswegen heim. Schlechte Träume bekam er nur durch das Training, das er gerade wieder absolvieren musste.

Der Junge war mitten in einem Trainingskampf, als er blitzartig wieder eine dieser Visionen hatte, die ihn schon seit seiner Kindheit plagten. Er saß in einer Art Höhle. Eine Höhle, die aus kleinen Steinen und Holz gebaut war, und nicht so, wie er es kannte, aus rauem Stein. In einem Kamin an der Wand flackerte ein Feuer. Ihm gegenüber saßen drei Kreaturen: eine weibliche und zwei männliche, wovon eine sehr alt war und einen langen weißen Bart hatte. Der alte Mann rauchte Pfeife und schaute ihn nachdenklich an.

»Also gut, nehmen wir an, ich glaube euch«, hörte

Magor verschwommen. Die Stimme kam aus seinem Mund. »Was spiele ich in dieser Geschichte für eine Rolle?«

»Die Hauptrolle, mein Junge«, antwortete der alte Mann mit einer rauen, ebenso verschwommenen Stimme.

So schnell die Vision gekommen war, so schnell war sie auch wieder gegangen. Magor sah nur noch, wie das stumpfe Schwert seines Trainingspartners auf ihn niederfuhr. Er konnte nicht mehr ausweichen und die Waffe traf mit lautem Scheppern seinen Helm. Ein stechender Schmerz durchfuhr seinen Kopf und die Wucht des Treffers stieß ihn zur Seite. Schwindel überfiel ihn. Er kniete sich nieder, bevor ihn die Ohnmacht übermannen konnte und versuchte, die schwarzen Flecken vor seinen Augen zu vertreiben.

»Magor!«

Magor kam wieder zu sich, blickte sich um und sah einen kleinen, kräftigen Mann mit langem grauem Bart und weißer Augenklappe auf dem rechten Auge auf sich zukommen. Es war Brangor, Kriegsherr des Königs. Er war, für seine Spezies, in einem fortgeschrittenen Alter und sein Gesicht ähnelte den unzähligen Schlachtfeldern, die er in seiner ehrenvollen Laufbahn betreten hatte. Nun bildete der Kriegsherr den Nachwuchs aus und führte das Heer des Königs an.

Der blonde Junge war Brangors Liebling, auch wenn dieser es nicht zugeben wollte. Der Kriegsherr wusste, dass Magor etwas Besonderes war. Es konnte kein Zufall gewesen sein, dass dieser Junge zu ihnen kam. Das stand für ihn fest. Magor war sehr talentiert, Brangor sah es ihm vom ersten Tage an: der Glanz in den Augen, die Sicherheit der Stiche, die Ausdauer, die moralische Einstellung des Jungen und, was am wichtigsten war, der Respekt dem Gegner und den Waffen gegenüber. Er kämpfte nicht zum Vergnügen, obwohl er zum Kämpfen geboren war. Er kämpfte um das, was er liebte: Freunde, Familie und um sein Zuhause, das Graue Gebirge. Der Junge, innerlich und äußerlich, erinnerte den Kriegsherrn an einen alten gefallenen Freund.

»Wie oft soll ich dir noch sagen, dass du dich mehr anstrengen sollst?«, fuhr ihn Brangor an. »Meinst du, der Gegner streichelt und kitzelt dich? Er wird dir die Eingeweide rausreißen!«

Magor stand auf und schaute beschämt zu Boden.

»Es tut mir leid.«

»Wenn das so weitergeht, werde ich deine Trainingseinheiten noch weiter erhöhen!«

»Ich werde mich verbessern, Kriegsherr«, antwortete Magor, ohne seinen Blick zu erheben. Er schluckte. Er trainierte jetzt schon länger als die anderen.

»Das hoffe ich doch«, sagte Brangor und lächelte. Der Junge wird einmal ganz groß. Er drehte sich zu seinen anderen Schülern um und schrie: »Wir haben nur noch drei Monate, um uns vorzubereiten! Trainiert konzentriert, trainiert hart! Jede Stunde Vorbereitung schenkt euch eine höhere Überlebenschance auf dem Feld!«

»Jawoll, Kriegsherr!«, antwortete ein Chor von eintausend Stimmen.

»Für den König! Für die Grauzwerge!«

»Für Adamas!«

*****

Es war schön kuschelig, als Quent langsam erwachte.

Warme Sonnenstrahlen streichelten sein Gesicht, während er in der Ferne eine Glocke läuten hörte. Sein Hinterkopf pochte stark und er wusste nicht mehr, warum. Er behielt seine Augen geschlossen. Stundenlang hätte er noch weiter so liegen können. Es war manchmal schon verrückt, was das Leben für einen bereithielt. Es war voller Geheimnisse und wenn man glaubte, die meisten gelüftet zu haben, stand man plötzlich vor einem riesigen Berg von Fragen. Die wichtigste in diesem Moment war wohl: Soll ich die Augen öffnen, oder nicht? Entscheidungen. Jeder wird eines Tages vor einer wichtigen Entscheidung stehen. Diese hier war einfach. Quent öffnete die Augen.

Schon wieder so ein komischer Traum, dachte Quent und bemühte sich, die Bilder der Höhle und der Gesichter der kriegerischen Geschöpfe im Kopf zu behalten. Das Gesicht eines alten kleinen Mannes mit einem furchteinflößenden Narbengesicht und einer weißen Augenklappe zerfloss und löste sich auf, bis Quent sich nicht mehr an den Traum erinnern konnte. Er lag nackt unter einer Schicht Tierfellen und versuchte, sich daran zu erinnern, was passiert war. Wald und schwarze Gestalten mit roten Augen kamen ihm wieder in den Sinn. Er setzte sich auf und schaute sich in seiner Kammer um. Es war noch sehr früh am Morgen. Die Sonne, die ihre warmen Strahlen durch das Fenster auf sein Gesicht schickte, erhob sich langsam zwischen zwei Bergen. Sein Zimmer war klein, bot aber genügend Platz für eine Person. Ein kleiner Schrank und ein Stuhl, auf dem seine Kleider lagen, waren neben dem alten Bauernbett, auf dem er lag, die einzigen Möbelstücke. Das Haus, das komplett aus Holz gebaut war, erweckte in ihm einen starken mittelalterlichen Eindruck.

Er griff sich an die schmerzende Stelle an seinem Kopf und fühlte eine dicke Beule. Was ist passiert? Wo bin ich?

Quent stand auf und zog sich an. Dann trat er vor das Zimmer und lief einen langen dunklen Gang entlang. Er ging an Zimmern vorbei, an deren Türen Nummern hingen, und bei jedem Schritt knarrten die Dielen unter seinen Füßen. Als er die Treppe herunterstieg und in den Speisesaal trat, fiel ihm wieder ein, was passiert war. Quent befand sich in einem Gasthaus in der Welt Pentra, der zweiten Welt der Lebenskugel. Er war nicht mehr in den Alpen. Er war nicht einmal mehr auf der Erde.

»Einen wunderschönen guten Morgen, mein Junge«, sagte Hanna. »Gut geschlafen?« Sie saß in einem Sessel bei der Feuerstelle und polierte ihre Waffen. Es waren die zwei Kurzschwerter der Waffen, die Robert und Hanna hinter der versteckten Hütte in den Alpen vergraben hatten. Ihr rechter Arm steckte in einer Schlinge.

»Ich glaube, ich habe noch nie in meinem Leben so gut geschlafen wie heute.«

Hanna schmunzelte.

»Wo sind wir?«, fragte Quent und schaute sich um. Er hatte sofort gesehen, dass sie in einem Wirtshaus waren, aber er wusste nicht, wie er an diesen Ort gekommen war.

»Wir sind bei Tomper, dem Freund, von dem wir dir erzählt haben. Setz dich an den Tisch, er hat uns Frühstück gerichtet.«

Quent setzte sich und überdachte die gegenwärtige Situation. Es war also wahr. Alles, was Robert, Hanna und Graseggur gesagt hatten, entsprach der Wahrheit. Quent drehte sich zu Hanna.

»Hanna und Robert sind wohl wirklich nicht eure

echten Namen?«

Hanna schüttelte sanft den Kopf.

»Wie soll ich euch beide denn jetzt nennen? Robert oder Augustus? Hanna oder Nifia?«

»Nenn uns bei unseren echten Namen. Sie wissen jetzt sowieso, dass wir wieder in dieser Welt sind.«

Sie wissen sowieso, dass wir wieder in dieser Welt sind. Der Satz hallte in Quents Kopf nach. Sie ...

»Wie viele gibt es denn von ihnen, euh ... Nifia?« Es kostete Quent Überwindung, diesen ungewohnten Namen auszusprechen.

»Unzählige.«

Quent wurde schlecht. Er fühlte, wie ihm ein leichter Schauer den Rücken herunterlief und sich seine Kehle zuschnürte. In was war er da nur hineingeraten.

Nifia stand auf und setzte sich neben ihn.

»Ich weiß, uns steht eine dunkle Zeit bevor, aber du kannst deinem Schicksal nicht entfliehen, es würde dich eines Tages ohnehin einholen und dann könnten wir vielleicht nichts mehr ausrichten. Alles geht irgendwann vorbei und so werden wir auch diese Hürde in unserem Leben irgendwie meistern.«

Sie schaute ihn freundlich an und strich ihm durchs Haar, so wie sie es früher immer getan hatte. Er schämte sich nicht dafür, dass er sich verloren fühlte. Er war von einem Tag auf den anderen von einem friedlichen Leben in eine schwarze Zeit voll Trauer, Leid und Tod gestürzt und sah kaum einen Lichtschimmer am Horizont. Zumindest empfand er es so.

»Ich bin kein Krieger, Nifia, ich würde umkommen, wenn ich kämpfen müsste.« Eine Träne der Verzweiflung bahnte sich ihren Weg über seine Wange. »Ich habe nie gelernt zu kämpfen, ich hasse Gewalt!«

»Du wirst es lernen müssen, wenn du überleben willst.« Sie rieb sich den Arm, der in der Schlinge steckte.

Vor Quents Augen erschien wieder das Bild, wie Nifia vom Pfeil getroffen wurde.

»Ich habe Angst«, flüsterte er nach kurzem Schweigen.

Wortlos nahm Nifia Quent in den Arm.

Quent schaute traurig in die leere Holzschüssel vor ihm. Dann verfinsterte sich sein Blick. Er löste sich aus der Umarmung.

»Warum habt ihr mich immer im Unklaren gelassen? Warum habt ihr mich nie auf diese Situation vorbereitet? Ihr wusstet die ganze Zeit, dass dieser Tag kommen würde! Ihr wusstet die ganze Zeit, dass ihr zurückkehren würdet! Ihr habt jahrelang trainiert! Nie habt ihr mich zu irgendetwas gezwungen! Gezwungen, bei eurem Training mitzumachen! Ihr seid vorbereitet! Ich ... Ich weiß nicht einmal, wie ich mich verteidigen soll!«, sprudelte es aus ihm heraus.

Nifia wartete einen Moment, bevor sie antwortete.

»Quent, du bist der Sohn Siklingurs, des Königs von Pentra. Du bist ein Prinz und wir sind nur deine Leibgarde. Eigentlich dürfte ich dich nicht einmal duzen. Niemand durfte erfahren, dass du überlebt hast und wo du dich hättest befinden können. Es wäre gefährlich gewesen, dich aufzuklären, bevor wir die Rückreise antraten.«

»Ihr seid meine Eltern!«, brüllte Quent. »Du und Robert ... du und Augustus!«

Nifia lächelte gerührt. Ihre Augen glitzerten.

»Siklingur war unser König und ein guter Freund. Aber

er war hauptsächlich auch ein guter Vater. Du wirst dich an das Neue gewöhnen müssen.«

Quent schnaufte, brach sich ein Stück Brot ab und stopfte es sich voller Wut in den Mund. Er hatte sich in der Größe etwas überschätzt und seine Backen spannten sich zu einer beachtlichen Größe. Er konnte kaum kauen und verschluckte sich dabei.

Nifia lachte lauthals los.

»Hmnerrgogfagramend!«, fluchte er und hustete. Seine Wut löste sich auf. Er lachte, keuchte und schluckte mit Müh und Not einen Teil des Inhaltes seiner Backen herunter, bis er wieder Luft bekam und in Nifias Lachen mit einstimmte.

»Es tut mir leid«, sagte Quent, nachdem sie sich beruhigt hatten. Er wischte sich mit dem Ärmel eine Träne weg.

»Ist schon gut.«

»Tomper, der Wirt, den wir treffen sollten, kennt ihr ihn schon lange?«

»Ja. Er ist ein sehr liebenswürdiger Mensch und schon lange ein Freund von uns. Einer der letzten, die wir wohl noch in Pentra haben. Er war einst Koch am Hofe deiner Familie, was eine sehr ehrenvolle und bedeutende Aufgabe war. Mit anderen Worten, dein Vater vertraute Tomper das Leben seiner Familie an.«

»Ach?« Quent konnte sich mit dem Gedanken noch nicht anfreunden, Sohn eines Königspaars zu sein. Er verdrängte den Gedanken und fragte: »Wie heißt der Ort, wo wir hier sind?«

»Wir sind im Gasthaus ›Zur schwarzen Krähe‹«, sagte Nifia. »Es liegt etwas nördlich, außerhalb von Dirmingen, direkt am Goldsee. Dirmingen ist die Hauptstadt des Goldtals.«

Quent nickte und versuchte, sich alles zu merken.

»Wo sind Tomper und Augustus?«

»Sie sind sehr früh los, jagen. Wir brauchen Verpflegung für die nächsten Tage.«

Quent nahm sich ein Stück Brot, schnitt eine Scheibe vom getrockneten Schinken ab und biss hungrig hinein. Die restliche Anspannung löste sich und verfloss in Wärme, die sich in seinem Körper ausbreitete. Er sah einen kleinen Lichtschimmer, eine kleine Kerze im dunklen Raum, die ihm gefehlt hatte. Warum hatte er es nicht schon gespürt, als sie durch Entropila gelaufen waren? Er war zu Hause. Bei dem Gedanken floss ein warmer Schauer durch seinen Körper und er konnte nicht anders, als breit zu grinsen. Er spürte den Tatendrang, der sich in seiner Brust aufblähte.
»Nifia«, sagte Quent. »Ich will nicht mehr schwach sein. Ich will nicht mehr in Ohnmacht fallen, wenn mich eine Nachricht aus der Fassung bringt. Ich will jemand sein. Ich will eben jener Quent werden, von dem die besagte Prophezeiung spricht.«

»Du kannst alles erreichen, wenn du es nur wirklich willst. Halbherzig eine Sache angehen darfst du nicht. Du musst mit vollem Herzblut dahinterstehen und dein Ziel fest vor Augen haben. Wenn du den Magier Faro besiegen möchtest, musst du ihn schon jetzt besiegt sehen. Den Anfang hast du mit deinem Wunsch selbst gemacht. Du hast den ersten Stein ins Rollen gebracht. Du hast dir gerade selbst die Saat gepflanzt, um diese schier unmögliche Aufgabe erfolgreich abschließen zu können. Dieser erste Gedanke wird dich zum Willen führen und mit viel

Training, mit viel Schweiß und Blut wird dieser Wille dir die Beharrlichkeit, die Zähigkeit, die Entschlossenheit, die Robustheit und die Zielstrebigkeit geben, die du benötigen wirst, um Faro besiegen zu können.«

»Und das werde ich«, versprach Quent.

»Quent, deine Schwäche ist nicht schlimm. Der Wille, das Ziel mit aller Kraft zu erreichen, wird deine Denkweise nach und nach verändern und manchmal verändert sie einen so sehr, dass ein ganz neuer Mensch entsteht. Ob gut oder böse. Bleibe schwach, um stark zu sein.«

Quent stand auf und tat etwas, das er seit langer Zeit nicht mehr getan hatte: Er umarmte Nifia.

»Ich muss Kämpfen lernen.«

Kapitel IV.
Braara

Der Gaukler lag nun schon seit Stunden in derselben Position, am selben Ort. Wie jeden Abend, jeden Tag, jede Woche. Es war ein guter Platz im Schatten. Die Ansammlung von Schlamm an dieser Stelle machte das Liegen erträglich. Nur, er wollte es nicht. Er wollte nicht hier liegen, hier betteln, hier warten; er musste es. Warum? Schicksal.

Gaukler. Die Menschen aus Braara hatten ihm diesen Namen gegeben. Dabei hatte er nur einmal einem kleinen Jungen das Jonglieren gezeigt, und das war schon einige Zeit her. Der Name hatte sich in Windeseile im Ort herumgesprochen. Dem Gaukler war es nur recht, so musste er nicht selbst einen erfinden.

Braara war eine trostlose, vergessene Stadt und der Nebel in dieser Gegend so dicht, dass man kaum die andere Straßenseite erblicken konnte. Nebuland. Ja, so nannten sie dieses Land voller Nebel und Dreck, in dem selten das Licht des Mondes oder ein Sonnenstrahl den Boden berührte. Der Gaukler verabscheute diesen Ort. Aber er musste hier liegen, für den Herrn.

Es war still und kalt. Um diese späte Uhrzeit waren alle damit beschäftigt, ihre Probleme mit Bier und Schnaps zu vergessen. Er würde auch gerne vergessen wollen, aber er konnte nicht. Er wusste viel, das machte ihn gefährlich ... und dennoch brauchten sie ihn.

Eine Tür schwang auf und eine dröhnende Mischung aus Musik, Schreien und zerschellendem Geschirr drang aus einem Wirtshaus unmittelbar in der Nähe seines Sitzplatzes. Ein Mann wurde in den Matsch vor dem Haus geworfen.

»Pack dich fort!«, rief der Wirt am Eingang. »Und wehe, du kotzt mir noch einmal alles voll!«

Die Tür schloss sich unter tosendem Gelächter der Gäste. Ist er es diesmal? Der Gaukler musterte die dunkle Gestalt, die ziemlich tief in den Krug geschaut hatte. Sie schwankte, fiel hin und rappelte sich mühsam wieder auf. Langsam torkelte sie voran, immer einen Fuß vor den anderen setzend, immer ein Bein dem anderen folgend. Hier und da hielt sie sich an der Hauswand fest, wenn sie ihr etwas zu nahe geriet. Dann kam sie an den Platz des Gauklers.

»Habt Erbarmen, oh Herr!«, schluchzte der Gaukler, warf sich nach vorne und zog ein erschütternd trauriges Gesicht. »Eine kleine Spende bitte! Ich habe seit Tagen nichts gegessen. Die Katzen sind eine Plage beim Rattenfangen!«

Eine Träne tropfte vom Kinn des Gauklers, während er die Person vor sich sorgfältig betrachtete.

Die Gestalt blieb wankend stehen. Sie steckte in einem schwarzen Reisemantel, den Kopf mit der Kapuze bedeckt.

»Ich … ich habe nicht viel mehr als du«, antwortete ihm eine dunkle, lallende Männerstimme. Die langen, dreckigen schwarzen Haare klebten ihm im Gesicht. »T … tut mir leid, mein Junge.« Während er sprach, wurde eine dicke Narbe auf seiner linken Backe sichtbar. Der betrunkene Mann torkelte davon.

Der Gaukler zog seine Kapuze tiefer über den Kopf und versteckte so sein zufriedenes Grinsen.

»So durchstreift ein kleines Licht den Nebel«, murmelte

er in sich hinein. »Es erblasst, aber ein Funken ist noch da. Was das Holz betrifft … das wird bald eintreffen.« Er lehnte sich zurück und spürte die zwei schlecht verheilten Narben auf seinen Schulterblättern, die er nun schon so lange mit sich herumtrug. Wann werden diese Wunden endlich verheilen?

*****

»Bei Karam! Warum muss ich eigentlich mit?«

»Graseggur möchte es so.«

»Aber ich bin doch nur ein armer, kleiner Wirt! Ich könnte keiner Fliege etwas zuleide tun. In eurem Unterfangen werde ich euch nur hinderlich sein!«

»Mich wundert es ja auch, aber er wird schon seine Gründe haben. Mach das Beste daraus, wir passen auch auf dich auf.« Nifia schaute in das runde Gesicht des Wirtes und lächelte.

»Werden wir das?«, fragte Augustus. »Wir müssen ja schon auf den jungen Prinzen hier aufpassen.«

Er lachte.

»Jaja, macht euch nur über den armen Tomper lustig. Ich erinnere euch daran, dass ich euch nie auf eure Streifzüge begleitet habe. Ich habe nie gelernt zu kämpfen. Meine Waffen sind der Kochlöffel und der Topf. Aber mit ihnen bin ich ungeschlagen!« Der Wirt seufzte. »Ich vermisse mein Gasthaus jetzt schon.«

Quent lächelte. Er mochte ihren neuen Gefährten und hatte eine Ahnung, weshalb Graseggur wollte, dass Tomper mitkam; er strahlte Vertrauen, Zuversicht und Wärme aus und vielleicht war dies lebensnotwendig auf ihrer Reise.

Sie waren früh am Morgen von Tompers Gasthaus aufgebrochen und liefen auf der Nordroute nach Norden. Es war angenehm warm. Die Sonne schien auf sie herab und ließ das Gras um sie herum in einem frischen Grün erstrahlen, auf dem Kühe, Schafe und Pferde weideten. Vereinzelt sah man kleine Holzhütten. Einmal begegneten sie auch einem Bauern, der auf seinem Pferdekarren das Heu transportierte und sie misstrauisch beäugte.

Graseggur war am Vorabend ihrer Abreise dazugekommen und hatte lange mit Quent gesprochen. Der war erstaunt über das Vertrauen, das dieser alte Mann in ihn setzte. Ihm schwirrten einzelne Bruchstücke der Unterhaltung durch den Kopf: »Findet William, er war der dritte Leibwächter deines Vaters und hat die Schlacht überlebt. Er wohnt in Braara … ja, Quent, du wirst dich dem Magier Faro früher oder später stellen müssen. Hast du deine Halskette noch? Gut. Sie wird dich zu deinem Zwillingsbruder Selas führen. Wenn du ihn gefunden hast, öffnet gemeinsam diesen Brief.« Quent fasste in seine Innentasche und spürte die raue Oberfläche des Papierumschlags. Er schluckte.

Einen Magier besiegen, dachte er. Ich! Die haben sie doch nicht mehr alle! Er schaute in die Runde.

»Mich wundert es, dass jemand so Unbedeutendes wie ich es bin über Nacht so viel Verantwortung bekommen kann. Wie soll ich, ein Niemand, einen großen Magier besiegen können? Das ist doch verrückt!«

Die Gruppe schwieg, dann seufzte Augustus und antwortete: »Du solltest nicht zu sehr in die Zukunft sehen, wissen wollen was, wann, wo geschieht. Überlege nicht, was passieren könnte, sondern lebe jeden Tag, den man dir schenkt. Du bist jung und hast eine gefährliche Aufgabe übertragen bekommen. Aber im Moment ist es ruhig und Zeit für ein Lächeln gibt es immer.«

Augustus grinste und blickte zu Quent.

»Wenn du etwas von Herzen willst, musst du auch mit aller Kraft daran arbeiten. Dann kann auch der schwächste Mensch seine Bestimmung ändern und weit entfernte Ziele erscheinen plötzlich ganz nahe.«

Quent lächelte. Er war dankbar für diese Worte. Er spürte, wie sich eine kleine Erleichterung in ihm ausbreitete. Er war ja nicht allein.

Fünf Tage waren sie auf der Nordroute unterwegs, bis sie eine Veränderung der Landschaft bemerkten. Langsam floss das Grün der Wiesen in dunkles Grau. Immer mehr knorrige und finstere Bäume wuchsen links und rechts des Weges, deren lange Blätter leblos herunterhingen. Ein großes Schweigen umschloss sie, das nur vom dumpfen Geräusch ihrer Schritte gestört wurde. Kein Tierlaut war zu vernehmen. Sie sahen vor sich das Schwarzgebirge, das sich um das Goldtal streckte. Das Gebirge bestand aus dunkelgrauem Felsen und einem besonders dichten Wald, der sich auf der nördlichen Seite der Bergkette weit ins Land ausbreitete.

Nebuland. Es war das nächste Land, durch das sie kommen würden. Graseggur hatte Quent flüchtig davon erzählt. Die Gegend war ein gefährliches Niemandsland, das an jedem Tag des Jahres von einem dichten Nebel heimgesucht wurde, was verfolgten Menschen sehr entgegenkam. Er bot ihnen Schutz vor unerwünschten Blicken. Die meisten Personen, die in diesem Land lebten, waren in den umliegenden Ländern gesuchte Menschen. Vereinzelt lebten dort aber auch ehrliche Leute, die die Joste und Faro fürchteten und nach Nebuland flohen, weil sie sich dort ein besseres Leben erhofften.

Joste.

Quent lief es kalt den Rücken runter. Erinnerungen an den Abend kamen hoch, an dem sie auf dem Weg zu Tompers Gasthaus ›Zur schwarzen Krähe‹ überfallen worden waren. Er konnte sie vor seinen Augen sehen: dürre, gruselige Gestalten, an denen kaum ein Gramm Fett war, alle in schwarzen Rüstungen und Kleidern und einem sehr breiten, offenen Mantel. Die Kapuzen waren über den Kopf gezogen, sodass man nur das rote Leuchten ihrer Augen sehen konnte. Ihre Haut war bleich und eingefallen wie die von Toten. Trotzdem lebten sie noch oder schienen es zumindest. Graseggur hatte ihm erklärt, dass es Sklaven Faros seien. Lebewesen, die gefangen wurden und mit einem mächtigen Zauber an Faro gebunden waren. Sie mussten auf Ewigkeit gegen ihren Willen seine Diener sein. Graseggur hatte früher einmal versucht, einen Jost zu befreien und dafür den Zauber Faros nach langen Recherchen aufgehoben. Der Jost war auf der Stelle tot gewesen. Wer einmal Jost wurde, der blieb Jost.

Von der Nordroute wichen sie erst ab, als sie den Fuß der Berge erreicht hatten, dann erklommen sie den Pass der Ehrlichkeit. Quent schlug diesen Weg in seinem Buch nach, in dem nicht nur kulturelle, sondern auch topografische Merkmale Pentras vermerkt waren. Einer alten Legende nach erhielt der Pass den Namen durch Brenke, den Rauen, einen jungen adligen Herrn aus dem Goldtal. Er hatte auf der Spitze des Berges eine Prüfung ablegen müssen, um

Herr des Goldtals zu werden, und war diesem Pass hinauf zum Gipfel gefolgt. Oben angekommen wurde er auf seine Ehrlichkeit geprüft. Brenke scheiterte am Test und wurde in einen Spalt des Berges geworden. Dadurch zerbarst das Gestein und teilte den Berg in zwei Hälften. Auf der Spitze steht ein Denkmal, das alle ermahnen soll, was passieren kann, wenn man unehrlich ist.

Als die Gruppe die Spitze erklommen hatte, sahen sie unter sich ein dichtes Meer aus Wolken, das das ganze Land bedeckte und, durch den Wind angetrieben, geschmeidig und unscheinbar gegen die Berge traf. Düster lag das Nebuland vor ihnen und hinter sich sahen sie golden schimmernd den See des fruchtbaren Goldtals.

»Als ich früher mit meiner Mutter in den Bergen wandern war«, begann Tomper, »hat sie mir immer erzählt, dass die Hasen kochen und die Wolken verursachen würden.« Er lächelte.

»Kommst du aus dem Goldtal?«, fragte Quent.

»Oh, nein«, antwortete der Wirt und schüttelte den Kopf. »Ich komme aus einem kleinen Dorf in der Nähe von Enoah. Das liegt in Almere.«

Nifia blieb abrupt stehen und bückte sich.

»Eine Fährte«, sagte sie und untersuchte den Boden, dabei strich sie leicht mit den Fingern über die Erde. Ihr Gesicht wurde ernst.

»Ein Tankur mit Reiter ist vor zwei, drei Stunden hier vorbeigekommen. Es war ziemlich angeschlagen. Es humpelte am linken hinteren Huf.«

»Was ist ein Tankur?«, fragte Quent. Er sah interessiert auf die Stelle, die Nifia untersuchte, konnte jedoch nichts Brauchbares erkennen.

»Tankure sind die Reittiere der Joste. Eine Kreuzung aus einem herkömmlichen Pferd und einem untoten Wolf.«

»Was?«, fragte Quent erschrocken. Er glaubte, nicht richtig gehört zu haben.

»Aber es ist doch nur einer, nichts, wovor wir uns fürchten müssten, oder?«, meinte Tomper. Er zupfte nervös an seinem Kinn, wobei die Nasenflügel zitterten und sein Gemüt widerspiegelten.

»Joste reiten nur in Ausnahmefällen alleine«, sagte Nifia. Sie stand wieder auf. »Das ist sehr eigenartig. Haltet euch auf alle Fälle bereit, man kann nie wissen.«

Sie rasteten eine Stunde lang ohne weiteren Zwischenfall unter dem Brenke-Denkmal. Als sie sich erholt hatten, setzten sie ihre Reise fort. Die kleine Gruppe stieg den Berg nach Nebuland hinab, immer weiter auf den für Quent unheimlichen Nebel zu. Sie erreichten ihn und traten in die Düsternis. Bei jedem Schritt wurde ihre Umgebung dunkler und undurchsichtiger. Im Nu konnte Quent nur noch in einem Umkreis von fünf Metern etwas erkennen. Ein unangenehmes Gefühl der Enge legte seine Hände auf ihn.

»Das ist aber mal gar nicht schön hier«, hörte Quent Tompers Stimme hinter sich jammern. »Ich fühle mich wie in einem meiner Kochtöpfe, nur dass ich ungern eine der Ingredienzen sein möchte.«

»Und ich möchte nicht die arme Person sein, die diese Spezialität dann kosten darf«, neckte ihn Nifia.

»Ich mache die besten Gerichte des Goldtals, meine Liebe«, sagte Tomper. Er schnaufte gekränkt. »Ich habe für den König gekocht! Jawohl!« Tomper hob beleidigt den Kopf und sagte in der nächsten Stunde kein weiteres Wort mehr.

Sie stiegen weiter hinab, bis sie, nach Quents Empfindung, den Fuß des Berges erreicht hatten und kamen an das Ufer eines Sees. Nach Nifias Angaben waren sie am Tiefsee. Den Himmel konnte man durch den Nebel nicht erkennen. Die Fährte, die sie zuvor gefunden hatten, war während der ganzen Zeit nicht von ihrem Weg abgewichen.

»Hier ist der Jost abgestiegen«, stellte Nifia fest. Sie redete leise, wobei sie mit den Augen die ganze Gegend untersuchte.

»Und hier sind weitere Fährten«, erklang nicht viel lauter Augustus' Stimme aus dem Nebel. »Ein Reiter.« Er war nahe dem Ufer in die Hocke gegangen. Beim Nähertreten erkannte Quent im weichen Boden deutlich die Spuren eines eisenbeschlagenen Pferdes. »Es gab einen Kampf.«

»Woran erkennst du das?«, wollte Quent wissen. Er wurde unruhig und schaute sich besorgt um.

Augustus zeigte und erklärte ihm die verschiedenen Spuren auf dem Boden.

»Etwas Blut findest du hier. Dort drüben ist eine Person auf den Boden gefallen, stark blutend, das Gras hat sich noch nicht aufgerichtet. Und hier … wurde jemand oder etwas über den Boden geschleift.«

»Bei Karam, bei Karam! ...«, flüsterte Tomper. Quent konnte erahnen, wie es dem Wirt innerlich erging; er fühlte das Gleiche.

Augustus folgte der Spur und fand hinter einem Gebüsch die Leiche eines Mannes. Sie hatte mehrere Schnitte und Stiche im Leib, der Kopf fehlte gänzlich. Er war nicht ausgeraubt worden, der Mörder hatte ihm alles gelassen. Für Tomper war dieser Anblick zu viel und er übergab sich. Quent setzte sich etwas abseits auf einen umgefallenen Baumstamm und versuchte, sich zu sammeln. Ein toter Mensch! Er schnappte nach Luft. Er wollte diesen leblosen Körper nicht noch einmal ansehen müssen. Ein Mensch ... Hier wurde ein Mensch geköpft! Schrecken breitete sich in seinen Gliedmaßen aus.

»Wir … wir müssen die Polizei rufen!«, stammelte Quent.

»Quent«, antwortete Nifia. »Wir sind nicht mehr in Prima. Hier gibt es keine Polizei. Wenn du in der Wildnis von Pentra wanderst, gilt das Gesetz des Stärkeren, außer es sind Ritter der jeweiligen Herrscher des Landes anwesend.«

»Keine Polizei …?«

Quent hatte vergessen, dass sie in einer gänzlich anderen Welt waren. Auf einmal schossen ihm neue Gedanken durch den Kopf: Waren sie etwa auf einem anderen Planeten? Oder in einer anderen Dimension? In einem anderen Universum? Wo befand sich diese Welt Pentra überhaupt? Und warum kamen ihm gerade jetzt diese Fragen in den Sinn? Er schüttelte die Gedanken von sich.

»Er ist erst vor Kurzem ermordet worden«, sagte Augustus. Er untersuchte den Körper. »Der Mann wurde beim Rasten aus dem Hinterhalt angeschossen. Das Pferd des Mannes muss unglaublich müde gewesen sein, es hat sich sofort an dem Platz hingelegt, wo der Reiter angehalten und abgestiegen war. Ich frage mich, was der Jost mit dem Kopf angestellt hat.«

»Ist das nicht egal, wo der Kopf ist?«, sagte Tomper ängstlich und wischte sich die Überreste seiner vorherigen

Mahlzeiten mit dem Ärmel vom Mund. »Mir wird es recht ungemütlich hier. Der Mann ist tot, lasst uns schnell verschwinden! Nicht, dass uns jemand den Mord auch noch anhängt. Wäre ich doch bloß in meinem warmen, kuscheligen Gasthaus geblieben.«

»Tomper, es ist immer gut zu wissen, wen wir vor uns haben. Und das schließen wir aus den Geschehnissen der Vergangenheit, die uns die Fährten und der Tote hier erzählen.«

»Das ist doch schnurzpiepe ... vielleicht hatten sie eine Fehde? Bei Karam!, lasst uns schleunigst von hier verschwinden! Oh, mir wird wieder schlecht.«

»Augustus, schau das an!«, sagte Nifia und hob einen feuerroten Ring hoch. »Ist das nicht das Erkennungszeichen der Rebellen, das uns Graseggur vor unserer Abreise noch gezeigt hat?«

»Ja, ist es in der Tat. Was hat dieser Mann in Nebuland zu tun?« Augustus untersuchte erneut den Boden. »Der Jost ist auf unserem Weg weitergeritten. In Richtung Braara.«

»Vielleicht treffen wir ihn ja in einem Gasthaus und können ihn bei einem Krug Bier fragen, wie er auf die Idee gekommen ist, den armen Mann seines Kopfes zu berauben«, antwortete Nifia. Sie steckte den Ring ein. »Ich kann mir einen betrunkenen Jost überhaupt nicht vorstellen.«

»Und ich möchte es schon gar nicht«, erklang Tompers Stimme jammernd von hinten. »Wie könnt ihr in diesem Augenblick solche Witze machen?«

»Verzeihung. Du hast recht. Das war rücksichtslos von mir. Begraben wir die Reste des armen Mannes, damit er vor den Tieren des Waldes geschützt ist.«

Augustus und Nifia begruben die Leiche und setzten ein kleines Steinmännchen auf das Grab, um später den Ort bei Bedarf wiederfinden zu können. Quent und Tomper waren nicht in der Lage, ihnen bei diesem Unterfangen zu helfen.

Während sie weitergingen, diskutierten sie noch lange über dieses Thema. Quent hörte kaum zu. Er fühlte sich seltsam. Zum ersten Mal in seinem Leben hatte er einen toten Menschen gesehen. Er war das erste Mal in seinem Leben überhaupt, mit dem Tod so direkt konfrontiert worden.

Was war mit diesem armen Mann geschehen? Warum musste er sein Leben lassen? Gibt es etwas Wertvolleres als das Leben?

Nein, dachte Quent. Nichts ist wertvoller als das Leben. Und niemand hat das Recht, es jemandem zu nehmen! Er fühlte Zorn in sich aufsteigen. Faro würde dafür bezahlen ... aber, darf ich ihn töten? Macht es mich nicht auch zu einer schlimmen Person? Seine Gedanken begannen zu kreisen und er gab es schließlich auf. Es soll kommen, wie es kommen muss ...

Seit dem Aufbruch in Alfenberg vor wenigen Tagen bis zum Leichenfund am Tiefsee hatte Quent neue Erfahrungen durchleben müssen, die ihm Anlass waren, über vieles nachzudenken. Und nicht nur das; seit der Ankunft in Pentra fühlte er sich zudem eigenartig, so als näherte er sich etwas, das er begehrte. Was ihn begehrte. Etwas, nachdem er sich sein Leben lang gesehnt hatte. Nur was? Was fehlt mir? Er brütete vor sich hin und setzte seinen Weg fort, angetrieben von der Gruppe. Er war nur der Passagier einer kleinen Maschine, Fuß vor Fuß setzend, mechanisch.

Nach ein paar Tagen erreichten sie ohne weitere Zwischenfälle Braara. Die Fährte des Josts führte nicht in und auch nicht um die Stadt herum, sondern bog kurz vorher seitlich in das Unterholz. Nifia folgte ihr, kam aber wenig später ohne Erfolg zurück.

»Ich verstehe es nicht. Die Fährte ist deutlich zu sehen, aber kurz vor einem Baum hört sie einfach auf, als wäre er verschwunden, verpufft oder weggeflogen. Ich habe die Gegend untersucht und keine Falltüren entdeckt. Der Jost hätte auch keine Möglichkeit, durch dieses dicke Blätterdach auf irgendeine Weise davonzufliegen. Hier muss ein fremder Zauber gewirkt haben. Ich kann es mir anders nicht erklären.«

»Das ist nicht gut«, sagte Augustus. »Wir müssen schnell Will aufsuchen und ihm Bericht erstatten. Vielleicht kann er etwas mit dem Ring anfangen.«

»Sagt mal, wer ist denn jetzt genau dieser Will?«, fragte Quent.

»Graseggur hat dir von ihm erzählt. Es ist William, einer der Leibwächter deines Vaters, einer von uns. Er hat die Truppen des Königs ausgebildet.«

»Wenn er so bedeutend war, warum lebt er dann in dieser Gegend?«

»Quent, es sind ganz andere Zeiten als damals. Jeder von uns wäre zum Tode verurteilt, wenn er heute erwischt oder gefangen genommen wird.«

Quent spürte, wie ihm das Blut aus dem Gesicht wich.

»Auch ich?«, fragte er.

»Ja, auch du. Aber keine Angst. Niemand weiß, wer du bist, und uns hat man für tot erklärt und sicherlich schon längst vergessen. Was Will betrifft … Nebuland ist an und für sich keine so schlechte Idee. Er ist versteckt und doch nahe am Geschehen. Hier würde man ihn sicherlich nicht vermuten. Leider geht es ihm im Moment nicht gut.«

»Wie meinst du das?«

»Nun … Will gab sich die Schuld, dass es Faro gelang, den König und uns zu töten. Damals, in der Schlacht um Ellynavin, hat einer unserer Pläne nicht so funktioniert, wie er sollte, dabei wärst du fast umgekommen. Dein Bruder Selas war in dem Moment schon in Sicherheit. Graseggur hat Nifias und mein Ableben inszeniert und uns damit die Flucht erlaubt, um dich zu retten. Will hatte davon nichts mitbekommen, weil er nur von Weitem zusehen konnte. Uns war es auch nicht möglich, ihn in den Plan einzuweihen. Er konnte die Situation wohl nicht verkraften und hat sich abgeschottet von allem, was er kannte.«

»Und woher wisst ihr das alles? Ihr seid doch in der Zwischenzeit nicht mehr in, eh ... in Pentra gewesen?«

»Wir nicht, das stimmt, aber Graseggur.«

Als die kleine Gruppe durch Braaras Stadttor ging, fing der Abend an seine langen Schatten über die Bewohner zu werfen und die Menschen bereiteten sich auf die Nachtruhe vor. Leise knirschten die kleinen Steine unter ihren Füßen, während sie den großen Marktplatz überquerten. Die Händler hatten begonnen ihre Waren hereinzuholen. Dabei wurden sie von etlichen verärgerten Fliegen gestört, die ihre Mahlzeit einnehmen wollten. Die umhersummenden Insekten flogen um die Köpfe der Menschen und Tiere und setzten sich auf jede freie Körperstelle, um die Geduld jedes einzelnen auf die Probe zu stellen und den Gedanken an den Feierabend zu Hause noch zu versüßen.

Ziemlich gammelig hier, dachte Quent, während er die Exkremente-Haufen auf beiden Straßenseiten liegen sah. Den widerwärtigen Gestank konnte man fast schmecken und er bereitete ihm Übelkeit. Quent hatte sich ein wenig an dieses neue mittelalterliche Leben gewöhnt, aber was er hier zu sehen und hauptsächlich zu riechen bekam, war des Guten zu viel. Für Quent roch es bestialisch. Der Duft schien seine Begleiter weniger zu stören, denn sie liefen, ohne eine Miene zu verziehen, vorwärts. Und je weiter sie in die Stadt vordrangen, desto grausamer und beißender wurde die Luft. Quent versuchte, sich die Nase zuzuhalten, aber ohne Erfolg. Er hielt es nicht mehr länger aus und übergab sich.

»Wie haltet ihr diesen Geruch aus?«, fragte Quent.

»Man gewöhnt sich daran«, sagte Augustus. »Wenn man es oft genug gerochen hat, macht es einem nichts mehr aus.«

»Ich bin aber anderes gewöhnt und will nicht in diesem Dreck leben!«

Quent rutschte auf etwas Matschigem aus und konnte sich gerade noch rechtzeitig an Tomper festhalten.

»Es ist natürlich nicht überall so«, antwortete Nifia. »Es gibt auch Städte mit Frischwasser, Kanalisation und Müllbeseitigung.«

»Ach?« Quent schaute im Vorbeigehen zu, wie sich zwei schäbig aussehende Männer mittleren Alters um eine Prostituierte stritten und sich dabei prügelnd im faulig riechenden Schlamm wälzten. Quent ekelte sich bei dem Anblick nur noch mehr. »Ich hoffe es ... wie wollen wir diesen Will eigentlich finden?«

»Graseggur meinte, dass Will in einem alten Haus in einer Gasse neben Braaras Tempel wohnt. Das ist irgendwo hier im Zentrum. Du siehst schon die Mauer des Tempels dort hinten. Das Haus soll das Einzige sein, dessen untere Fenster zugenagelt wurden und dessen Wände mit Efeu bedeckt sind. Es soll heruntergekommen und nicht zu verfehlen sein, da es das einzige Haus mit einem Eingang in Richtung Gasse wäre.«

Quent schaute sich um und zweifelte an der Unfehlbarkeit dieser Beschreibung.

»Hier sind sehr viele Häuser heruntergekommen«, bemerkte Quent und musterte ein Haus mit eingetretener Tür.

Sie liefen die Außenmauer eines unscheinbaren würfelförmigen Gebäudes entlang, das der Tempel war, und bogen in eine finstere Seitengasse ein. Sie blieben vor einem kleinen modrigen Fachwerkhaus stehen. Es hatte keine außergewöhnlichen Merkmale verglichen mit den sonstigen Häusern. Quent fand, dass es Gäste ganz gewiss nicht zum Verweilen einlud. Die unteren Fenster waren zugenagelt worden und das komplette Holz des Fachwerks war faulig und schimmelig. Hier und da war der Putz abgebrochen und ließ Stroh und Lehm hervorschauen. Efeu kletterte an den Wänden empor.

Augustus klopfte an die einzige Tür, die Quent in der kleinen Straße sah. Keine Antwort. Der Krieger klopfte erneut. Nach einer kurzen Zeit öffnete sich ein Fenster im ersten Stock.

»Wer da?«, fragte eine erschöpfte Männerstimme. Sie hörte sich verkratzt und verschlafen an.

»Möchtest du nicht herunterkommen und alten Freunden die Türe öffnen?«, sagte Nifia. »Sie wären dir sehr dankbar.«

»Verzieht euch, ihr Bettler, ich habe keine Freunde«, brummte die Stimme. Das Fenster wurde zugeknallt.

Augustus klopfte ein drittes Mal und rief: »Mach die Türe auf Will, oder willst du, dass wir hier im Schlamm versinken?«

Kurz darauf öffnete sich langsam die Tür, zögernd und unsicher, und sie blickten in ein blasses, aber ernstes Männergesicht mit zerzaustem schwarzem Vollbart. Eine dicke Narbe verzierte Stirn und linke Backe. Dreckige, lange schwarze Haare fielen ihm in verkrusteten Locken auf die Schultern. Angezogen war er mit einem schwarzen, sehr ausgefransten langen Mantel, der schon so oft genäht worden war, dass die Lagen als ein zusätzlicher Schutz hätte gelten können. Dreck aller Art klebte an der ganzen Person. Obwohl Quent hinter Augustus und Nifia stand, konnte er die starke Alkoholfahne deutlich riechen. Für ihn war dieser Mann mit seinem ungepflegten Äußeren eher abstoßend als vertrauenswürdig. Die kümmerliche Gestalt stand nun vor ihm auf der Türschwelle und ihre schwarzen Augen schauten sie ungläubig an.

»Das kann nicht sein«, stammelte der Mann. Sein verschmiertes Gesicht blickte abwechselnd Augustus und Nifia an.

Quent sah den Zweifel in Wills Augen. Er konnte nicht glauben, was seine Augen ihm offenbarten. Quent und Tomper beachtete er nicht. Erst jetzt bemerkte Quent, dass Will die gleiche Halskette trug, die auch seine ehemaligen Adoptiveltern anhatten und nie ablegten. Es war ein roter Rubin, umklammert von einer goldenen Hand.

»Das kann nicht sein ...«, wiederholte Will leise. »Ihr … Ihr lebt noch! Wie habt ihr es geschafft zu überleben? Und

… Wie habt ihr mich gefunden?«

Will wurde stutzig und zog sein Schwert.

»Will, lass Kamur stecken«, sagte Augustus leise. »Wir sind es wirklich.«

Der Mann hielt inne.

»Du kennst den Namen meines Schwertes«, sagte Will flüsternd. Er drückte die Waffe langsam zurück in die Scheide. »Niemand hat die Schlacht von Ellynavin überlebt, außer mir! Ich habe eure Leichen eigenhändig begraben!«

»William …«, flüsterte Nifia. Die Stimme klang ungewöhnlich sanft. Ihre Augen glänzten und sie lächelte. »Wir sind es wirklich. Der König hatte uns befohlen, seine Söhne so schnell es nur ging in Sicherheit zu bringen. Wir hatten keine Zeit, dich zu benachrichtigen und es gelang uns nur knapp, Faro und seinen Josten zu entkommen. Wir sind nach Prima geflüchtet und haben Quent dort versteckt. Wir werden dir alles in Ruhe erklären, aber drinnen. Hier draußen ist es zu gefährlich.«

Quent konnte es sich nicht vorstellen, dass diese erbärmliche Person so ein außergewöhnlicher Kämpfer sein konnte und seinem toten Vater einst als Leibwächter gedient hatte. Quent spürte Abneigung und Mitleid gegenüber Will.

»Zeigt mir eure Tenkler.«

Augustus und Nifia sahen sich um. Als sie sich sicher waren, dass die Luft rein war, griffen sie unter die Mäntel, zogen ihre Halsketten hervor und zeigten sie ihm. Für den Bruchteil einer Sekunde meinte Quent ein Leuchten in den Augen Wills zu sehen. Doch so schnell es gekommen war, so schnell war es auch wieder verschwunden.

»Kommt rein«, sagte er knapp.

Sie traten ein. Das Innere des kleinen Hauses

unterschied sich äußerlich überhaupt nicht von seinem Besitzer. Es war nicht nur verschmutzt, es war verdreckt. Überall bedeckten Schlammpfützen die Holzdielen, einen Teppich gab es nicht. Ein dunkler Holztisch stand in der Mitte des Wohnzimmers, verziert mit einer einzigen, einsamen Kerze, die mühsam flackernd gegen die anbrechende Dunkelheit ankämpfte. Auf dem Boden verstreut lagen Rumflaschen. Zwei abgesessene und heruntergekommene Sessel standen nahe dem erloschenen Feuer des Kamins.

»Verzeiht, dass ihr mich in diesem Zustand seht. Ich habe eine harte Zeit durchgemacht. Setzt euch doch bitte, setzt euch. Ich trage heute zwar einen Hauch von Alkohol, aber ich denke, ihr seid Schlimmeres gewöhnt.«

Er torkelte vorwärts. Als er das Ende des Zimmers erreichte, drehte er sich gefährlich wankend herum. Erst jetzt bemerkte er, dass die Gruppe aus mehr als nur zwei Personen bestand. Grimmig und breitbeinig stand er da und starrte die weiteren Mitglieder der Gruppe mit seinen dunklen glänzenden Augen misstrauisch an. Dann klappte sein Mund auf und verharrte eine Weile in dieser Position. Schließlich, als wäre er aus einer Trance erwacht, entspannten sich seine Gesichtszüge und ein schräges Lächeln erschien.

»Tomper Rosengold!«, platzte es aus Will heraus. »Mein guter alter Freund! Du bist ja auch da!« Er eilte, so gut er konnte, zum Wirt, nahm ihn in die Arme und küsste ihn auf die Wange, was der gute Tomper wegen Wills Geruchsmixtur nur widerstrebend zuließ. »All die Jahre dachte ich, ich hätte euch alle verloren.« Er schaute auf Quent und reichte ihm die Hand. »Ich nehme an, Ihr seid dann Quent, Siklingurs Sohn. Ich grüße Euch, mein Prinz.« Will verbeugte sich, wobei ein Schwall Alkoholgeruch direkt in Quents Nase flog.

»Bitte duzt mich«, sagte Quent und versuchte, nur mit dem Mund zu atmen. »Mir ist das etwas unangenehm.«

»Wie Ihr ... wie du wünschst. Berichtet mir, was passiert ist.«

Augustus und Nifia setzten sich in die Sessel. Quent und Tomper holten sich zwei sehr wacklige Schemel aus einer Ecke der Kammer.

Augustus begann zu berichten, was während der Schlacht um Ellynavin geschehen war. Er erzählte, wie sie sich mit Graseggur von Will und Siklingur getrennt hatten, um der Königin Tifiane, Quents Mutter, zur Hilfe zu eilen. Sie war mit den Zwillingen und einigen der besten Wachen des Hofes unter dem Befehl Baldurs, des Bruders des Königs, aufgebrochen, um auf Graseggurs Rat hin ins Goldtal zu fliehen. Von dort aus wollte der alte Zauberer sie an einen geheimen Ort bringen. Im Moor Ellynavin stieg Faro auf seinem feurigen Drachen vom Himmel herab, bevor Nifia, Augustus und Graseggur Tifiane erreichen konnten. Baldur versteckte Tifianes Söhne in einem Gebüsch. Der erste Zauber Faros durchbohrte zwei Wachen, die sich schützend vor ihre Königin warfen. Ein zweiter Zauber beschwor die Toten einer Jahrhunderte alten Schlacht herauf, durch die das Land zum Moor geworden war. Die Toten hielten Baldur und die Wachen davon zurück, Tifiane zu schützen. Von Weitem mussten Nifia, Augustus und Graseggur in höchstem Galopp von ihren Pferden aus mit ansehen, wie Faro Tifianes Herz herausriss und anfing, die Zwillinge zu suchen. Die heraufbeschworenen Toten waren eine Übermacht, denen die Menschen nicht gewachsen waren. Graseggur sammelte all seine Kraft und erschuf um Faro eine Illusion, die ihn glauben machte, in einer anderen Welt zu sein. Sie nutzten die Ablenkung, um sich aufzuteilen, denn die Prophezeiung Antaras besagte, dass einer der Zwillinge das dunkle Zeitalter Faros beenden würde. Baldur floh mit Selas im Arm Richtung Westen und Nifia, Augustus und Graseggur blieben zurück, um Baldurs Flucht zu sichern.

»Ich glaube, in dem Augenblick kam ich Euch hinterher«, sagte Will. Er sah betrübt in eine leere Rumflasche. »Ich habe von einem Hügel aus gesehen, wie Faro Euch ermordet hat. Um die Wachen hat er sich überhaupt nicht gekümmert, die wurden von den Toten ins Moor hinuntergezogen und ertranken jämmerlich. Faro flog auf seinem Drachen einfach wieder in Richtung des Schlachtfelds davon. Es war der schrecklichste Tag meines Lebens. Ich war machtlos. Ich hatte euch nicht helfen können und war auch nicht an der Seite meines Königs, die ich nie hätte verlassen dürfen. Ich ritt also so schnell ich konnte zurück zu Siklingur und kam gerade, um mit anzusehen, wie der König als Letzter auf einem Berg von toten Josten von einem Zauber Faros getroffen wurde. Dieser dreckige Mistkerl hatte natürlich das Schlachtfeld vor mir erreicht.«

»Will, Faro hat uns nicht getötet«, sagte Augustus.

Will schnaufte. Er warf Augustus einen Blick zu, der Quent Unbehagen bereitete. In den Augen des Kriegers spiegelten sich Wut, Trauer, Verachtung, Hass, aber auch einen Anflug von Freude wider. Was hatten diese Augen sehen müssen, damit seine Seele dermaßen erschüttert wurde?

»Das sehe ich. Wie habt ihr es angestellt? Wie habt ihr überleben können? Ich habe gesehen, wie euch Faro mit seinem Zauber getroffen hat. Ich habe es hilflos mit ansehen müssen.«

»Graseggur hat, nachdem er Faro in die Illusionswelt geschickt hatte, noch Kraft für drei Doppelgänger gehabt. Er benutzte dafür die Körper dreier von Faro heraufbeschworenen Toten.«

»Ich habe jahrhundertealte Tote für meine Freunde gehalten und begraben?«

»Ja«, sagte Nifia. Sie senkte den Blick. »Es tut uns leid.«

Will legte die Hände aufs Gesicht und lachte. Es war ein leises, wahnsinniges Lachen, das all den Frust, all das Leid, all die schrecklichen Erlebnisse reflektierte. Als er sich schließlich beruhigt hatte, fragte er: »Was geschah dann?«

»Wir ritten einen Teufelsritt ohne große Pausen ins Goldtal, entkamen mit Graseggurs Hilfe in die erste Welt Prima und hielten uns dort bis vor ein paar Wochen versteckt. Bis Quent alt genug war, um zurückzukehren.«

»Es gibt sie also wirklich, die andere Welt?«, fragte Will und richtete sich in seinem Sessel auf. Seine Hände zitterten vor Aufregung. »Die Legende der Lebenskugel ist wahr?«

»Sie ist wahr«, antwortete Augustus. »Wir sind durch das Tor Entropila gegangen und haben vierzehn Jahre in Prima gelebt.«

»Das Weltentor, ihr habt es gefunden! Woher hat Graseggur dieses Wissen?«

»Ich weiß es nicht. Er ist länger als wir alle zusammen durch die Länder dieser Welt gereist und selbst als Nifia und ich noch Kinder waren, war Graseggur schon ein Greis.

Und was das heißt, das weißt du ...«

»Ich weiß es, mein Freund. Eure Abstammung hat euch beiden ein langes Leben geschenkt. Prinz Quent ist also hier. Wo ist Prinz Selas?«

Prinz Quent, dachte Quent. Er fühlte sich komplett fehl am Platze. Es war das erste Mal, dass sein Name mit einem Titel ausgesprochen wurde, von dem er erst vor ein paar Wochen erfahren hatte.

»Prinz Baldur und Prinzessin Alda wohnten mit Prinz Selas im Westen Thelanos am Rande der Silberglanzsümpfe, versteckt in einem Wald«, sagte Nifia. »Faros Schergen fanden Selas vor sieben Jahren und ermordeten seine Beschützer. Selas entkam den Josten und ist seitdem spurlos verschwunden.«

Quent horchte auf. Er erinnerte sich. All die Bilder kamen ihm wieder zu Bewusstsein. Er hatte es geträumt! Quent wurde nachdenklich. Warum wusste er davon? Warum hatte er dies geträumt? Er hatte öfters Seltsames geträumt und dies nur als Zeugnis seiner Fantasie betrachtet. Gab es etwa eine Verbindung zwischen ihm und seinem für ihn unbekannten Zwillingsbruder?

Während Augustus die Erzählung an Nifias Stelle weiterführte, schaute sich Quent in der Kammer um. Beim Kamin lagen viele verbrannte und zerrissene Zettel. Er stand auf, zog einen halb verbrannten aus der Asche und las …

… und in diesem Augenblick ging alles sehr schnell. Des Gegners Schwert wich er mit Leichtigkeit aus, indem er sich rasch bückte, stach von unten durch die Kehle, griff seine Waffe um und parierte einen Angriff von hinten. Dann schlug er einem zweiten Gegner vor ihm

das Haupt ab. Wirbelnd flog er durch die Reihen der Kämpfer, wehrte mit Kamur, des Helden Schwert, Stiche und Schläge ab, um fünf weitere Unholde niederzustechen. Blutverschmiert tanzte er einen Todestanz. Mit brutaler Wucht brach er hier einen Schädel mit der bloßen Faust, wo anders einen Schildarm und ließ Glieder durch die Luft fliegen.

Als die Nacht den Tag besiegte, zog er sein Schwert aus dem letzten röchelnden Leib. Zwanzigtausend Leichen bedeckten das Schlachtfeld und tränkten die Wiese in ein rotes Meer. Der König war gefallen. Alleine bahnte er sich einen Weg durch den Gestank von Fäkalien und Tod und ward nicht wieder gesehen, als ihn der Horizont langsam verschluckte.

Albrecht Foxer
Augenzeuge der Schlacht um Ellynavin
Herbst 2992 ndGW
Sagen um König Siklingur

»Das, mein junger Prinz, gehört mir, und ich denke, du möchtest genauso wenig wie ich, dass irgendjemand in deinen Sachen stöbert.« Wills rabenschwarze Augen schauten Quent eindringlich an.

»Ihr seid eine Legende?«, fragte Quent.

»Nein, ich bin ein gebrochener Mann, der es im Leben nicht weitergebracht hat als zu versagen … und zu trinken«, beendete er seinen Satz und nahm einen langen Zug aus der frisch geöffneten Rumflasche.

»Das ist nicht wahr!«, sagte Nifia. »Wir alle haben versagt und wir werden dem gemeinsam ein Ende bereiten. Wobei …« Sie schaute zu Quent. »Quent in dieser Geschichte eine größere Rolle spielen wird als wir. Und du,

Will …« Sie packte die Flasche und schmiss sie gegen die Wand, sodass sie in Tausende Scherben zerbarst. »… wirst mit dem Trinken aufhören und dich wieder in den Griff kriegen! Wir werden uns Faro stellen müssen und brauchen dabei jeden klaren Kopf! Wir schaffen das nicht ohne dich! Wo ist der Freund geblieben, den wir noch vor vierzehn Jahren gekannt haben?«

Nifia schaute den Mann vor sich an. Kein Glanz war geblieben von dem Krieger, den sie einst gekannt hatte. Gebückt und in sich zusammengesunken stand er vor ihr. Auf seinem dunklen Hemd sah man verschmierte Essensreste von den letzten Mahlzeiten oder vom Suff danach. Wie oft hatte sie ihre Zeit mit ihm verbracht. Wie oft hatte er ihr abends Verse seiner neuesten Gedichte am Ufer des Wallaha-Sees im Neuen Königreich vorgetragen, ihre Hände in den seinen.

»Ich schaffe das nicht ohne dich.«

Will hob den Kopf. Ein neuer Glanz lag in seinen Augen.

»Hast du mich noch nicht aufgegeben?«

»Das werde ich niemals, das weißt du.« Sie lächelte zufrieden.

Quent schaute abwechselnd erstaunt zu Nifia und zu Will. Dann stupste er Tomper leicht in die Magengegend und fragte leise: »Sind die beiden zusammen?«

»Was? Wie?« Tomper war kurz eingenickt und hob erschrocken den Kopf.

»Na, hier ... die beiden ... Techtelmechtel ...«

»Euh, wie bitte?«, fragte Tomper. Er blickte Quent an. »Tarantelmantel?«

»Ich wollte wissen, ob Nifia und Will zusammen sind.«

»Ach! Erm … hmhm.« Tomper kratzte sich am Kopf und wurde etwas rot. »Das kann ich dir nicht sagen. Weißt du, du kannst mich nach jeder Flasche Met fragen vom Goldtal bis nach Kemijoki, aber damit kenne ich mich nicht so recht aus.«

»Ich dachte, Augustus wäre Nifias Ehemann.«

»Nein, Augustus hat keine Gemahlin. Die beiden sind Geschwister.«

»Was?«, rief Quent erstaunt aus, sodass sich alle Köpfe zu ihnen umdrehten. »Oh, nichts, ist schon gut.«

»Will, wir haben südlich von Braara eine männliche Leiche gefunden«, sagte Augustus. »Er wurde von einem Jost ermordet. Man hat ihm nichts abgenommen, nur der Kopf fehlte.« Augustus brachte aus seinem Mantel den Ring zum Vorschein.

Wills Miene wurde ernst.

»Ein Rebell. Sie tragen diese Ringe voller Stolz für das Land und als Andenken an den König. Ein einzelner Jost hat ihn getötet? Erzählt mir mehr davon.«

Nifia erzählte ihm, was sie gesehen und vor den Toren der Stadt bemerkt hatten.

»Das sind sehr schlechte Neuigkeiten«, sagte Will und lief in der Kammer hin und her. »Und dass der Jost so einfach verschwunden ist, bereitet mir noch viel größere Sorgen. Ein Jost trennt sich nur von seiner Gruppe, um entweder einen wichtigen Auftrag zu erledigen. Oder er ist der einzige Überlebende und auf der Suche nach neuem Anschluss. Letzteres halte ich für unwahrscheinlich. Also bleibt der Spezialauftrag: Er musste den Mann beseitigen … nur warum? Was macht ihn so speziell und so gefährlich für Faro? … Ich denke, wir …«

Weiter kam er nicht. Dröhnend drang der Klang von Dutzenden unterschiedlicher Hörner ins Haus.

»Was ist das?«, fragte Quent.

»Die Wachen! Sie schlagen Alarm!«

Krachend fiel die Tür aus den Angeln und knallte gegen Tomper, der zu Boden fiel. Augustus zog sein Schwert und blockierte noch rechtzeitig einen Stich, der auf das Herz des Wirtes gezielt hatte und ein paar Zentimeter neben dessen Körper in die Holzdielen drang. Der Jost hob den Kopf und fauchte gewaltig, bevor Augustus seinen Dolch aus der Scheide riss und ihm den Hals aufschlitzte. Röchelnd stürzte der Jost zu Boden und verendete langsam in einer Blutlache. Augustus wandte sich zum nächsten Gegner um. Nun standen ihm auch Will und Nifia zur Seite und die Joste starben ohne große Gegenwehr. Die ganze Aktion verlief in weniger als ein paar Herzschlägen.

»Was um alles in der Welt machen diese Joste hier in Braara?«, fragte Will.

Sie rannten aus dem Haus. Das Bild, das sich ihnen bot, war grauenhaft. Menschen flohen schreiend in alle Richtungen. Schwarze Schatten kamen um sie herum aus der Erde hervor und metzelten mit ihren Klingen alles nieder, was ihnen in die Quere kam. Der flackernde Schein ihrer Fackeln fiel auf die gefallenen Unschuldigen, Frauen, Männer und Kinder, und verstärkte den Schrecken in der herrschenden Dunkelheit.

»Sie haben Schächte und Stollen unter der Stadt gegraben und kommen überall aus dem Boden heraus!«, sagte Nifia. »Aber ... ich habe vorhin keine Falltür oder sonstigen Eingang finden können, als wir den Jost verfolgt hatten! Wie ...?«

»Das ist jetzt egal«, rief Augustus und stürmte auf den erstbesten Jost los, der gerade seine Axt in den Leib einer kreischenden Frau hacken wollte, und enthauptete ihn. »Schnell, wir müssen fort!«

Sie spurteten durch die Straßen und Gassen und halfen den Menschen, wo sie nur konnten. Die vielen Leichen, die den Boden bedeckten, erschwerten das Vorankommen und nicht selten rutschten sie auf dem Blut und den Gedärmen der aufgeschlitzten Opfer aus.

»Da sind die Hunde! Tötet sie, tötet sie!«, schrie eine markerschütternde, grelle Stimme hinter ihnen. Quent drehte sich im Lauf um und sah eine Meute von Josten, die auf sie zukam. In ihrer Mitte rannte eine Gestalt, die alle anderen an Größe weit überragte. Sie war doppelt so hoch und dreimal so breit wie die Joste und hatte zwei Hörner auf dem Schädel, das linke war gebrochen. Gelbe Augen blitzten durch das Halbdunkel. Der freie muskulöse Oberkörper war übersät mit Narben.

»Ein Raurer!«, schrie Tomper, der schon wie ein Wasserfall schwitzte. »Bei Karam! Wir werden sterben! Wir sind schon tot!«

»Weiter! Weiter!«, sagte Augustus. »Solang du rennen und reden kannst, bist du noch nicht tot, Tomper. Beherrsch dich!«

Will verlangsamte seinen Lauf und drehte sich um.

»Will!«, rief Nifia und wirbelte herum.

»Schützt ihr den Prinzen, ich muss meine müden Knochen wecken«, sagte Will. »Wenn wir den Raurer erledigen, schwindet die Macht Faros an diesem Ort und die Joste werden harmloser.« Der Krieger packte sein Schwert Kamur mit beiden Händen. Ein magischer blauer Schimmer überflog den Körper des Mannes. Quent hatte den Eindruck, dass Wills Antlitz sich um Jahre verjüngt hatte. Er stand gerade und stolz. Das Schwert glänzte in der Dunkelheit.

»Los, wir müssen weiter!«, sagte Augustus und nahm Quent am Arm.

»Aber wir können ihn doch nicht meinetwegen allein kämpfen lassen!«, erwiderte Quent vorwurfsvoll und spürte Mut in sich aufsteigen, ein Gefühl, das selten bei ihm auftrat. »Er wird sterben!«

»Keine Sorge, das schafft er schon. Außerdem ließe er sich eh nicht helfen.« Augustus lächelte.

Sie rannten weiter. Allmählich stiegen dicke, schwarze Rauchwolken um sie herum in die Luft. Flammen erhitzten die Umgebung und erleuchteten Braara in einem blutigen Rot. Die Joste legten Feuer. Die Glut röstete ihre Gesichter und der beißende Rauch ließ ihre Augen tränen. Die Stadt brannte und verwandelte sich rasend schnell in ein gigantisches Feuermeer. Quent wurde es immer schwerer, in diesem Inferno zu atmen. Das Knacken und Knistern des lodernden Feuers wurde immer lauter, die Hitze immer stärker. Es hörte sich an, als würden etliche Stoffe neben ihm zerrissen. Aber es musste weitergehen.

Eine heftige Explosion, gefolgt von mehreren kleineren, ertönte und Quent zuckte zusammen. Die Flammen hatten ein Munitionslager erreicht und ließen das zusammengepresste Schwarzpulver und das Mehl der danebengelegenen Bäckerei explodieren. Ein großer Feuerball dehnte sich in den Himmel aus und Funken stoben in die Luft. Quent schwitzte und sein Herz hämmerte mit brutaler Wucht gegen den Brustkorb. Er wich herabstürzenden Teilen und umherflatternden Funken aus. Häuser stürzten neben ihnen polternd und krachend ein. Er kniff die Augen zusammen und folgte den anderen, die sich in diesem ganzen Chaos noch mit vereinzelten Josten herumschlagen mussten.

Und dann Luft! Kühle Luft! Quent atmete tief ein und spürte, wie sie durch Mund, Nase, Rachen und Luftröhre tief in die Lungenflügel floss. Sie waren glücklich aus Braara hinausgekommen. Überall um sie herum sahen sie Menschen, die vor dem Feuer geflüchtet waren und verzweifelt Schutz auf einer Lichtung in der Nähe der Stadt suchten. Von Will keine Spur.

»Will ist noch in der Stadt!«, sagte Quent. Er hustete. Sein Hals war gereizt und kratzte höllisch.

»Mach dir um ihn keine Gedanken«, sagte Augustus. »Wir sollten uns lieber sorgen, warum der Raurer hinter Will her war und wie sie erfahren haben, wo er wohnt.«

»Lasst uns unter den Leuten einen Platz finden und auf Will warten«, sagte Nifia. »Wir müssen schleunigst fort von hier. Es darf niemand erfahren, wer du bist, Quent.«

Sie gingen in die Menschenmenge und tauchten unter. Quent sah in dem Durcheinander etliche verbrannte und verwundete Menschen. Kinder kreischten und suchten weinend ihre Eltern. Er selbst war glimpflich mit ein paar Schrammen und Beulen davongekommen. Quent wollte gerade ein kleines Kind ansprechen, das kreischend nach seiner Mutter rief und sich dabei um sich selbst drehte, da packte ihn Augustus am Arm.

»So grausam das auch klingen mag, wir können ihnen im Moment nicht helfen«, sagte der Krieger. »Noch nicht. Du bist im Moment höchste Priorität.«

»Aber …!«

»Still jetzt!«

Es verging eine Weile, bis Gemurmel durch die Menschenmenge ging und sie eine schemenhafte Gestalt zwischen den Flammen auftauchen sahen. Mit geschultertem Schwert in der Linken und einem abgetrennten Kopf in der Rechten, kam sie langsam näher. Die hohen Flammen, die hinter ihr die gesamte Stadt verspeisten, verliehen ihr und ihrem Schatten ein gespenstisches Aussehen.

Es war Will. Er hatte dem Raurer den Kopf abgeschlagen.

Während sich Will einen Weg zu ihnen bahnte, wurde er von allen Seiten mit Furcht und Achtung betrachtet. Manche der gefährlichsten Menschen von Braara, die ihn einst verhöhnt und angespuckt hatten, machten ihm Platz.

Blutgetränkt und mit grimmigem Gesicht lief er an ihnen vorbei. Will hatte sich in einen neuen Menschen verwandelt. Als er bei seinen Gefährten angekommen war, steckte er sein Schwert in den Boden.

»William der Kühne ... wieder ganz der Alte, was?«, sagte Augustus. Er lächelte kaum merklich.

»Nun, dafür, dass wir keine Aufmerksamkeit erzeugen wollten, haben wir jetzt reichlich davon«, bemerkte Nifia. Sie runzelte die Stirn. »Wofür hast du den Kopf mitgenommen?« Sie zeigte auf den Rest des Raurers, dessen Venen noch ein wenig vom Lebenssaft absonderte. Die offenen, leblosen gelben Augen sahen Quent unheilvoll an. Ihm wurde übel bei dem Anblick.

»Ich werde den Kopf auf das Grab meines toten Bruders legen.«

»Was sagst du da?«, rief sie erschrocken. »Woher willst du wissen, wessen Körper wir begraben haben?«

Will hob den Kopf des Raurers hoch und wedelte ihn hin und her.

»Dieser dreckige Abschaum hat mir alles gebeichtet, ehe ich ihn einen Kopf kürzer gemacht habe. Mein Bruder Frank hat einen neuen Widerstand gegründet und führte die Rebellen bis jetzt. Der Name meines Bruders war ihnen bekannt, als sie seinen Kopf sahen, nicht aber, was er in Nebuland tat. Er war den Josten zufällig begegnet und hatte sie belauscht. Ich denke mir, dass er erfahren hatte, was diese Hunde im Schilde führten und mich und die Stadt warnen wollte. Die Joste haben ihn bemerkt und heimlich verfolgen lassen. Vielleicht hatte Frank noch mehr erfahren ...«

»Frank ist ...« Nifia beendete ihren Satz nicht. Sie ließ betrübt den Kopf hängen.

»Ich wollte mich eigentlich für den Rest meines Lebens zurückziehen. Das Schicksal hat es wohl anders gewollt. Mein Hab und Gut wurde verbrannt und es gibt eine teure Rechnung mit Faro zu begleichen. Es hält mich nichts mehr hier zurück. Ich komme mit euch.«

»Wir wollten uns in Braara Pferde besorgen«, sagte Augustus. »Wir müssen schneller vorankommen.«

»Das wird wohl etwas schwierig werden«, meinte Nifia. »Wenn welche überlebt haben, haben sie sich gesammelt und sind wohl zusammen durchgebrannt.«

»Kommt mit«, sagte Will. »Am Stadtrand, in Richtung Lehen, gibt es einen Pferdezüchter. Vielleicht wurde er von dem Angriff verschont.«

Sie waren keine hundert Meter gelaufen, da entdeckten

sie am Waldrand eine Herde Pferde, die vor den Flammen geflohen war. Aufgeschreckt, doch noch zahm, ließen sie eine Annäherung zu. Augustus, Will und Nifia suchten die sechs besten heraus. Einige der Pferde hatten Sattel und Zaumzeug, das sie abhalfterten und ihren ausgewählten Tieren wieder anlegten. Eines davon benutzten sie als Packpferd. Als sie aufsteigen wollten, meldete sich Quent zu Wort.

»Leute ... ihr wisst, dass ich noch nie geritten bin?«

»Du bist nie geritten?«, fragte Will mit erstauntem Gesicht. »Bist du etwa nur gelaufen in deinem Leben?«

»Nein, aber es gibt Autos, Fahrräder und Busse und so ...«

»Was gibt es?«

»Lass gut sein, Will«, sagte Nifia und lachte. »In Prima wurde das Pferd durch Maschinen ersetzt.«

»Durch Maschinen? Gibt es in Prima Gnome?«

»Nein, aber die Menschen sind in dieser Hinsicht geschickter als wir hier.«

Augustus trat mit einem Braunen zu Quent.

»Das hier sind die Zügel, damit lenkst du das Pferd. Sei entspannt, deine Anspannung merkt das Tier. Lass es noch etwas deinen Geruch wittern, damit es sich an dich gewöhnen kann. Wenn du noch nie geritten bist, wird es einige Zeit dauern, bis du es richtig kannst und in die Details können wir dich später einweisen. Jetzt hier den linken Fuß in den Steigbügel. Genau. Wir steigen generell immer von der linken Seite auf ein Pferd. Das hat mehrere gute Gründe. Der wichtigste Grund ist, dass wir das Schwert meistens an der linken Hüfte tragen und es mit der rechten Hand halten. Weißt du, warum das so ist?«

»Euh, nein.«

»Am Hofe des Königs, und hauptsächlich bei den berittenen Truppen, gibt es Regeln. Eine davon ist, dass wir stets von links aufsteigen. Somit herrscht Ordnung. Wärst du Linkshänder, würde dich die Waffe beim Aufsteigen behindern oder du könntest das Tier oder auch dich mit der Waffe verletzen. Jetzt hältst du dich so am Sattel fest und schwingst dein rechtes Bein drüber.«

»Mir ist nicht ganz wohl bei der Sache ...«

Augustus reichte Quent die Zügel.

»Die Zügel hältst du so, ja, den kleinen Finger unter den Zügel. Es wird vielleicht etwas unangenehm werden in den ersten Tagen, aber du wirst dich daran gewöhnen.«

»Ich hab mich doch eben erst an das Laufen gewöhnt.« Quent seufzte. Ihm gefiel der Gedanke nicht, auf einem Lebewesen zu sitzen, das stolpern und durchbrennen konnte.

Der Rest der Gruppe stieg auf. Da Will alles bei sich trug, was ihm das Feuer gelassen hatte, gingen sie in derselben Nacht noch in direkter Linie Richtung Tiefsee zurück. Als sie den See erreichten, schlugen sie ihr Nachtlager auf.

Früh am nächsten Morgen besuchten sie Franks Grab. Will setzte den Kopf des Raurers neben das Steinmännchen und verabschiedete sich von seinem Bruder mit einem stummen Gebet.

»Wie sieht euer Plan aus?«, wollte Will wissen, als er fertig war. »Ihr habt mir noch nicht erklärt, wie es weitergehen soll.«

»Wir müssen Selas finden«, sagte Augustus.

»Dann müssen wir zu Prinz Baldur«, sagte Will.

»Prinz Baldur ist tot.«

»Der Prinz auch? Bei Karam und dem Lichte Eddas! Verreckt hier denn jeder?«

Will spie aus. Seine Miene wurde düster und festigte sich zu einem gefühllosen Ausdruck. Der einstige Leibwächter von Quents Vater strich sich mit der Hand durch den Bart. Quent konnte unter Wills finsterer Miene nicht deutlich erkennen, ob ihn diese Nachricht traf oder nicht. Er schien gefühllos jede Nachricht aufzunehmen. Selbst der Tod seines Bruders hatte dem Anschein nach keine große Wirkung auf ihn.

»Er ist mit Alda von Josten ermordet worden, die auf der Suche nach Selas waren«, sagte Augustus. »Der Junge konnte flüchten. Wir wissen aber nicht, wohin.«

»Bei Karam!«, meldete sich Tomper zu Wort. »Ihr seid mir ja vielleicht ein lustiger Haufen. Selas könnte überall sein! Ihr wisst besser als ich, wie groß das Land zwischen den Westländern und dem Alten Königreich ist! Er könnte in jedem Dorf, in jeder Höhle sein.«

»Einen Moment«, erwiderte Quent. Er erinnerte sich an ein altes Gespräch mit Graseggur und holte seine goldene Kette heraus. »Graseggur hat gesagt, dass diese Kette mein Leben verändern und mich zu Selas führen würde. Ich weiß aber nicht, was er damit gemeint hat.«

»Zeige sie mir bitte«, sagte Will.

Quent reichte ihm die Kette.

»Ich kann dir jetzt schon sagen, dass es eine magische Kette ist«, sagte Will. »Sie wird irgendwann vielleicht wirklich dein Leben verändern.« Er betrachtete die Kette lange nachdenklich und von allen Seiten, dabei brummte er in sich hinein. Er hielt sie hoch und in alle

Himmelsrichtungen. Es hing eine Münze an der Kette, auf dem das Symbol einer Waage war. Doch so sehr er sich auch anstrengte, er konnte sich nicht erklären, was es mit dieser Kette auf sich hatte.

»Ich weiß es nicht«, bekannte Will. »Ich kann euch nicht weiterhelfen. Habt ihr bemerkt, dass die Waage sich bewegt?« Er reichte Quent die Kette zurück.

»Ja«, sagte Quent. »Das habe ich schon bemerkt.« Als er die Kette entgegennehmen wollte, rutschte ihm sein Herz in die Magengegend. Für einen Herzschlag sah Quent undeutlich … eine kleine grüne Gestalt … ihm gegenüber im Gebüsch hinter William. Sie schwebte zwischen den Ästen und blinzelte mit gelben Augen zu ihnen herüber. Sie betrachtete ihn mit einem frechen, fast bösartigen Grinsen, das mit kleinen spitzen Zähnen bestückt war. Das Auffallendste an dem Wesen, neben den gelben Augen, waren die aufstehenden violetten Haare.

Tomper schrie auf und Quent schrie erschrocken mit. Die Pferde wieherten und wackelten ängstlich mit den Ohren. Die anderen drehten sich zu ihnen um und zückten ihre Waffen.

»Was ist los?«, fragte Augustus.

»Ich habe die Kette verstanden!«, verkündete der Wirt lächelnd und strahlte vor Stolz.

»Bei Karam!«, rief Will sichtlich genervt. »Du kannst doch nicht einfach so losschreien, wann immer es dir passt!«

Quents Herz raste. Er schaute schnell zu der Stelle zurück, an der er die Gestalt gesehen hatte, doch sie war verschwunden. Mit einem beklemmenden Gefühl in der Brustgegend drehte er sich wieder der Gruppe zu.

»Was meintest du, Tomper?«, fragte Quent.

»Ich weiß, wie die Kette funktioniert!«

Kapitel V.
Der Gaukler

Sie ritten die ganze nächste Woche entlang eines nebligen Pfades im endlos erscheinenden Wald von Nebuland. Es war weiterhin düster im Land der starken Nebel. Die trübe Sicht, die den knochigen Bäumen ein gespenstisches Aussehen gab, wurde nur selten klarer, wenn sie an kleinen Wasserlöchern oder Lichtungen vorbeiritten. Das Reiten war eine Qual für Quent. Gerade hatte er sich an das Laufen gewöhnt, nun musste er sich erneut mit wunden Stellen und Muskelkater auseinandersetzen, der glücklicherweise gegen Ende der Woche abschwächte. Anfangs hatte er geflucht, jetzt war er sehr dankbar, die Reise mit dem Pferd fortsetzen zu können. Dank Tomper hatten sie nun auch endlich ein Ziel. Er hatte herausgefunden, dass sich die Waage auf Quents Amulett ausglich, wenn sie die Richtung seines Bruders einschlugen. Sie konnten sich zwar nicht erklären, wie dieses Phänomen zustande kam, aber das Amulett mit der Waage darauf funktionierte höchstwahrscheinlich wie ein Kompass, der nach Norden zeigt. Nur zeigte es in die Richtung von Selas. Tomper hatte die Kette einige Male hin- und her gedreht und bemerkt, dass sich die Schalen der Balkenwaage nur dann ausglichen, wenn das Amulett in eine bestimmte Richtung gedreht wurde.

»Ihr wollt wirklich durch die Schlucht des Verderbens?«, fragte Tomper und jammerte. »Bei Karam!, das is gar nicht gut.«

»Wir müssen durch diese Gegend Nebulands«, erwiderte Nifia. »Jede Möglichkeit, unentdeckt zu bleiben, werden wir nutzen.«

Tomper bis sich auf die Lippe. Die Gesichtszüge des Wirts verrieten seine Angst.

»Habt ihr denn nicht gehört, was man sich so über diese Schlucht erzählt?« Er sah sie alle nacheinander an.

»Ja, wir wissen es, mein lieber Tomper. Es geht aber nicht anders.«

»Da will ich nicht mit …«, sagte der Wirt. Er verschränkte missmutig die Arme über seinem runden Bauch. Quent dachte sofort an ein beleidigtes, dickes Kind, das unbedingt seine Süßigkeit wollte. Das Pferd, auf dem Tomper saß, bemerkte das Verhalten seines Herren und wackelte besorgt mit seinen spitzen Ohren. »Wenn ich weiß, dass ich irgendwo nicht mehr rauskomme, dann gehe ich doch erst gar nicht rein!«

»Wir kommen nicht drum herum, mein Freund«, sagte Augustus. »Außerdem sind es nur Legenden, die erschaffen wurden, um die Fantasie kleiner Kinder anzuregen.«

»Legenden beruhen oft auf Wahrheiten«, sagte Tomper. Widerwillig folgte er den anderen mit viel leisem Gemurre.

So kamen sie am darauffolgenden Tag an die Schlucht, über die so viel Unheilvolles erzählt wurde. Und in der Tat strahlte sie etwas Beängstigendes aus. Eine Aura des Unbehagens, des Erdrückens lag auf ihr. Als würde etwas mit schaurig kalten Händen nach ihnen greifen und sie fest und immer fester halten. Der dichte Nebel hatte sich gelichtet und die Flora war dem Sandstein gewichen, der sich nun als Geröll unter ihren Füßen steil hinab in die Schlucht ausstreckte. Sie stiegen, die Pferde an den Zügeln, den unsicheren Hang hinunter in sie hinein und erreichten eine Weggabelung. Am Wegesrand dieser Gabelung sahen sie schon von Weitem eine zusammengekauerte Gestalt, die in schwarzen Kleidern steckte. Sie machte keine Anstalten, sich bei ihrem Näherkommen zu erheben.

Als sie vor ihr standen, sahen sie, dass die Person in einem schwarzen, sehr dreckigen Reisemantel steckte und ihre Kapuze über den Kopf gezogen hatte. Es war ein Mann. Halb liegend, halb sitzend, lehnte er gegen die Felswand und hatte alle viere von sich gestreckt. Die Handflächen zeigten nach oben.

»Bei Karam!«, sagte Tomper. »Schon wieder ein Toter?«

Der Mann kicherte.

»Anscheinend nicht«, sagte Will, stieg ab und zog Kamur.

»Ihr braucht mich nicht zu fürchten, William der Kühne«, sagte eine junge, melodische Stimme. Der Mann zog seine Kapuze zurück. »Zumindest nicht mein wahres Ich.«

Ihre Blicke richteten sich auf ein wunderschönes, blasses Gesicht, das vom Lauf der Zeit unberührt war. Nichts verunstaltete es. Es hatte etwas Vollkommenes. Nur eines störte das Perfekte.

Jemand hat ihm die Ohren abgerundet!, dachte Quent. Oder war er es selbst gewesen? Sie schienen einst spitz gewesen zu sein. Nun verzierten Narben den oberen Teil.

Der Mann amüsierte sich über die verdutzten Gesichter vor ihm und grinste breit mit makellosen Zähnen. Die geheimnisvollen, hellblauen Augen erwiderten ihre überraschten Blicke. Diese Augen, die sie anschauten, als hätten sie viele Zeitalter durchlebt und unzählige Geschichten verinnerlicht, wirkten wie die eines Großvaters, der seine Enkelkinder auf dem Schoß hatte und ihnen von der großen weiten Welt erzählte.

»Ich kenne dich doch!«, sagte Will. »Bist du nicht der Gaukler aus Braara? Woher kennst du meinen Namen?«

»Gut erkannt«, kicherte der Gaukler. Ein rotes Licht flackerte für den Bruchteil einer Sekunde in seinen Augen auf. Er lächelte leicht verrückt. »Woher ich wen kenne, ist meine Sache.«

»Was machst du hier?«

»Mich erholen.«

»Kannst du uns sagen, welchen Weg wir nehmen müssen, um die Schlucht zu durchqueren?«, fragte Nifia.

»Hm … können, ja. Wollen, nicht … außer …«

»Außer was?«, fragte Will mit einem verärgerten Ton.

»Außer ihr nehmt mich ein Stück mit.«

»Mitnehmen? Dich? Warum?«

»Ach, ich möchte lieber in Gesellschaft meinen Weg fortsetzen, als mutterseelenallein hier rumzusitzen.«

»Du bist verrückt. Kommt, wir gehen weiter.«

»Aber Will, du kennst den Weg genauso wenig wie wir«, sagte Tomper leise, so, dass der Gaukler ihn nicht hören konnte. »Was sagt das Amulett?«

Quent schaute auf seine Kette.

»Sie zeigt genau auf den Felsen in der Mitte.«

»Vielleicht ist es egal, welchen Weg wir nehmen …«

»Nun, wir werden uns schon durchschlagen«, sagte Will. »Es gibt immer einen Weg.«

Will entschloss sich für den rechten der beiden Wege. Es machte bei ihrem Wissensstand sowieso keinen Unterschied, ob sie den linken oder den rechten Weg nahmen, also folgten die anderen, ohne zu zögern.

Einen Tag lang zogen sie auf dem Weg weiter, gefangen

zwischen zwei senkrechten, sehr hohen Felswänden. Es war dunkel und moderig in der Schlucht. Frische Winde wehten um ihre Ohren und streichelten in einer unangenehmen lebendigen Weise ihre Haut. Wenn Quent seinen Blick nach oben richtete, erkannte er nur einen hellen, dünnen Strich.

Der Himmel ist das Gegenstück zu dem Weg, auf dem wir laufen, dachte er. Als ritten wir kopfüber über einem Fluss.

Als der Tag sich zu Ende neigte und der Strich über ihren Köpfen langsam dunkler wurde, kamen sie wieder an eine Gabelung – und da lag der Gaukler, in derselben Position, in der sie ihn am späten Morgen aufgefunden hatten.

»Bei Karam!, wir sind im Kreis geritten!«, rief Tomper. »Wir sind auf dem Weg zurückgekommen, den wir vermieden hatten!«

»Das kann nicht ...«, sagte Will und schaute sich um. Er stockte. Etwas hatte sich verändert.

»Wo ist der Weg, über den wir in die Schlucht gekommen sind?«, fragte Quent. Er suchte vergebens nach dem Weg hinaus.

Die Gruppe blickte sich um. Und tatsächlich: Ihr einziger Ausweg, aus der Schlucht hinaus zu kommen und zurück Richtung Braara zu gehen, war verschwunden. Sie waren gefangen.

»Das gibt es doch nicht«, flüsterte Augustus. Fassungslos stieg er ab und berührte die Wand, an der zuvor noch der Weg hinaus war. »Was geht hier vor?«

»Das ist Magie!«, wimmerte Tomper. »Wir hätten niemals herkommen dürfen!«

»Beruhige dich, Tomper.«

»Bei Karam!«, rief der Wirt und fuchtelte mit seinen massigen Armen »Ich bin doch ruhig! Sehe ich aus, als wäre ich nicht ruhig? Keine Panik, keine Panik!« Tompers roter Kopf und seine aufgerissenen Augen spiegelten das komplette Gegenteil von dem, was er sagte.

Quent musterte den Reiter. Vergnügt stellte er eine gewisse Ähnlichkeit zwischen Tomper und seinem Pferd fest. Als ob das Pferd den Charakter seines Herrn angenommen hätte, stampfte es bei jeder Bewegung Tompers unruhig mit den Hufen und wedelte mit den Ohren. Ja, man könnte sogar meinen, Tompers Pferd hätte etwas an Gewicht zugenommen, seitdem er es besaß. Quent sah, wie Augustus' Mundwinkel zuckten. Er musste sich wohl beherrschen, um nicht laut loszulachen. Wäre ihre Situation nicht so ernst gewesen, Quent hätte bei dem Anblick gelacht. Aber das unangenehme Gefühl in seiner Magengegend hielt ihn zurück. Er konnte nur ernst bleiben.

Sie standen nun nur noch vor zwei Pfaden, die an ihren Enden zusammentrafen. Sie waren in einem endlosen Kreis gefangen. Nur sie und der Gaukler, der immer noch gemütlich grinsend in derselben Position auf dem Boden lag.

Will ritt dicht an den Gaukler heran, stieg ab und packte ihn am Kragen.

»Was treibst du für ein Spiel?«, schrie er ihn an.

Der Gaukler kicherte.

»Ich? ... nichts. Was treibt ihr an diesem Ort? Wolltet ihr nicht durch die Schlucht, mein Herr? Oder hattet ihr nur vor sie zu besichtigen?«

Will war kurz davor, dem Mann für seine freche Antwort einen saftigen Denkzettel zu verpassen, aber Nifia hielt ihn zurück.

»Warte!«, sagte sie und lenkte ihr Pferd näher an die beiden Männer. Sie sah ernst auf den Gaukler hinab. »Was geschieht hier?«

Der Gaukler blickte ihr in die Augen. Sein Grinsen erstarb.

»Wir sind hier an einem uralten Ort«, sagte er. »Die meisten Menschen, die hierherkommen, bleiben auf ewig in dieser Schlucht, bis sie verhungern und verdursten. Deshalb bekam die Schlucht des Verderbens ihren Namen. Ich musste es einst selbst erfahren.« Er zögerte. Sein zuvor klarer Blick verschwamm und für eine Weile versank er wohl in Erinnerungen. »Ich war damals mit einem guten Freund unterwegs; wir kamen aus dem Süden und waren in höchster Eile. Man hatte uns gesagt, dass der schnellste Weg durch diese Schlucht führte. Man riet uns aber davon ab und ermahnte uns eindringlich, diesen Weg zu meiden, da ein alter Fluch auf ihm liegen würde. Die Eile trieb uns zu falschen Handlungen, wir hörten nicht auf die Warnungen und nahmen den Pfad durch die Schlucht. Wir glaubten nicht an diese alte Sage: Ein fataler Fehler für uns.«

Er schaute in die Runde und fixierte schließlich Quent. Ein kleiner Schauer fuhr über Quents Rücken. Es war ein Blick, der ihm sagen wollte: Ich weiß, wer du bist, was du bist und wohin dein Weg dich führt.

»Mein Freund ist hier verhungert. Ich fand den Weg hinaus.«

»Wenn so viele Menschen hier gestorben sind, warum sieht man dann keine Skelette oder Leichen?«, fragte Augustus. »Der Weg müsste übersät sein mit Körpern ... Und wie bist du aus dieser Schlucht entkommen, wenn es keinen Weg hinaus gibt?«

Der Gaukler überlegte gedankenversunken und schien seine Worte gut wählen zu wollen. Dann sagte er: »Ihr müsst Euch vorstellen, dass diese beiden Wege nicht existieren. Es gibt nur Euren eigenen Weg. Jeder Weg ist eine eigene Realität. Die Schlucht ist ein Schnittpunkt, an dem sich alle Realitäten kreuzen. Pulsierend lösen sie sich ab und geben den Weg frei für einen anderen Weg, eine andere Realität. Man weiß nicht, auf welchen Weg man trifft. Die meisten unter uns finden diesen Weg niemals, manche finden ihn nur halb und wenige wiederum finden ihn ganz. Die Schlucht des Verderbens lässt dich nur hinaus, wenn du diesen einen Weg gefunden hast.«

»Was meinst du mit Weg?«, fragte Quent. »Was ist das für ein Weg?«

»Das könnt nur ihr allein herausfinden. Die wichtigsten beiden Teile, die ihr dafür braucht, befinden sich in euch: euer Kopf und euer Herz.«

Er grinste die Gruppe breit an.

»Das ist doch lächerlich«, sagte Will. »Dann wären wir nicht als Gruppe in dieser Schlucht, sondern jeder einzeln gefangen.«

»Nein, denn ihr habt alle denselben Weg.«

»Das würde also bedeuten, dass du denselben Weg hast wie wir?«, fragte Nifia.

Der Gaukler grinste.

»Vielleicht. Vielleicht auch nicht.«

»Und du hast den Weg gefunden? Du kommst also aus dieser Schlucht wieder heraus?«

»Jederzeit.«

»Wohin möchtest du?«

Schlagartig, als wäre er vom Blitz getroffen worden, veränderte sich das Gesicht des Mannes.

»Kemijoki«, kam es langsam und tief aus seiner Kehle. Wie gepeinigt, wimmernd, als würde es ihn die größte Anstrengung kosten, diese Frage zu beantworten. »Bitte ...«

»Weshalb möchtest du dorthin?«, fragte sie und zog ein verwundertes Gesicht. »Kemijoki ist das nördlichste Land Pentras, dort gibt es nichts außer Schnee und Eis.«

»Das sind meine Angelegenheiten.«

»Kemijoki«, brummte Augustus. »Das ist aber nicht unser Ziel.«

»Kommt«, sagte Nifia zu ihren Gefährten gewandt.

Außer Hörweite des Gauklers beriet die kleine Gruppe, wie es weitergehen sollte.

»Wir können ihm nicht trauen, Nifia«, sagte Will. »Das ist zu gefährlich. Was, wenn er uns nachts hinterrücks ermorden will, oder uns in eine Falle lockt? Irgendetwas stimmt mit diesem Kerl nicht. Habt ihr nicht gesehen, wie er uns ansah? Ich hätte meinen können, dass Blutdurst in seinen Augen lag. Er kann nicht menschlich sein. Ich habe den Gaukler bisher noch nie sonderlich beachtet, aber er gefällt mir nicht.«

»Ich weiß, Will. Aber was bleibt uns übrig? Wir werden doppelt so viel aufpassen müssen wie sonst, und die Wache darf ihn nachts nicht aus den Augen lassen. Ich glaube nicht, dass er uns Böses will. Obgleich er sehr sonderbar ist. Mir läuft es eiskalt den Rücken herunter, wenn er mich anschaut. Und doch … ich bin fest davon überzeugt, dass er einen guten Kern hat. Ich weiß nicht, wie ich es erklären soll, es ist wie ein Gefühl, dass wir ihn brauchen werden ...«

»Gut«, sagte Will nach kurzer Überlegung. »Wir konnten

uns schon immer auf deine Instinkte verlassen. Was sagen die anderen?«

Es gab keinen Widerspruch, daher wandte sich Will zum Gaukler und sagte: »Wir nehmen dich ein Stück mit, aber vertraue mir, wenn ich sage, dass ich dich nicht aus den Augen lassen werde ... nun zeige uns, wie wir durch diese verdammte Schlucht kommen.«

»Nein.«

»Wie … nein?«, schrie Will aufgebracht.

»Jetzt gelten andere Bedingungen«, sagte er und grinste breit mit weit aufgerissenen Augen.

»Was möchtest du noch?«

»Euch eines meiner Gedichte vortragen. Ich bin nämlich ein sehr begabter Poet.« Bei dem Wort ›begabt‹ verfiel er in einen lächerlichen Akzent.

»Ein Gedicht?«, fragte Augustus ebenso erstaunt wie der Rest der Gruppe.

»Ein Gedicht«, sagte der Gaukler und stand mühsam auf. Er seufzte und streckte seine steifen Gliedmaßen. »Ich sage euch, einen Tag lang nur an einer Stelle zu sitzen ist anstrengend.«

»Nun sag uns schon dein Gedicht auf«, sagte Will in einem mürrischen Ton.

»Geduld, mein Herr Will. Ein Gedicht ist nicht etwas, das man einfach so von sich gibt. Da stecken unglaublich viele Gefühle dahinter. Ein Gedicht kommt tief aus der Seele. Es spiegelt die Melodie des Herzens wider.«

»Was du nicht sagst.«

Der Gaukler verbeugte sich mit großen übertriebenen Gesten.

»Frisst du mich,
Fress ich dich.
Friss, friss,
Friss, friss.«

»Was redest du denn für einen Schwachsinn?«, sagte Will. »Willst du uns zum Narren halten?«

»Fliegen tue ich
Wie im Sommer, wie im Winter.
Du bekommst die Gicht.

Federn hab ich,
Zu Hause ein hoher Herr.
Du stirbst, kleiner Wicht.

Leben tue ich endlos lang,
Sterben nur durch blankes Eisen.
Wasser trinke ich gern.

Bekam ich das falsche Los?
Einen Diamanten für einen Almos?«

Quent und Will sahen sich an. Der Krieger zuckte nur mit den Schultern, schüttelte den Kopf und hob eine Augenbraue. Augustus lachte in sich hinein. Tomper wiederum klatschte eifrig in die Hände. Der Gaukler verbeugte sich vor dem Wirt.

»Habt Dank! Ich sehe, ihr versteht etwas von der hohen Kunst der Dichtung.«

»Fertig?«, fragte Will »Hat ... all dies einen tieferen

Sinn?«

»Ich weiß es nicht, ich bin Poet.«

»Was für eine Antwort! Es tut mir leid, dir das sagen zu müssen, aber ich versichere dir, du wirst mit diesen Texten deinen Lebensunterhalt nicht verdienen können.«

»Oh, das brauche ich auch nicht unbedingt«, sagte der Gaukler und lächelte vergnügt. »Ein wahrer Poet möchte mit seinen Texten auch kein Geld verdienen. Er lebt von der Magie und dem Klang des Geschriebenen.«

»Das wird ein langer Weg.« Will seufzte. »Ich hoffe für dich, du belügst uns nicht, Gaukler.«

»Mein Wort in Ehren, Herr Kühne.«

»Dann lasst uns rasch weitergehen.«

Und so ging die Reise weiter. Um nicht durch den Gaukler aufgehalten zu werden, bekam er das Packpferd. Das Gepäck, das es trug, verteilten sie gleichmäßig auf alle Tiere.

Es war eine stille Durchquerung, nur gestört durch das an den Wänden der Schlucht widerhallende Hufgetrappel und gelegentliche Schnauben ihrer Pferde. Kein Tier war an diesem Ort zu sehen. Sie zweifelten daran, dass ihr neuer seltsamer Gefährte sie durch die Schlucht leiten könnte, und hielten ihn für verrückt. Doch je weiter sie kamen, desto mehr merkten sie, wie sich die Natur veränderte. Gras wuchs nun wieder hier und da und der Himmel öffnete sich immer weiter über ihren Köpfen. Und dann, es war nun schon spät in der Nacht, der Weg nur beleuchtet durch den Schein des Mondes und der Sterne über ihnen …

… standen sie mit einem Mal am Ausgang der Schlucht.

Will hielt sich die Hand vor den Mund und auch das Erstaunen der anderen Gefährten war nicht minder groß.

Der Gaukler hatte sie, wie auch immer er es geschafft hatte, aus dem verzauberten Gefängnis geführt. Sie schlugen ihr Lager in einer kleinen Mulde am Rande des Weges auf, gut versteckt durch die Büsche, die unter dem dichten Blätterdach des Nebelwaldes ihre Wurzeln in den nun fruchtbaren Boden getrieben hatten. Für Quent war es eines der schönsten und gemütlichsten Lager, das sie seit ihrem Aufbruch von Tompers Gasthaus aufgeschlagen hatten. Bedeckt mit Moos, lag er bequem und warm. Ein natürliches Bett, weit weg von jedweder Zivilisation. Und von da an wusste er, warum er sich in Pentra wohlfühlte, weit entfernt von den Klauen der modernen Zivilisation, der Städte, Autos und Computer. Eine Sternschnuppe blitzte auf und verglühte gleich darauf wieder. Ich wünsche mir, dass alle Menschen, überall in den verschiedenen Welten, gesund und in Frieden leben können, dachte Quent. Und so rollte er sich tiefer in seinen Mantel ein, der ihm als Decke diente, und schlief zwischen dem leisen Rascheln des Windes in den Bäumen und dem Atmen seiner Weggefährten und Freunde langsam ein.

Am nächsten Morgen ritten sie zeitig los, um am Abend ihr Lager am Fluss Maza aufschlagen zu können, einem Arm des Nesra, der nördlich der Schlucht des Verderbens bis zur Nordroute verlief. An der Spitze des Zuges ritten Augustus, der Gaukler und Will, der ihren neuen Mitreisenden nicht aus den Augen lassen wollte. Hinter ihnen ritten Tomper und Quent; der hatte sich nun an das Reiten gewöhnt. Das Ende bildete Nifia, die ein gutes Gespür für Gefahren hatte.

Es passierte nichts Außergewöhnliches während des ganzen Tages und es wurde kaum gesprochen. Manchmal sahen sie Rehe und Eichhörnchen, die die Reisenden verwundert anstarrten und sich dann weiter ihrem Tun widmeten. Seitdem sie aus der Schlucht des Verderbens herausgefunden hatten, war auch kein Nebel mehr aufgezogen, ganz so, als wäre die Schlucht eine magische Barriere gewesen.

Am späten Abend erreichten sie den Maza und überquerten den Fluss an einer Furt. Auf der anderen Seite des Wassers suchte Augustus eine geeignete Stelle, um die Nacht in Sicherheit zu verbringen.

Am Mittag des darauffolgenden Tages kamen sie an die Grenze des Nebelwaldes und blickten weit über eine endlos scheinende Prärie. Hohes saftiges Gras erstreckte sich über die fast ebene und so gut wie baumlose Landschaft. Weit im Norden sahen sie das massive Graue Gebirge, das, so weit das Auge reichte, den ganzen Horizont bedeckte.

Vor ihnen, in weiter Ferne, stiegen kleine, dunkle Rauchschwaden empor. Augustus legte seine Hand über die Augen und betrachtete den Rauch. Er runzelte die Stirn.

»Dort war ein großer Brand«, sagte Augustus. »Büsche vielleicht.«

»Das wären ziemlich viele Büsche«, meinte Will trocken.

»Vielleicht hat eine Stadt gebrannt – wie Braara?«, sagte Quent. Er wurde nervös.

»Eine Stadt, ein Brand,
Wie elegant!
Ein Wald und Rauch,
Ich habe ’nen leeren Bauch.«

Will schüttelte verzweifelt den Kopf.

»Du bist wahrlich der schlechteste Dichter, dem ich je begegnet bin«, sagte Will und ritt los.

»Aber er ist mir begegnet«, sagte der Gaukler, schmunzelte und zwinkerte Quent beim Vorüberreiten zu.

Wer ist er?, dachte Quent. Der Gaukler war ein unheimlicher Mensch – wenn er denn ein Mensch war. Obgleich sich Quent in seiner Gegenwart sehr unwohl fühlte, war dieser letzte Blick voller Güte und Lebenslust. Wer ist er bloß?

Der Tod lag in der Luft. Langsam bahnte sich die Gruppe einen Weg durch den Wahnsinn. Es roch nach Fäkalien, verrotteten Kadavern, verbranntem Holz und Fleisch. Sie kamen an aufgespießten Köpfen und zerstückelten Leichenteilen vorbei, als sie immer tiefer in das fröhliche Summen der Mücken vordrangen. Jeder Einzelne der sechsköpfigen Gruppe hatte sich entweder einen Schal oder ein Tuch vor das Gesicht gespannt, um sich ein wenig vor den unmenschlichen Gerüchen zu schützen. Niemand sprach. Es gab nichts zu sagen. Wo man hinsah, erkannte man entweder verbrannte Leichen oder, wenn die Menschen vor den Feuern hatten fliehen können und nicht von ihnen verschlungen worden waren, verrenkte Körper mit gebrochenen und abgeschnittenen Gliedmaßen. Sogar das Vieh war nicht verschont geblieben und im Zuge des Blutrausches mit ins Verderben gezogen worden. Das Feuer hatte das ganze Dorf niedergebrannt.

Quent war schlecht und hätte sich fast übergeben, wie es Tomper bereits kurz zuvor getan hatte. Er wünschte sich so sehr, nicht hier sein zu müssen, aber die anderen wollten nach Überlebenden suchen, obwohl es höchstwahrscheinlich niemand geschafft hatte, sich vor diesem Angriff zu retten. Überall, wo er hinschaute, sah er steife Körper mit leblosen Augen. Manchmal hatten sie keine Augen mehr, manchmal fehlte nur eines und manchmal hing ein Augapfel noch an den Nerven heraus. Es war das unmenschlichste und abscheulichste Massaker, das man sich vorstellen konnte.

Quent trieb es Tränen in die Augen.

»Wer tut so etwas?«, fragte er. »Joste?«

»In dieser Zeit können es nur sie gewesen sein«, sagte Will.

»Warum? Warum tun die so etwas?«

»Es ist ihr Trieb. Es bereitet ihnen Vergnügen zu töten. Das ist ihre Natur.«

»Joste waren vor ihrer Wandlung normale Lebewesen«, sagte Nifia. »Unterschiedliche Lebewesen, voller Leben und von ihrem Charakter geprägt. Faro hat den Josten die Seele geraubt und ihnen nur den Teil im Körper gelassen, der für die Zerstörung und den Gehorsam verantwortlich ist.«

»Kann er aus jedem einen Jost machen?«

»Wenn man den Gerüchten Glauben schenkt, und das tue ich, dann ja. Aber wie es genau vonstattengeht, kann ich dir nicht sagen. Ich glaube, es steckt mehr dahinter als nur ein simpler Zauberspruch, sonst wären wir alle schon längst unter seinem Bann.«

Sie suchten zwei Stunden lang vergeblich das Dorf ab. Schließlich gaben sie auf und bereiteten sich auf dem Marktplatz in der Mitte des Dorfes auf die Weiterreise vor.

Dann hörte Quent etwas, ein seltsames, kaum wahrnehmbares Geräusch. Er horchte auf und blickte sich um. Da war es wieder. Zu seiner Rechten, unter den

Trümmern eines eingestürzten Hauses, ein leises Gurgeln. Er näherte sich vorsichtig und bahnte sich einen Weg durch die Überreste des Hauses. Seine Gefährten schauten ihm überrascht nach. Zwischen dem Schutt aus Holz und Stein entdeckte Quent einen menschlichen Fuß. Das dumpfe Röcheln wurde deutlicher.

»Kommt her! Schnell! Hier liegt jemand!«

Die anderen eilten herbei und halfen Quent, die Person zu befreien. Vorsichtig hoben sie Balken und schaufelten Schutt beiseite. Schließlich gelangten sie an den Körper, in dem noch ein winziger Hauch Leben steckte. Er lag auf dem Rücken und war in eine tiefe Kruste aus Schlamm und Blut eingedrückt. Es war ein Junge, mit Wunden übersät, aber er lebte noch.

»Der arme, kleine Junge«, sagte Tomper, der die vielen Schnitte und Schrammen auf dem Körper sah. »Er ist bewusstlos.«

Der dürre Junge lag regungslos im Dreck. Sein pechschwarzes Haar klebte ihm auf dem Gesicht. Die braune Lederhose und das lange blassgrüne Hemd aus Leinen, das von einem schwarzen, um die Taille geschlungenen Ledergürtel gehalten wurde, waren eingerissen und angekokelt.

»Er hat eine Kette um den Hals«, sagte Quent. »Da steht ein Name!«

»Blain«, las Will, der anfing, den Jungen zu versorgen. »Er hat eine ziemliche Beule am Kopf. Er muss einen heftigen Schlag abbekommen haben.«

Sie beschlossen den restlichen Tag zu ruhen und die Nacht abseits des verbrannten Dorfes in einer alten Scheune zu verbringen, die vom Brand verschont geblieben war.

»Was machen wir mit ihm?«, fragte Quent seine Zieheltern. Er schaute hinüber zu Will, der nicht von der Seite des Jungen gewichen war, seitdem sie ihn gefunden hatten. »Hier lassen können wir ihn ja nicht in dem Zustand.«

»Wir haben es eilig und können uns keine großen Verzögerungen leisten«, sagte Augustus. »Wir werden ihn mitnehmen und beim nächstbesten Ort in sichere Hände abgeben.«

»Wir haben aber nur sechs Pferde«, sagte Quent.

»Das ist kein Problem, ich werde in den Überresten des Dorfes nach Material suchen, damit wir ein Krankenbett bauen können, das wir hinter eines der Pferde spannen werden.«

Augustus machte sich auf, seine Worte in die Tat umzusetzen.

»Will ist richtig um das Wohl des Jungen besorgt«, sagte Quent zu Nifia. »Ich hätte nicht gedacht, dass er so fürsorglich sein kann. Ich sah in ihm eher einen rauen Menschen, dem das Leid anderer egal ist.«

»Die Zeit und das Erlebte verändern die Menschen sehr«, sagte Nifia. »Aber tief im Inneren bleibt man doch noch oft so, wie man erzogen wurde, auch wenn es nur unbewusst und selten ans Tageslicht dringt. Ich glaube, dass Will sich in diesem Jungen wiederfindet.«

Sie zögerte.

»Will wurde ebenfalls als kleiner Junge nach einem Massaker gefunden. Er hatte das große Glück, noch rechtzeitig gefunden und somit vom Tod verschont zu werden.«

Gewaschen und verbunden lag der Junge eingepackt in Decken auf der selbst gebauten Bahre. Die Konstruktion bestand aus mehreren Holzlatten, auf denen Augustus Stroh ausgelegt hatte, um das Lager so bequem wie möglich zu machen. Gehalten wurde sie von zwei langen Brettern, die auf beiden Seiten von Augustus' Sattel am Pferd befestigt worden waren. Will blieb ununterbrochen neben dem Kranken und kümmerte sich um sein Wohlbefinden.

Seit sie den Jungen gefunden hatten, war er nur einmal kurz aufgewacht, um ein paar Worte zu murmeln und anschließend sofort wieder einzuschlafen. Das Wundfieber hatte ihn befallen. Er schwitzte und schlief sehr unruhig.

Am dritten Tag meldete er sich zum ersten Mal mühsam zu Wort und bat neben Wasser auch um eine Kleinigkeit zu essen. Will gab ihm sofort etwas aus ihrem Proviant. Der Junge trank wenige Schlucke und aß ein paar Happen Brot und getrocknetes Fleisch von der Jagd, dann schlief er sofort wieder ein.

Nach ein paar Stunden wachte Blain wieder auf und sah Will neben sich reiten. Als der ihn bemerkte, löste sich die versteinerte Miene des Kriegers zu einem breiten weichen Lächeln.

»Wo ... wo bin ich?«, fragte der Junge mit einer für sein Alter verhältnismäßig rauen Stimme.

»Du bist auf dem Weg nach Norden, mein kleiner Freund«, sagte Will. »Und, unter uns gesagt, in den besten Händen. Wie ist dein Name?«

»Mein Name? Ich ...« Er überlegte. »Ich weiß es nicht ...«

»Gedächtnisverlust?«, fragte Nifia.

»Mit dem Schock vom Überfall und dem Schlag, den er auf den Kopf bekommen hat, kann das gut möglich sein«, sagte Augustus.

»Du hast eine Kette um den Hals, auf dem ein Name steht«, sagte Will »Erinnert dich dieser Name an etwas?«

Der Junge hob mühsam den Kopf, um die Kette zu begutachten. Als er ihn wieder abgesetzt hatte, schüttelte er schwerfällig den Kopf. Sein Gesicht war kreidebleich und mit etlichen kleinen Schweißperlen übersät.

»Dann nennen wir dich ab jetzt mit diesem Namen: Blain. Ruhe dich aus und habe keine Angst, wir werden dir nichts tun.«

»Ich verspüre keine Angst«, sagte Blain auf einem matten Ton und fiel wieder in einen unruhigen Schlaf.

Am Nachmittag des folgenden Tages, sie ritten gemütlich durch das hohe Gras der Maza'ischen Ebene, kamen Quent wieder die Ketten in den Sinn, die Nifia, Augustus und Will um den Hals trugen. In Braara hatten Augustus und Nifia Will die Ketten zeigen müssen, bevor der Krieger ihnen Glauben schenkte. Es waren drei gleiche Ketten, an denen jeweils ein roter Rubin hing, der von einer goldenen Hand umklammert wurde. Quent war neugierig und wollte von Nifia wissen, was es mit diesen Ketten auf sich hatte.

Sie nahm ihn außer Hörweite des Gauklers.

»Diese Kette ist ein geheimes Erkennungsmerkmal der Leibwächter des Königs. Sie ist mit alter Magie gefüllt und kann nur von der Person umgehängt werden, an die die Kette gebunden ist. Wenn du meine Kette anziehen würdest, würde der Rubin sich schwarz färben. Deshalb hatte Will nach den Ketten gefragt und uns geglaubt.«

Erstaunt dachte Quent noch lange über die Möglichkeiten der Magie nach und was man alles mit ihr anstellen könnte. Es stellten sich ihm viele neue Fragen. Was war Magie? Woher kam sie? Warum konnte Graseggur mit ihr umgehen und andere nicht? Oder konnten sie es, nur wussten sie nicht wie?

Je weiter sie ritten, desto fröhlicher wurde die Stimmung des Gauklers. Er summte und pfiff fröhliche Melodien. Er entdeckte lauter Kleinigkeiten, die den anderen entgingen.

»Dort! Ein Reh!«

»Wo?«, fragte Tomper und drehte sich hastig um.

»Schon weg ... seht euch einmal diese Wolke an, man könnte meinen, sie sieht aus wie unser guter William, nur dass das Gesicht lächelt und schielt.«

»Was fällt dir ein?«, sagte Will sichtlich genervt.

»Ooooh! Schaut euch doch nur einmal das Grün von diesem Moos an! So ein Grün habe ich noch nie gesehen! Ich dachte, es wäre immer etwas dunkler gewesen. Jaja, man lernt nie aus ...«

»Wirst du endlich mal den Mund halten?«, schnauzte Will den Gaukler an. »Du gehst mir mit deinem Gequatsche auf den Senkel. Irgendwann gehen noch die Pferde mit mir durch!«

»Bitte nicht!«, sagte Tomper. »Vielleicht treibt es die Pferde auseinander und, bei Karam!, dann sind wir alle auf uns allein gestellt.«

Will klatschte sich die Hand in das Gesicht. Nifia und Augustus lachten.

»Herr William der Kühne, ich bin hier ein freier Mann«, sagte der Gaukler empört. »Ihr werdet mir nicht den Mund verbieten, nicht hier an der Grenze zu Nebuland.«

Will stutze.

»Sind wir schon im Reich Thelanos?«

»Nein, noch nicht«, sagte der Gaukler und blickte träumend um sich wie ein Kind in einem Spielwarenladen. »Aber wir erleben gerade etwas Zauberhaftes. Der Wind hat sich gelegt. Seht euch um, seht euch nur die Landschaft an!«

Tatsächlich, die Umgebung veränderte sich. Je weiter sie kamen, desto mehr löste sie sich auf, verpuffte regelrecht, und legte sich wie ein Dunstschleier um die Reisenden. Der Weg vor ihnen verschwand unter exotischen Pflanzen und Bäumen, die Quent noch nie zuvor gesehen hatte. Die standen in keinen Lehrbüchern, die er aus Alfenberg kannte; die meisten kannte er auswendig. Mit den kuriosesten Formen schlang sich die neue, überaus farbenfrohe Vegetation in die Höhe. Schimmernde Pollen fielen in Regenbogenfarben auf sie nieder und legten sich sanft auf ihre Kleidung. Es wurde wärmer. Den Geruch von Erde, Pflanzen, von Laub, Rinde, Harz und Pilzen nahmen sie intensiver wahr und er erfreute ihr Gemüt. Die durch das dichte Blätterdach gebrochenen Sonnenstrahlen fielen auf den nährstoffreichen Boden und ließen den Tau an den Blättern und Gräsern glitzern. Wunderbare Farben vermischten sich mit der idyllischen Natur um sie herum und bildeten ein zu perfektes Bild. Nichts, so schien es, entwickelte sich hier ohne den Einfluss einer höheren Macht.

»Wo befinden wir uns?«, fragte Nifia verwundert.

»Das is ja mal schön hier!«, sagte Tomper und klatschte fröhlich seine Hände zusammen.

Augustus drehte sich zum Gaukler, der sich an dem Naturschauspiel erquickte.

»Weißt du, wo wir uns hier befinden, Gaukler?«

»Wenn meine Vermutung stimmt, befinden wir uns in einem sehr, sehr mysteriösen Land, das wohl nur wenige zu Gesicht bekommen haben. Ich glaube, wir waren gerade dabei, die Grenze nach Thelanos zu überschreiten, als sich die Natur verändert hat. Das Privileg, hier zusammen reiten zu dürfen, als Gruppe, kann nicht ohne Grund erteilt worden sein.«

»Erteilt? Von wem?«, fragte Augustus.

»Wo ist Quent?«, rief Tomper panisch hinter ihnen. Er bildete dieses Mal den Schluss und hatte alle seine Gefährten vor sich. Bis auf Quent. »Quent ist verschwunden!«

Die Gruppe drehte sich um. Quent war tatsächlich verschwunden. Allein sein Pferd folgte der Gruppe und wedelte besorgt mit den Ohren über den plötzlichen Verlust seiner Last.

»Bei Karam! Schon wieder Zauberei!«

»Verdammt!«, rief Will. »Was ist geschehen, Tomper?«

»Ich weiß es nicht! Gerade war er noch hier!«

»Quent!«, brüllte Nifia.

Sie bekam keine Antwort.

»Möge Karam uns beistehen, das ist der Wald des Verderbens!«, wimmerte Tomper.

»Tomper, sei still!«

»Gaukler!«, sagte Will und zückte Kamur, das in den grellen Farben um sie herum gefährlich rot schimmerte. »Wo sind wir!«

Der Gaukler, von alledem unbeeindruckt, schaute nachdenklich in alle Richtungen.

»Wir sind im Reich des ersten pflanzlichen Geschöpfs

Pentras«, sagte er bedächtig. »Wir sind im Reich Walahar.«

Quent stand im kniehohen Gras einer Lichtung. Ein schwacher Pollenregen in den Farben des Regenbogens fiel auf ihn herab und dichter Wald erstreckte sich um ihn herum. Leises Vogelgezwitscher und das Rasseln des Windes in den Baumkronen waren zu hören. Quent blickte verwundert um sich. Wo bin ich? Was ist passiert und wo sind, verdammt noch mal!, die anderen? Er konnte es sich nicht erklären. Gerade eben war er noch auf seinem Pferd gesessen und hatte verfolgt, was der Gaukler sagte und nun stand er hier auf dem Gras einer Lichtung und alle waren verschwunden. Ein unangenehmes Gefühl der Angst stieg in ihm hoch und er fühlte einen kräftigen Adrenalinstoß von seinem Bauch ausgehend durch den Körper schießen.

»Augustus! Nifia!« Er begann zu rufen und drehte sich verzweifelt im Kreis, um sich zu orientieren. Vergeblich. Ein Hirsch, der auf der Lichtung geweidet hatte, hob den Kopf. »Tomper! ... Will! Hallo? Irgendjemand? Wo seid ihr?« Ohne weitere Notiz von dem Ruhestörer zu nehmen, senkte der Hirsch den Kopf und ging seine Beschäftigung wieder nach.

Quent fiel auf die Knie und hielt sich den Kopf. Oje, oje!, dachte er. Was war passiert? Was sollte er nur tun? Er war alleine und auf sich gestellt an irgendeinem gottverlassenen Ort. Er würde verhungern und verdursten, bevor er je wieder jemanden zu Gesicht bekommen würde. Er verfluchte dieses Abenteuer, in das er hineingezogen worden war.

Doch so schnell die Panikattacke gekommen war, so schnell legte sie sich auch wieder. Quent schloss die Augen und atmete einige Male tief ein und wieder aus. Er bekam seine Atmung in den Griff. Der Puls senkte sich und seine Gedanken wurden wieder klar. Er war zwar allein, aber noch nicht tot. Ein ihm bislang unbekannter Überlebensinstinkt schaltete sich ein und zerstreute Kummer und Sorgen.

»Panik lohnt sich nicht«, sagte er leise. »Panik verschlimmert nur alles ...«

Quent beruhigte sich und stand auf. Es war angenehm warm, sogar etwas schwül – wie in einem großen Gewächshaus. Er schaute sich um. Die Lichtung, auf der er sich befand, hatte gut den Durchmesser eines Fußballfeldes. Sie bildete fast einen perfekten Kreis, in dessen Mitte ein einziger Baum stand. Und was für ein Baum! Er überragte die anderen gut um das Dreifache ihrer Höhe. An seinen Stamm hätten sich sicherlich fünfzehn bis zwanzig Menschen anlehnen können, ohne die anderen zu stören. Die dicht belaubte Baumkrone breitete sich weit und in einem regelmäßigen Abstand zum Stamm in alle Richtungen aus. An seinen Wurzeln blühten violette Rosen. Der Baum war ohne jeden Zweifel sehr alt.

Der Hirsch, der neben dem Baum auf der Lichtung geweidet hatte, verfolgte indessen aufmerksam Quents Bewegungen.

»Hallo, du«, sagte Quent. Mit dem Hirsch fühlte er sich nicht mehr so alleine. Das Tier gab aber wie erwartet keine Antwort. Quent seufzte. »Hier ist wohl auch nicht alles magisch oder seltsam.«

Quent ging über die Wiese der Lichtung zum Baum und legte seine Hand auf den Stamm. Die Rinde fühlte sich wie eine normale Rinde an. Es war kein Traum und auch keine Halluzination. Der Baum war echt. Der Hirsch war inzwischen davongetrabt und hatte sich in sicherer Entfernung zu ihm aufgestellt. Während er so dastand und grübelte, fühlte er eine starke Müdigkeit in sich aufsteigen. Zeitgleich breitete sich ein wunderbares Gefühl der Geborgenheit in ihm aus, wie er es schon lange nicht mehr gespürt hatte. Er setzte sich zwischen die Blüten der violetten Rosen und lehnte sich an den Stamm des Baumes. Es war gemütlich in dem dichten Gras der Lichtung zu ruhen.

Er wurde schläfrig. Während er dem Vogelkonzert aus der Baumkrone über ihm lauschte, schaute er dem Farbenspiel der Pollen und dem Schattenspiel um ihn herum zu, die durch die Sonne und die Wolken über ihm entstanden. Seine Augenlider wurden schwer. Er spürte ein leichtes Kitzeln auf der Stirn und wollte das, was ihn gestört hatte, entfernen. Aber die Müdigkeit machte seine Arme schwer. Ihm fielen die Augen zu.

›Nanu, nanu ... was haben wir denn da?‹, sprach eine tiefe Stimme in seinem Kopf. Sie klang freundlich und vertrauenerweckend.

Quent erschrak innerlich, war jedoch zu müde zu reagieren.

›Selten verirrt sich ein menschliches Wesen in diese Gegend. Was verschafft mir die Ehre Eures Besuchs?‹

Quent wollte antworten, brachte jedoch kein Wort heraus. Wer spricht da?, fragte er sich.

›Ah, das ist eine gute Frage‹, sagte die Stimme. ›Beantworten werde ich sie Euch auch gerne. Ihr seid aber in meinem Reich und da werde ich mir das Recht nehmen, dass Ihr mir meine Frage als Erstes beantwortet.‹

Wir sind auf der Durchreise, dachte Quent und fühlte

sich trotz dieser seltsamen Situation behaglich wohl. Wir wollten nach Norden auf der Suche nach meinem Bruder.

›Gute Antwort. Ich werde Euch nichts tun, denn ich verspüre Ehrlichkeit und Mut in Eurem Herzen, Prinz Quent.‹

Quent erschrak. Er kennt meinen Namen!

›Ja, ich kenne Euch. Es tut mir leid, aber ich war so frei Eure Gedanken zu erforschen, indem ich Euch ein Blatt von meinen Ästen auf Eure Stirn fallen ließ. Ihr müsst dies verzeihen, mein junger Prinz, wir haben gerade schwere Zeiten und ich weiß ja nicht, wen ich vor mir sitzen habe.‹

Die Stimme verstummte kurz, als überlege sie.

›Ihr seid mit Euren Gefährten auf der Suche nach Eurem Bruder Selas und reitet nach Norden, Ihr folgt dem Weg, den Euer Amulett Euch zeigt.‹

Ja, so ist es.

›Euch liegt eine große Bürde auf den Schultern. Eure Aufgabe wird nicht leicht zu lösen sein.‹

Ich weiß nicht einmal, was mich wirklich erwartet, geschweige denn, welche Aufgabe ich zu lösen habe.

›Macht Euch darüber noch keine Gedanken. Ihr habt gute Gefährten, die Euch stützen werden, vertraut ihnen.‹

Wer seid Ihr?

›Ich bin Arba, Herr von Walahar, antwortete die Stimme. Und zu mir gelangen nur die Ratsuchenden, die eine Frage auf dem Herzen haben, und da Ihr ein besonderer Gast seid, werde ich sie Euch gerne beantworten. Ihr müsst sie nur aussprechen.‹

Quent zögerte und suchte die Frage, die ihn in seinem tiefsten Inneren beschäftigte.

›Habt keine Angst‹, sprach die tiefe Stimme freundlich

in seinem Kopf. ›ich bin alt, sehr alt und habe schon viel erlebt und mitbekommen. Ob meine Antwort für Euch befriedigend sein wird, hängt davon ab, ob Ihr Euch mit ihr abfinden könnt und wollt.‹

Warum bin ich etwas Besonderes?, fragte Quent nach einer kleinen Pause.

›Genau aus diesem Grund‹, antwortete Arba.

Kapitel VI.
Rettung in der Nacht

»Warum darf nie ich diese Hunde verhören?«, sagte eine tiefe Stimme, die gekränkt aus dem dichten Nebel schallte.

»Weil du ihnen, anstatt sie auszufragen, gleich die Zähne ausschlägst«, antwortete ihr eine zweite etwas hellere.

»Das ist doch nur um sicherzustellen, dass ihr Mundwerk auch richtig funktioniert. Wie Aufwärmübungen.«

Zwei Joste saßen geknebelt und gefesselt an einer Felswand im Schnee mitten im Grauen Gebirge und blickten mit ihren roten, wütend funkelnden Augen auf die zwei kleinen, aber sehr muskulösen Zwerge. Es schneite in dichten Flocken, die sich geräuschlos auf die schwarzen Mäntel der Joste legten und sie weiß färbten.

»Ich gebe dir gleich Aufwärmübungen mit meinem Fuß in deinen Arsch. Man muss an so etwas behutsam rangehen, mit viel Feingefühl und Intelligenz, mit der du nicht sonderlich gesegnet wurdest. Also nörgle nicht rum.«

»Aber so eine klitzekleine Aufwärmübung ...? Ach, komm schon! Schere, Stein, Papier!«

»Jimir steh mir bei! Nein, Bargo!«

Seufzend und leise vor sich hin meckernd setzte sich Bargo auf einen Stein unter einer verschneiten Eibe, steckte seine große, mit roten und grünen Steinen veredelte Zweihandaxt in den Schnee und verfolgte mürrisch das Verhör.

Der Zwerg trug schwarze Baumwollhosen, die in gefütterten, schwarzen Stiefeln steckten. Unter seinem offenen dunkelbraunen Wintermantel blitzte ein langer braunroter Lederwams, mit goldenen Verzierungen reich bestückt. Eine dicke Narbe zog sich von seinem linken Ohr über die Backe zur Knollennase und ein mit Edelsteinen verzierter, dunkelbrauner Bart fiel ihm geflochten auf die Brust.

Sein Gefährte stand neben den beiden Josten und strich sich gedankenversunken immer wieder durch den großen, mit blauen Edelsteinen verzierten schwarzen Bart. Von seinen Schultern fiel ein grauer Wolfspelz auf eine blaue Samttunika, die von einem silbernen Gürtel zusammengehalten wurde und die er über dem Kettenhemd trug. Seine blauen Samthosen steckten in warmen schwarzen Stiefeln. Er drehte sich um und schnitt mit dem Messer einem der Gefangenen den Knebel ab. Fauchend stieß der Jost seine Missbilligung für seine aktuelle Lage aus.

»Ich denke immer noch, dass eher ich das Verhör halten sollte, Betti«, sagte Bargo.

»Nein«, sagte der andere knapp. Er starrte dem Jost finster in die roten Augen. »Was treibt ihr zwei hier alleine im Gebirge?«

»Faro soll dir die Eingeweide rausreißen, Zwerg!«, erwiderte der Jost mit dunkler, rauer Stimme. Einzelne schwarze Zähne schmückten sein Gebiss. Er spuckte dem Zwerg eine grüne Flüssigkeit entgegen, die in dem schwarzen Bart kleben blieb. Eine dicke Faust in einem braunen Lederhandschuh landete mit brutaler Gewalt auf dem Mund des Jostes. Ein lautes Krachen ertönte und Blut schoss aus dem Mund und über den schwarzen Umhang des Gefangenen. Einige kranke Zähne fielen in den Schnee. Der Kiefer war zertrümmert. Wimmernd sackte der Jost in sich zusammen.

»So viel zu behutsam rangehen und viel Feingefühl ...«, sagte Bargo und schmunzelte zufrieden über das Ergebnis.

»Ach, sei still«, antwortete Betti, putzte mit Schnee den Dreck aus seinem Bart und wandte sich dann dem zweiten Gefangenen zu. Er entknebelte ihn wie zuvor seinen Kollegen. Der Jost starrte ihn hasserfüllt an.

»Was macht ihr Hundesöhne in diesem Gebirge?«

Der Jost blickte flüchtig in Richtung seines Mitgesellen und drehte sein bleiches Gesicht wieder dem Zwerg zu. Seine roten Augen blitzten gefährlich.

»Wir wollten nur das Gebirge überqueren, bis ihr uns überwältigt habt«, kam es krächzend aus dem Mund des Jostes.

»Das ist auch unser gutes Recht als Hausherren«, erwiderte Betti. »Was wolltet ihr in Thelanos?«

»Brauchst du nicht zu wissen, Zwerg.«

»Wie du willst ...«, sagte der Zwerg und seufzte. Er stand auf. »Bargo, wir nehmen diese Schnüffler mit. Mir gefällt es nicht, dass wir nur zwei von denen hier ertappt haben. Wir müssen auf der Hut sein.«

Bargo und Betti verbanden den Josten die Augen und knebelten sie erneut. Dann schleiften sie ihre Gefangenen den Hang hinauf und verschwanden im Weiß des Schneetreibens, das die Spuren der vier Wesen rasch auslöschte.

*****

Quent war, nachdem der Baum Arba mit ihm geredet hatte, wieder auf seinem Pferd erschienen, zur großen

Überraschung, aber auch zur Freude und Erleichterung seiner Gefährten und seiner selbst. Sie hatten sich große Sorgen gemacht und löcherten ihn mit Fragen. Quent erzählte ihnen alles haargenau. Wie er sich plötzlich ohne Pferd und Freunde an der Lichtung befand und seine Begegnung und Unterhaltung mit Arba.

»Arba!«, sagte Augustus. »Ich kenne diesen Namen nur aus alten Geschichten. Es heißt, Arba lebt in einer Welt, die unsichtbar fürs menschliche Auge ist. Bevor man sich versieht, ist man schon in ihr. Sie bewegt sich durch Pentra wie ein Geist, wie ein abgeschnittenes Stück unsichtbarer Erde, und zeigt sich nur äußerst selten. Du wurdest zu Arba vorgelassen, wir anderen haben wohl vor dem Tor zu seinem Reich auf dich warten müssen. Die letzten Schriften von Menschen und Elben, die angeblich an diesem Ort gewesen waren, sind mehrere hundert Jahre alt.«

»Wahnsinn!«, sagte Quent. »Es gibt sie wirklich, die Elben?«

»Ja, es gibt noch ein paar wenige in Pentra. Aber um welche zu finden, musst du genauso viel Glück haben, wie in Arbas Reich Walahar zu gelangen.«

»Zwerge und Elben ...« Quent konnte es nicht fassen. In der Welt, in der er aufgewachsen war, schrieben die Menschen wundervolle Geschichten über sie. In Theaterstücken und Filmen zählten sie zu seinen großen Helden. »Erzähl mir mehr von ihnen.«

»Ich weiß nicht sehr viel über die Elben. Meine Mutter hat mir damals erzählt, dass sie Nachfahren von Menschen und Angus sind. Man sagt, Angus hätten große weiße Flügel und würden auf weißen Einhörnern reiten, von denen manche geflügelt seien. Die Elben haben diese Flügel zumindest nicht.«

»Angus?« Quent dachte nach. Er hatte dieses Wort schon irgendwo gelesen. Dann erinnerte er sich wieder. »Karam schenkte ihnen die dritte Welt, wie heißt sie noch gleich? Parawan oder so.«

»Paradan, ja.«

»Du kannst die Angus und Paradan mit den Engeln und dem Paradies vergleichen, von denen in Prima berichtet wird«, sagte Nifia.

»Angus sind Engel?«

»Ja, aber bei uns in Pentra werden sie etwas anders beschrieben.«

»Angus sind Kindergeschichten«, sagte Will. »Es hat noch nie jemand einen Angu zu Gesicht bekommen.«

»Hm«, brummte der Gaukler. »Wenn noch nie jemand einen Angu zu Gesicht bekommen hat, woher kommen denn dann die ganzen Geschichten um sie, mein lieber Herr William?«

»Das ... ich ... Großer Karam! Misch du dich nicht ein!«

»Sehr wohl«, sagte der Gaukler, grinste und machte eine kleine Verbeugung.

»Um auf Arba zurückzukommen«, sagte Augustus. »Es ist eine große Ehre, dass du ihn getroffen hast. Es ist eine große Ehre und ein wichtiges Zeichen. Graseggur spürt es schon seit einiger Zeit und auch ich habe das Gefühl, dass Großes auf dich zukommen wird, sobald du bereit dafür bist. Deine Rückkehr leitet eine neue Ära ein.«

Quent fühlte den Kloß in seinem Hals, schluckte ihn aber schnell wieder runter. Lange rätselten sie noch über das, was Arba gemeint haben könnte mit seiner Antwort ›Genau aus diesem Grund‹.

Es war wirklich eine äußerst bizarre Erfahrung gewesen, die Quent mit diesem uralten Geschöpf gehabt hatte. Mit einem Baum zu sprechen, zwar nicht mündlich, aber doch mittels Gedanken. Diese Art der Kommunikation hätte er niemals für möglich gehalten. Ihm wurde bewusst, dass es noch viele Mysterien zwischen Himmel und Erde gab, die nur darauf warteten, von ihm entdeckt zu werden. Man muss seinen Blick nur einmal rechts und links über den Wegesrand streifen lassen und es wird einem eine ganz andere Sicht der Dinge geschenkt. Wenn man nur geradlinig auf einen Punkt fixiert ist, könnten einem viele wertvolle Schätze entgehen.

Quent verglich sich mit einem Krug, in den immer mehr Wissen hineingeschüttet wurde. Einmal voll, kann man nichts mehr hinzufügen. Ich sollte meinen Krug auch mal leeren, damit ich mir weiter einschenken kann.

Der Gaukler bereitete den Reisenden in den Tagen nach ihrem Erlebnis große Sorgen, wie sie in Gesprächen feststellten. Insbesondere Augustus sorgte sich sehr. Der Krieger wunderte sich über das große Wissen des Gauklers. Wer war dieser Streuner, der mehr über Pentra wusste als sie selbst? Sie, die jahrzehntelang quer durch das Land gereist sind, nun in den Diensten des Königs?

Eines Nachts besprach er sich mit Nifia und Will heimlich in der Nähe von Quents Schlafplatz. So konnte Quent die Unterhaltung verfolgen.

»Dieser Mann gefällt mir nicht, Schwesterherz«, flüsterte Augustus. »Er war mir, wie euch, von Anfang an nicht geheuer, aber jetzt wird er mir langsam unheimlich. Seine freundliche Art passt nicht zu seinem Inneren.

Irgendetwas stimmt nicht mit ihm. Du bist von meinem Blut, du solltest es spüren können.«

»Ja, ich spüre es. Aber da ist auch etwas Warmes, etwas Gutes.«

»Da braucht man nichts zu spüren«, sagte Will. »Das sieht man doch gleich, dass er ein verlogener Tunichtgut ist. Wenn wir nicht aufpassen, haben wir schnell ein Messer im Rücken. Wir sollten ihn fortschicken.«

»Das können wir nicht«, sagte Nifia. »Er hat uns aus der Schlucht geführt und wir werden ihn in den Norden bringen, solange unsere Wege vereint sind. Wir haben eine Abmachung, die wird gehalten.«

»Was, wenn er ein Spion des Feindes ist?«, fragte Augustus.

Obwohl Quent neugierig das Gespräch verfolgte, übermannte ihn schließlich die Müdigkeit und er schlief ein, ohne das Ende des Gesprächs zu erfahren.

So ritten sie, froh über den guten Ausgang des letzten Ereignisses, über die weiten Grasflächen hinein in das Land Thelanos. Nur selten kamen sie in die Nähe von Bauwerken, die durch Menschenhand errichtet worden waren. Es waren verfallene Scheunen oder Lagerräume der Viehzüchter und Bauern.

Am fünften Tag nachdem sie Blain gefunden hatten, trafen sie auf eine Gruppe Bauern, die gerade ihren Ackerboden pflügten. Als sie näher kamen, griffen die Bauern nach Dreschflegel, Morgenstern und Sensen, die sie in der Nähe parat hatten.

»Ich grüße euch, meine Herrschaften«, sagte Will. »Wird nicht normalerweise im Herbst gepflügt?«

»Das Land stirbt und muss gepflügt werden, wenn die

Erde es zulässt«, antwortete ihm ein älterer, aber groß und breit gebauter Bauer durch seinen dichten dunklen Bart. Er beäugte argwöhnisch die Waffen der Ankömmlinge. »Wer seid ihr, woher kommt ihr und was wollt ihr von uns?«

»Seid ohne Furcht, mein guter Mann. Wir kommen aus dem Süden und möchten in den Norden. Wir wollen nur sichergehen, dass wir heil durch das Land kommen. Wer regiert das schöne Land Thelanos im Moment?«

»Immer noch der Erzherzog Emeth der Dritte.«

»Ah, ein alter, aber gerechter Herrscher.«

»So ist es.« Die Anspannung auf dem Gesicht des Mannes löste sich etwas.

»Gibt es in der Umgebung ein Dorf oder eine Stadt?«

»Nein, mein Herr. Nur den Hof, den ich mit meinem Schwiegersohn und meinen Söhnen halte.«

»Hättet ihr noch Platz, um einen Waisen aufzunehmen?«

»Einen Waisen?«

»Wir sind durch ein abgebranntes Dorf gekommen, das höchstwahrscheinlich von Josten angegriffen wurde. Wir haben den Jungen gefunden und wollen ihn in gute Hände übergeben.«

Bei dem Wort ›Joste‹ war der Bauer aschfahl geworden.

»Nein, mein Herr, tut mir leid. Meine Familie hungert und wir können nicht noch einen weiteren Magen füllen. Ich möchte zudem nichts mit euren Angelegenheiten und denen der Joste zu tun haben. Ich hoffe, ihr versteht das.«

»Sehr wohl.«

»Mein Herr«, sagte der Bauer. »War das Dorf, in dem ihr den Jungen gefunden habt, in gerader Linie aus der Richtung, aus der ihr gekommen seid?«

»Hinter uns, ja.«

»Dann war es mein Geburtsort, Kurkanott. Ich hatte noch viele Freunde und Verwandte dort. Ach, was für ein Elend. Was für eine schlimme Zeit.«

Der Bauer sank niedergeschlagen auf einen Stein.

»Das tut mir wirklich aufrichtig leid. Sagt mir aber bitte noch, wie steht der Erzherzog zu dem Eindringen der Joste in seinem Reich?«

»Es ist eine schwierige Sache. Wir sind bis jetzt weitestgehend verschont geblieben. Der Erzherzog heißt es selbstverständlich nicht gut und bekämpft sie, kann sich aber eine vorzeitige Wut Faros nicht erlauben. Es heißt, Krieg kommt. Ich weiß nicht, wo und ich weiß auch nicht wann. Aber ich weiß, dass der Erzherzog sich daran beteiligt und Faro stürzen möchte.«

»Woher wisst Ihr das?«

»Alle Männer müssen ihren Dienst ableisten. Ich gehe deshalb einmal im Monat für eine Woche zur Stadt. Wir trainieren für die Schlacht, mein Herr. Darunter leiden das Land, das Vieh und die Familie.«

»Ich danke Euch für die Informationen. Möge Eure harte Arbeit reich belohnt werden.«

»Eine gute Reise wünsche ich Euch.«

Will hob die Hand zum Gruß und sie ritten weiter.

»Es gibt Krieg«, sagte Nifia. »Und Emeth der Dritte beteiligt sich daran. Mit wem er sich wohl verbündet hat?«

»Schwer zu sagen«, sagte Will. »Ich habe gehört, dass im Norden noch Arnumat Erzherzog von Antelot regiert. Die Grauzwerge haben sich seit dem letzten Krieg vor vierzehn Jahren in das Graue Gebirge zurückgezogen und wurden in Pentra nicht mehr gesichtet. Die Nordmänner aus den

Westländern sind Faro gut gesinnt. Auf die Elben können wir nicht mehr zählen. Als Siklingur gefallen ist, sind die restlichen von ihnen aus Pentra verschwunden.«

»Was ist mit den Rebellen? Graseggur müsste sie längst gefunden haben.«

»Wenn es welche gibt, sind es zu wenige, um einen Krieg gegen Faro und seine Joste zu gewinnen«, sagte Augustus. »Ich bin zwar eher ein Optimist, aber dieser Krieg sieht ziemlich aussichtslos aus für den Erzherzog.«

Schweigend ritten sie immer weiter in die Richtung, in die Quents Kette sie führte. Am Nachmittag wachte Blain auf. Sein Fieber war gesunken. Er setzte sich auf und betrachtete die Umgebung.

»Verzeiht, dürfte ich fragen, wer ihr seid?«, meldete sich Blain, als sie an den Überresten eines alten Aussichtsturms vorbeikamen.

»Gerne darfst du das«, sagte Will, der nur selten von Blains Seite gewichen war und ihn beschützend im Auge hatte. »Vor uns reiten Nifia und Augustus. Hinter uns siehst du Quent und einen Herrn, den sie Gaukler nennen.«

Beide lächelten und winkten Blain zu, der freundlich die Geste erwiderte. »Und den Schluss bildet Tomper.« Breit grinsend wedelte Tomper mit seinem großen Arm. Dabei wurde sein Pferd leicht hin und her geschüttelt. Sein Unmut darüber zeigte das Tier durch aufgeregtes Wedeln mit den Ohren und ein tiefes Schnauben. Tomper entschuldigte sich bei dem Tier, wobei er liebevoll dessen Kopf tätschelte.

»Was ist passiert? Ich kann mich an nichts erinnern.«

»Immer noch nicht?«, fragte Will.

Blain schüttelte den Kopf.

»Wie fühlst du dich? Hast du Kopfschmerzen?«

»Matt, aber erholt. Mein Kopf brummt noch etwas, ja. Habt Dank für die Hilfe, die ich bis jetzt von euch bekommen habe.«

»Bedanke dich bei Quent, er hat dich gefunden. Dich zu pflegen war das Mindeste, was wir für dich tun konnten.«

»Wo habt ihr mich gefunden?«

»Du warst unter einem Haus begraben, in einem Dorf, das Kurkanott hieß. Sagt dir der Name etwas?«

Der Junge schüttelte den Kopf.

»Von dem Dorf ist nicht mehr viel übrig. Du warst der Einzige, den wir lebend gefunden haben. Edda hatte wohl ihre gütigen Hände über dich gehalten. Weißt du, wie alt du bist?«

Blain überlegte und schüttelte abermals den Kopf.

»Meint Ihr ... Meint Ihr, meine Familie ist ...«

»Tot, ja. Höchstwahrscheinlich ermordet.«

»Will!«, sagte Nifia. »Das kannst du doch nicht einfach so sagen!«

»Warum denn nicht? Er hat das Recht, die Wahrheit zu hören.«

»Aber er ist doch noch ein Kind. Sei etwas rücksichtsvoller.«

Blain war bestürzt, das sah Quent ihm an. Er konnte es sich nicht vorstellen, wie es wohl wäre, irgendwann aufzuwachen und nicht zu wissen, wer und wo man war. Zu erfahren, dass alle, die ihn liebten und die man selbst liebte, ermordet worden, und er möglicherweise nie erfahren würde, wer seine Familie, Freunde und Verwandte gewesen waren.

Ihr Weg hatte sie in einen Wald geführt. Sie ritten gemütlich auf einem Pfad, der sich zwischen den Bäumen hindurch schlängelte. Ahorn, Erle, Birke, Buche und ein paar Lärchen hatten hier ihren Platz im Boden gefunden und ihre Kronen wehten träge im warmen Wind.

»Bei Karam!«, hörten sie hinter sich Tomper jammern. »Ich sterbe.« Sie drehten sich um.

Die Mundwinkel des Wirtes fielen gefährlich tief hinunter und er saß ganz in sich zusammengesunken auf seinem Pferd.

»Tomper?«, fragte Quent. »Was ist denn los?«

»Es ist aus ... es wird kalt. Ich spüre, wie meine Lichter erlöschen. Mein Leben neigt sich dem Ende zu. Ich werde nie wieder nach Hause in mein geliebtes Goldtal kommen. Meine armen Gäste werden vor dem Gasthaus stehen und alles geschlossen vorfinden.« Der Wirt sagte das in einem so bekümmerten Ton, dass selbst Will verwundert auf seinen Freund blickte. »Dabei hatte ich mit dem Feind gekämpft! Heroisch hatte ich seine Angriffe abgewehrt und ihn ein paar Mal in die Flucht geschlagen!«

»Wie bitte?«, sagte Will.

»Von was redest du, Tomper?«, fragte Augustus und sah zu seiner Schwester hinüber, die nur die Achseln zuckte.

»Seht ihr denn nicht, was das Monster mit mir getan hat!«, stieß er in einem vorwurfsvollen Ton aus und drehte den Kopf zur Seite.

Da, wo eigentlich Tompers rechtes Ohr hätte sein sollen, war eine dicke Schwellung. Sein Kopf sah ziemlich deformiert aus. Nifia prustete los und auch Augustus konnte sich kaum das Lachen verkneifen.

»Hat dich eine Mücke gestochen?«, fragte Quent verwundert.

»Eine ... eine Mücke?«, wiederholte Tomper

aufgebracht. »Du nennst das Ungetüm, das mich so entstellt hat, eine Mücke! Ich sage euch, dass das ganz bestimmt ein mörderisches Ungetüm von Faro gewesen ist!«

»Lass mich bitte dein Ohr untersuchen«, sagte Nifia. »Aha, du hast einen Einstich auf dem Ohrlappen. Es bildet sich ein kleiner schwarzer Ring darum, der nach außen blau anläuft und innen knallrot ist.«

»Es pocht und kratzt wie wild«, sagte Tomper frustriert und jammerte in sich hinein. »Ist es schlimm?«

Nifia seufzte. Sie legte Tomper ihre Hand auf seine Schulter.

»Tomper, mein guter alter Freund ...«, sagte sie, machte eine kleine dramatische Pause und versuchte, tiefernst in sein trauriges Gesicht zu schauen. »Du hattest mit deiner Vermutung recht. Es wird nicht mehr lange dauern, da werden sich die Menschen im Goldtal an ihren Helden erinnern, der zu einem unbekannten Ziel aufgebrochen war und nicht mehr wiederkam. Sie werden das geliebte Gasthaus ›Zur Schwarzen Krähe‹ mit Blumen und Kränzen schmücken und sagen: Hier hat der Wirt gelebt, der viel gegessen und noch mehr getrunken hat. Er kam von seinen Abenteuern nicht wieder zurück. Und sie werden deinem tollen Maisbrot nachweinen. Und sie werden über dich schreiben und singen. Keine Musik und kein Lachen wird je wieder aus deinem Gasthaus ertönen. Dein Tod wird grausam sein. Zuerst fallen dir die Ohren ab, so kannst du nicht mehr hören. Dann fällt dir die Nase ab, so kannst du nicht mehr riechen. Danach verschließt sich dein Mund und die Augen fallen dir aus. Blind und taub, ohne riechen und sprechen zu können, wirst du noch ein paar Tage durch das Land laufen, um schließlich jämmerlich zu verenden. Es tut mir leid.«

»Oh, Karam! Oh, Karam! Was hast du mir für ein schreckliches Los erteilt!«, schrie Tomper ganz entsetzt auf und hob beide Arme gen Himmel. »Dabei muss ich doch Quent beschützen. Ohne mich werdet ihr es niemals schaffen, Faro zu besiegen!«

Jetzt lachte die ganze Gruppe.

»Was denn?«, fragte Tomper, dessen trauriges Gesicht einem Shar-Pei-Welpen, einem chinesischen Faltenhund, zum Verwechseln ähnlich sah. »Freut es euch auch noch?«

»Tut mir leid, Tomper, ich habe Spaß gemacht. Es ist nur ein kleiner Stich einer Brandmücke.«

»Pah!«, antwortete Tomper und verschränkte die Arme. Er war gekränkt, doch sichtlich erleichtert, dass ihm sein Ende noch nicht so schnell bevorstand.

»Augustus, kannst du bitte eine Wachtelrute suchen?«, fragte Nifia.

»Mache ich gerne. Willst du mitkommen, Quent? Dann zeige ich dir noch ein paar Kleinigkeiten, die du im Wald sicherlich gut gebrauchen kannst.«

»Klar, gerne!«, erwiderte Quent.

»Dann los.«

Sie trennten sich von der Gruppe und ritten von der Straße nach Westen in den Wald hinein, einen Abhang hinab und durch einen kleinen Bach hindurch. Es roch wunderbar nach frischer Erde, wie nach einem starken Regen.

»Wie finden wir die anderen wieder?«, fragte Quent.

»Wir werden ihren Spuren folgen. Sie wiederzufinden wird kein Problem sein.«

»Was ist eine Wachtelrute? Ich habe diesen Namen noch nie gehört.«

»Eine Wachtelrute ist eine Blume, die man in jedem Wald findet. Stell dir in etwa eine Tulpe vor, nur in Braun und Schwarz und etwas größer. Verarbeitet kann sie jede Entzündung heilen und hilft bei der Schließung tiefer Wunden.«

Augustus zeigte Quent hier und da Tierspuren, ihre jeweilige Beschaffenheiten und woran man erkennt, wie schnell das Tier sich fortbewegt hatte. Er erklärte ihm die Orientierung am Stand der Sonne, des Mondes, der Sterne und der Vegetation im Wald.

»Was auch sehr nützlich ist: Du kannst die Stunden bis zum Sonnenuntergang mit deiner Faust abmessen. Deine Faust ist eine Stunde. Halte dafür einfach nur deinen gestreckten Arm zum Zenit und zähle die Stunden ab.«

Nach zwei Stunden des Suchens hielt der Krieger sein Pferd an.

»Ah! Hier sind welche und sogar sehr schöne Exemplare.«

»Wunderbar«, sagte Quent, der langsam hungrig wurde.

Augustus stieg ab, grub mit seinem Messer ein paar Pflanzen aus dem lehmigen Boden und passte dabei gut auf, dass die Wurzeln nicht beschädigt wurden.

»Der Stiel kann in größerer Menge giftig sein, aber die Wurzeln und die Blüten heilen, wenn sie zu einer Paste gemahlen werden. Ist es nicht komisch, dass die Launen der Natur Leben und Tod manchmal so nah beieinander hervorbringen?«

»Ja, das ist wahr. Reiten wir auf dem Weg zurück, auf dem wir gekommen sind?«

»Nein, das wäre nur Zeitverschwendung. Ich weiß, wie

ihr Weg verläuft und wie schnell sie geritten sind. Wir werden bald wieder zu ihnen stoßen. Sollten wir sie verpassen, folgen wir ihren Spuren.«

Augustus stieg wieder auf und sie ritten in nordöstlicher Richtung weiter. Sie waren keine Stunde auf dem Rückweg zu ihren Freunden, da hielt Augustus sein Pferd erneut an und schaute zu Boden.

»Was ist?«, fragte Quent, der die Besorgnis in Augustus Gesicht sah.

»Siehst du die Fährte, die unseren Weg kreuzt?«

Quent schaute konzentriert zu Boden und erkannte auch als Laie eine ziemlich deutliche Spur, die stark nach Pferdehufen aussah.

»Ja.«

»Hier ist vor gut einer Stunde jemand vorbeigeritten, und zwar parallel zu unseren Freunden. Die Fährte verläuft nach Norden.«

»Vielleicht war es einer aus unserer Gruppe, der uns gesucht hat?«

»Nein, dieses Pferd ist nicht beschlagen. Unsere stammen aus Braara und haben alle Hufeisen. Es muss jemand sein, der nur sehr selten in Städte kommt. Lass uns der Spur folgen. Aber sei auf der Hut, man weiß nie, wen man vor sich hat.«

Sie folgten der Spur eine Viertelstunde lang. Dann wechselte sie ihre Richtung, kreuzte nach einiger Zeit die ihrer Gefährten und ging weiter gen Nordosten.

»Der Reiter ist hier abgestiegen und hat sich die Fährten unserer Freunde angesehen«, sagte Augustus. »Der Mann hat weiche Lederschuhe an.«

»Wie erkennst du das? Woher weißt du, dass es ein

Mann ist?«

»Stiefel würden mit ihren Absätzen und eventuell auch Sporen, wenn der Reiter welche trug, einen klaren Abdruck in dieser weichen Erde machen. Hier kann man sogar noch etwas den Fuß der Person erkennen. Die Beschaffenheit des Fußes zeigt mir auch, dass es ein Mann ist. Ich vermute, wir haben einen Waldläufer vor uns. Ihm fehlt zudem ein Zeh am linken Fuß. Vielleicht musste er amputiert werden wegen eines Schlangenbisses oder eines Kampfes. Wäre Nifia hier, sie könnte dir viel bessere Auskunft über die Fährte geben als ich.«

»Oh, wow. Euh, okay ... was ist ein Waldläufer? Eine besondere Art von Krieger?«

»Nein, ein Waldläufer ist ein einfacher Pelzhändler, sehr geschickt im Wald. Die meisten sind ehrenvolle Menschen. Es gibt jedoch auch welche, die ihre Talente verkaufen und sich als Söldner oder Auftragsmörder verdingen. Andere gruppieren sich und nutzen ihr Talent aus, um Handelskarawanen zu plündern. Jetzt, da die Zeiten durch Faro schlechter geworden sind, weiß ich nicht, was ich von einem einzelnen Waldläufer halten soll.«

»Ist diese Fährte jetzt gut oder schlecht?«, fragte Quent. Er wurde besorgt.

»Das finden wir heraus, wenn wir ihn treffen. Er ist östlich von unseren Gefährten weitergeritten. Es ist jetzt gut eine Stunde her, dass er die Fährte unserer Freunde gekreuzt hat. Lass uns dem Mann noch etwas folgen. Ich möchte nicht, dass später noch jemand einen Pfeil in den Rücken bekommt.«

Sie ritten der Fährte noch eine weitere Viertelstunde hinterher, bis sie an einen kleinen Fluss kamen, in den sie hineinführte.

»Schlaues Kerlchen«, sagte Augustus. »Quent, erkennst du irgendwo auf der anderen Uferseite die Stelle, an der die Fährte hinausführt?«

»Nein. Ich kann nichts sehen.«

»Weil er nicht auf der anderen Seite rausgegangen ist. Er wollte eventuelle Verfolger in die Irre führen und ist im Wasser den Flusslauf nach Norden oder Süden geritten. Lass uns die anderen einholen, es würde zu viel Zeit in Anspruch nehmen, um die Fährte zu finden, wo er den Fluss verlassen hat, und der Tag neigt sich schon dem Abend zu. Beeilen wir uns, um ihnen unsere Entdeckung mitzuteilen.«

Sie ritten in nordwestlicher Richtung zurück, fanden schnell die Fährte ihrer Weggefährten wieder und folgten ihr im Galopp. Nach einer Stunde kamen sie aus dem Wald und auf eine weite Wiese.

»Da sind sie!«, sagte Quent und zeigte vor sich. Am anderen Ende der Grasfläche war undeutlich eine kleine Reitergruppe zu erkennen, die langsam in ein Stück Wald eindrangen.

»Gute Augen, Quent. Du hast recht, das sind sie.«

Sie trieben ihre Pferde weiter an und gelangten nach einer halben Stunde an den Platz, an dem ihre Freunde in den Wald verschwunden waren. Sie folgten ihr eine Weile, dann zügelte Augustus sein Pferd.

»Was ist los?«, fragte Quent.

»Siehst du nicht die vielen Spuren hier?«, sagte der Krieger und zeigte auf den Boden. Viele durcheinanderführende Spuren waren im aufgewühlten Boden zu sehen. »Das sieht nicht gut aus.«

Augustus stieg vom Pferd, um die Spuren näher zu betrachten.

Quent merkte, dass Augustus von Sekunde zu Sekunde besorgter wurde.

»Hier sind zwei Körper auf den Boden gefallen. Es gab aber keinen Kampf«, Augustus streifte durch das Gelände und untersuchte eine kurze Zeit lang jeden Meter des Waldbodens. Er tastete dabei Fährten und abgebrochene Zweige ab. »Es waren mindestens fünfzehn Männer, allesamt Waldläufer. Einige hatten sich auf den Bäumen versteckt, andere hatten auf ihren Pferden in kurzer Entfernung gelauert. Sie wussten, dass wir kommen. Der Reiter, dessen Spur wir vorhin gefunden haben, muss sie gewarnt haben. Unsere Freunde wurden entweder schnell aus dem Hinterhalt überwältigt oder sie sind tot. Das Letztere bezweifle ich.«

»Warum?«, fragte Quent mit einem flauen Gefühl im Magen.

»Weil ich hier kein Blut finde und Tote in der Regel recht unnütz sind.« Er lächelte. »Sie sind weitergezogen, mit Lasten auf den neuen Pferden. Komm, lass uns hoffen und unseren Freunden helfen, falls es noch nicht zu spät ist.«

Sie folgten vorsichtig den ganzen Abend lang der Spur in nordöstlicher Richtung, immer mit der Möglichkeit rechnend, das Schicksal ihrer Freunde zu teilen. In der Nacht stiegen sie von den Pferden und es ging langsam zu Fuß voran. Die Landschaft veränderte sich kaum und sie konnten die Fährten der Angreifer nur sehr schwer im lehmigen Boden erkennen. Immer wieder schaute Augustus auf das Moos an den Bäumen und, wenn sich die Gelegenheit dazu bot, auf die Sterne im Nachthimmel, um nicht die Orientierung zu verlieren.

Einerseits hatte Quent große Angst um das Wohlbefinden der Freunde und vor dem kommenden Morgen. Andererseits fühlte er sich in seinem Element. Er liebte es, durch die unberührte Natur zu streifen und sich an ihren Launen zu laben. Er hatte nicht Angst vor der schier undurchdringlichen Dunkelheit, er hatte Respekt. Er fühlte sich geborgen, als würde alles um ihn herum auf ihn aufpassen. Quent merkte es selbst: Die Erfahrungen der letzten Monate hatten ihn reifer werden lassen. Was hatte er einst bei einem großen Philosophen gelesen? Die Erfahrung ist wie eine Laterne im Rücken; sie beleuchtet stets nur das Stück Weg, das wir bereits hinter uns haben.

Kurz vor Morgengrauen rasteten sie eine Stunde in einem Gebüsch versteckt, um wieder zu Kräften zu kommen. Quent konnte nicht schlafen, obwohl er vor Müdigkeit Kopfschmerzen bekommen hatte. Beim Einnicken kamen ihm immer wieder die schrecklichsten Bilder vor Augen. Bilder, was die Waldläufer mit ihren Freunden angestellt haben könnten. Die Müdigkeit machte ihn ängstlich und deprimiert. Er wachte ständig auf, was sein Herz immer wieder auf Hochtouren brachte. Im Halbschlaf erkannte er auch zwei kleine, sehr kräftige, bärtige Wesen, die ihn anlachten und ihm auf die Schultern schlugen. Er war in einem großen, höhlenartigen Zimmer und spürte die Wärme des Feuers, das in der Mitte des Saals knisterte. Es roch nach Fleisch, Schweiß und Alkohol. Es war laut, sehr laut. Er schaute sich um. Er befand sich in einer engen, aber sehr gemütlichen unterirdischen Taverne. Viele kleine, sehr stark gebauten Wesen mit Bärten saßen fröhlich beieinander, tranken Bier und lachten.

»Quent?«

Quent drehte sich um und sah einen kleinen Mann mit einer dicken Narbe auf der linken Backe und einem schönen, dunkelbraunem Bart lächelnd auf sich zukommen.

»Quent!«

Quent wurde am Arm geschüttelt und wachte auf.

»Steh auf, wir müssen weiter«, sagte Augustus.

Quent stand auf. Etwas zu schnell für seinen Kreislauf. Ihm wurde schwindlig. Er fasste sich an den Kopf und wartete ein paar Sekunden, der Schwindel verflog, aber die durch die Müdigkeit hervorgebrachten Kopfschmerzen blieben. Er riss sich zusammen und half, das schnell aufgebaute Lager abzuräumen. Der flüchtige Schlaf hatte ihn nicht erholt, im Gegenteil. Sein Körper fühlte sich an wie ein Trümmerfeld. Ihm ging es hundeelend. Glücklicherweise legten sich die Kopfschmerzen im Laufe des frühen Morgens und als Augustus ihm eine sonderbare Flüssigkeit, die er aus irgendeiner Pflanze gewonnen hatte, zu trinken gab, verflogen die Kopfschmerzen und die Lebensgeister kamen wieder.

Sie folgten nun der Spur raus aus dem Wald und rein in eine hügelige Prärie. Als sie die Spitze einer der unzähligen Erhöhungen der Hügelkette erklommen hatten, bekamen sie einen unbeschreiblich schönen Ausblick über West-Thelanos mit seinen riesigen Grasflächen unberührter Natur, aus denen hier und da ein Baum spross. Die Hügel gaben dem Land den Anschein eines weiten grünen Meeres und fern am Horizont im Norden konnte man das Graue Gebirge erkennen, das sich vom Westen in den Osten erstreckte und kein Ende zeigte. Die Sonne erhob sich majestätisch hinter den Bergen und schickte ihre ersten Sonnenstrahlen übers Land.

»Dieses Bild erinnert mich an ein Lied, das ich in jungen Jahren immer gesungen habe«, sagte Augustus. Er überlegte kurz, dann begann er zu singen:

»Weit entfernt auf Reisen,
Durch unbekanntes Land,
Schaue ich mir die Landschaft an
Und fange an zu träumen:

Watte schwebt durch reines Blau,
Verführerische, zagende Jungfrau
Zärtlich gestreichelt durch ein warmes Licht,
Das durch sie in tausend Säulen bricht.

Hart schlägt es auf die Riesen auf,
Die am Horizont ihre Größe zeigen
Und stolz und grimmig in die Höhe sprießen
Und stören der Schäfchen Lauf.

Von ihnen fließt ein raues Meer aus Grün,
Dessen Wellen selten gegen Riffe bersten
Und seine bunte Gischt weit, weit versprüht
Glitzernd, preisend, erfreut's des unendlichen Gemüt.

Der Feuerball am Zenit strahlt,
Labt sich an seiner erhabenen Macht
Und zeigt sich in seiner vollen Pracht.
Ihm folge ich bis zum letzten Halt.«

»Das ist schön«, sagte Quent.

»Was du dort am Horizont siehst, ist das Graue Gebirge von Pentra«, sagte Augustus. Er zeigte mit der Hand über das Land. »Der Fluss, der sich unter uns durch die Hügelketten schlängelt, heißt Nesra. Seine Quelle befindet sich im Grauen Gebirge und er mündet weit im Westen, im Merina-Meer, in der Tigerbucht. Im Osten Thelanos ist meine Heimat. Leider kenne ich mich hier im Westen des Landes nicht so gut aus. Es ist wirklich schön, wieder im Land meiner Ahnen zu sein. Aber schau, siehst du die Punkte dort unten im Tal?«

»Ja, ich sehe sie. Wir haben sie!«

Quent fühlte einen kräftigen Adrenalinstoß durch seinen Körper fließen. Ein schönes Glücksgefühl und eine seltsame Anspannung erfüllten ihn gleichzeitig. Wie die eines Jägers, der auf seine Beute lauert und nur auf sie springen muss, um sie zu erlegen. Seine Nackenhaare sträubten sich. Er freute sich! Die Jagd konnte beginnen.

Augustus sah den Glanz in den Augen Quents und schmunzelte. Der Krieger stieg vom Pferd, kniete sich neben Quent auf den Boden und schaute auf. Der Tau der Bäume, die auf dem Hügel standen, auf dem sie sich befanden, reflektierte die ersten Sonnenstrahlen des Tages und schickten einen Glanz auf Quent. Es sah für kurze Zeit so aus, als habe er eine Krone aus Licht über dem Kopf.

»Augustus ...?«

»Mein Prinz, auf diesen Moment habe ich lange gewartet. Nun sehe ich, wovon mir Graseggur immer erzählt hat: Die Würde eines Herrschers schlummert in Euch. Und so, wie ich es an Euch in diesem Augenblick erkennen kann, wird diese Jagd wohl nicht Eure letzte sein.

Ich werde Euch dienen bis in den Tod. An Euch haftet ein Hauch von Schicksal.«

Quent brachte kein Wort heraus.

Augustus stand auf und lächelte zufrieden. Endlich. Endlich keimt sein Erbe.

»Augustus«, stammelte Quent, »bitte duze mich weiterhin ...«

Es war still, außer dem leisen Rauschen des Nesra konnte man nichts hören. Das Lager der Waldläufer war nur noch einen Steinwurf entfernt und Quent glühte der Kopf vor Aufregung. Er lag im Gebüsch eines Hains und verdeckte mit den Armen das Gesicht, damit seine Augen nicht den Schein der Feuer reflektierten und ihn verrieten. So hatte es Augustus ihn angewiesen, bevor er in die Dunkelheit davonschlich, um den Aufenthaltsort ihrer gefangenen Freunde zu finden. Sie hatten all ihre Sachen zurückgelassen, die ihnen bei diesem gefährlichen Unterfangen hinderlich gewesen wären. Außer ihren Dolchen hatten sie keine Waffen dabei. Die Pferde hatten sie ebenfalls zurückgelassen.

Während Quent auf die Rückkehr von Augustus wartete, beschattete er das Lager. Es war in drei Feuer aufgeteilt, an denen jeweils um die zwanzig Menschen schliefen. Jedes der Feuer hatte eine Wache. Selbst als Laie wusste Quent, dass die Entführer auf eine zweite Gruppe von Waldläufern gestoßen waren, was die ganze Aktion noch gefährlicher machte.

Nach einer Weile stand ein Schlafender auf, lief leise außer Reichweite des Feuerscheins und verschwand in der Dunkelheit der Nacht. Quent fing an, sich zu langweilen.

Beschatten ist ja so was von idiotisch ...

Er lag eine halbe Ewigkeit in dem Gebüsch, zumindest kam es ihm so vor, und er wurde langsam unruhig. Seine Füße waren schon zwei Mal eingeschlafen. Er fluchte innerlich über diese ungemütliche Situation. Augustus kam nicht zurück und Quent fing an, sich Sorgen zu machen. Die Waldläufer schliefen jedoch seelenruhig und es war kein Alarm geschlagen worden. Sollte er nachschauen gehen? Oder könnte er vielleicht selbst etwas in Erfahrung bringen? Er hatte zwar noch nie zuvor etwas angeschlichen, aber so schwierig konnte es bestimmt nicht sein. Quent begann langsam rückwärts aus seinem Gebüsch zu rutschen.

»Wolltest du dich entfernen?«, erklang Augustus' Stimme flüsternd neben ihm.

Quent erschrak. Augustus war geräuschlos neben ihm im Gebüsch erschienen, ohne auch nur ein einziges Rascheln zu erzeugen. Quents Augen hatten sich schon seit einer geraumen Zeit an die Dunkelheit gewöhnt. Er konnte seinen ehemaligen Adoptivvater ganz gut erkennen. Der Krieger hatte sich die Kleider ausgezogen und die Haare waren nass. Quent erkannte die unzähligen Kriegsnarben auf dem durchtrainierten Körper des Mannes.

»Nein, nein«, log Quent. »Ich wollte nur meine steifen Gelenke bewegen.«

»Gut, dann komm mit und folge mir, ich weiß, wo sie sind. Aber achte auf kleine Äste und Laub. Das verursacht die meisten Geräusche. Halte dich im Schatten und meide das Licht der Feuer. Bleibe am Boden, bis ich es dir sage und versuche, so wenig Boden wie möglich zu berühren. Ich werde dir die richtige Methode zum Anschleichen irgendwann einmal zeigen, aber dafür brauchst du langes

Training. Benutze heute Abend die Ellbogen und die Knie um voranzukommen. Das ermüdet nicht so schnell. Bleib dicht hinter mir.«

»Okay. Warum bist du eigentlich nackt?«

»Später! Komm jetzt.«

Quent folgte Augustus. Sie lagen beide flach auf dem Boden und krochen, Quent auf Ellbogen und Knien, durch das Gras weg vom Lager der Waldläufer zum Rand des Hains. Augustus war darin so erfahren und geübt, dass er nur auf den Finger- und Fußspitzen voranglitt, lautlos wie eine Schlange. Quent bewunderte diese Technik, die unglaublicher Kraft und Körperbeherrschung bedurfte. Die Geräuschlosigkeit, mit der Augustus über das Laubwerk und die abgebrochenen Äste schlich, war faszinierend. Der Krieger musste oftmals anhalten, um auf Quent zu warten, dessen Ellbogen und Knie schon nach wenigen Metern wund waren.

Als sie weit genug entfernt waren, standen sie auf und liefen im Schatten der Bäume am Rand des Hains entlang.

»Unsere Freunde sind etwas abseits der Schlafenden gefesselt«, sagte Augustus. Sie kamen an das Ufer des Nesra.

»Alle sind wohlauf. Wir werden hier schwimmen müssen. Der Fluss Nesra liegt an der linken Seite des Hains und umgeht einen dicken Felsen, der zwischen dem Ufer und dem Lager der Waldläufer eine große Mauer bildet. Sie werden uns auf diese Weise nicht sehen können und wir gelangen ohne Geräusche an unser Ziel. Ich hätte unsere Freunde auch alleine befreien können, aber zu zweit ist es sicherer – und du lernst noch etwas dabei.«

Quent schluckte, er hätte auf diese Erfahrung gerne verzichten wollen. Die Nacht war frisch und das Wasser musste eiskalt sein. Aber er konnte nicht zurück und so zog er ebenfalls seine Kleider aus, was ihm sehr unangenehm war, und legte sie zwischen kleineren Felsen zu denen Augustus'. Sie nahmen beide ihre langen Messer zwischen die Zähne und ließen sich langsam in das eiskalte Wasser des Nesra gleiten. Quent stockte der Atem, als sein Oberkörper unter der Wasseroberfläche verschwand. Das Wasser war so kalt, dass ihn sein ganzer Körper schmerzte.

»Bewege dich«, flüsterte Augustus. »Dann wird dir schon warm.«

Sie schwammen geräuschlos flussaufwärts. Obwohl die Strömung an dieser Stelle nicht so stark war, kamen sie nur sehr langsam voran. Durch die Kälte biss Quent so fest auf das Eisen in seinem Mund, dass seine Kiefermuskeln schmerzten.

Als sie den Felsen umrundet hatten, stiegen Augustus und Quent aus dem Wasser und schlichen in die Richtung der Lagerfeuer. An einem Gebüsch unmittelbar in der Nähe des Lagers hielt Augustus an und legte sich auf den Boden.

»Ich habe von dem Herrn, der in diesem Gebüsch da liegt, erfahren, wo unsere Freunde sind«, sagte Augustus. »Er wollte sich auf meinem Versteck entleeren, da habe ich ihn mir geschnappt. Ich glaube, er ist ziemlich erschrocken.« Quent meinte ein breites Grinsen durch die Dunkelheit erkennen zu können.

»Hast du ihn getötet?«

»Nein, wir wissen ja nicht, wen wir vor uns haben. Noch dazu haben sie niemanden von uns getötet. Als er mir verraten hat, wo unsere Freunde sind, habe ich ihm lediglich einen kleinen Klaps auf den Hinterkopf gegeben. Nichts Schlimmes. Der schläft noch gut eine ganze Weile.«

Augustus fühlte sich wohl, das sah Quent ihm an. Und auch Quent empfand eine gewisse Befriedigung an diesem Abenteuer. Seine Sinne hatten sich verstärkt und er verspürte Mut in sich aufsteigen, seit er von Alfenberg aufgebrochen und mit seinen Weggefährten dieses große Abenteuer angetreten war. Er hegte keinen Wunsch mehr, wieder dahin zurückzukehren, was er einst sein Zuhause genannt hatte.

»Los, wir müssen uns beeilen«, sagte Augustus. »Unsere Freunde befinden sich gefesselt und geknebelt am nördlichsten Ende des Lagers.«

Sie schlichen weiter hinter den Büschen und Bäumen entlang, immer darauf bedacht, außerhalb des Feuerscheins im geschützten Dunkel der Schatten zu bleiben.

Dann hob Augustus die Hand. Sie blieben stehen. Eine ihnen wohlbekannte Stimme jammerte durch die Finsternis.

»Es ist aus! Oh, Karam, oh, Karam! Warum sind es immer die liebevollsten und schönsten und zartesten Geschöpfe deines Reiches, die am ehesten gehen müssen! Die, die nie einer Fliege etwas zuleide tun könnten; abgesehen von der, die mein Hörorgan mit einer juckenden Beule verziert hat. Die hilflosen Diener, die dir die Liebe und Zuneigung von Geburt ...«

»Sei still!«, brüllte ihn eine raue dunkle Stimme an. »Wenn einer der Unseren durch dich aufwacht, stopfe ich dir das Maul, dass du die nächsten fünf Tage nichts wirst essen können! Wie hast du überhaupt den Knebel abbekommen?«

Leises beleidigtes Murmeln drang noch durch die Nacht, dann war es wieder still. In der Ferne hörte man den Ruf einer Eule und als der schimmernde Mond zwischen den Wolken durchdrang, konnten sie die Lage besser überblicken: Ihre Freunde befanden sich an einer Felswand am nördlichen Rand des Hains, etwa zwanzig Meter von ihnen entfernt. Eine einzelne Wache saß auf einem Stein bei den Gefangenen.

»Was für Pflaumen!«, raunte Augustus Quent zu und hielt dabei die Hand vor seinen Mund. »Nur eine schläfrige Wache. Sie meinen wirklich, dass ihnen keine Gefahr droht. Wie leichtsinnig! Sie wissen nicht, wen sie gefangen halten.«

Quent sah die weißen Zähne und die Augen von Augustus im Mondlicht schimmern. Er lächelte.

»Ich kümmere mich um ihn. Das ist nach all den Jahren ein gutes und einfaches Training für mich. Schau mir jetzt sehr genau zu, wie ich ihn beschleiche und unschädlich mache, damit es dir später leichter fällt, wenn wir die Übung wiederholen.«

»Wiederholen?«, flüsterte Quent.

Augustus machte Quent ein Zeichen, still zu sein. Dann bewegte er sich vorwärts, Stück für Stück, Zentimeter für Zentimeter auf die Wache zu. Dabei benutzte er wie zuvor nur die Finger- und Zehenspitzen. Quent hielt den Atem an. Die Zeit verlangsamte sich, als würde jemand mit Gewalt die Zeiger einer Uhr festhalten. Er spürte, wie sein Herz von innen gegen die Brustwand schlug. Bumm, bumm. Langsam, aber mit voller Wucht. Augustus zu beobachten, wie er der Wache leise näher und immer näher kam, war herrlich und schrecklich zugleich. Wie ein Raubtier seine Beute. Manchmal hielt der Krieger bei einer Bewegung der Wache inne und lauerte. Bewegungslos. Unsichtbar. Quent dachte an all die möglichen und unmöglichen Zufälle, die dazu führen konnten, dass

Augustus entdeckt werden würde. Es konnte ihnen allen das Leben kosten. Er hatte Angst, panische Angst. Und doch verspürte er eine gewisse Entzückung, während Augustus weiterschlich, lautlos, den Rücken der Wache immer im Auge behaltend. Die Wolken am Sternenhimmel glitten vorbei. Die Nacht gehörte ihnen. Es war aufregend Augustus dabei zuzuschauen, wie er makellos elegant über den Boden glitt und allem auswich, was eventuell Geräusche verursachen könnte.

Nach langen Minuten der Spannung war er endlich hinter der Wache und schnellte blitzartig hoch, packte den Mund des Mannes und drückte ihm mit einem Arm die Halsschlagader zu. Augustus zerrte die Wache zu Boden und suchte mit seinen Beinen an ihr Halt. Der Mann versuchte, sich zu befreien, und schlug in Todesangst um sich, ohne Augustus zu treffen. Dann verlor er die Besinnung. Quent schluckte und ein unangenehmes Gefühl schlängelte sich um seinen Hals. Er stand auf und folgte Augustus, so lautlos es ging, zu seinen Freunden. Sie waren alle da, geknebelt und gefesselt.

»Diese Leute haben keine Ahnung von ihrem Handwerk«, sagte Augustus und schnitt Nifia los.

»Danke«, sagte Nifia leise. Sie bewegte und massierte ihre schmerzenden Glieder. »Das war wirklich peinlich.«

Quent half dabei, die restlichen Schnüre zu durchtrennen. William war über die Lage wütend und beschämt zugleich. Blain war immer noch ziemlich blass vom Fieber. Tomper war so glücklich über die Befreiung, dass Quent ihn davon zurückhalten musste, laut aufzuschreien, als er ihm den Knebel entfernte. Und der Gaukler … nun … der war über alles sehr amüsiert. Sie bedankten sich jeweils mit einem stummen Nicken.

»Wir brauchen unsere Waffen und Pferde wieder«, sagte Will. »Ich kann es immer noch nicht fassen! Uns so aus dem Hinterhalt zu überfallen und dann noch zu überwältigen ist die größte Frechheit, die mir seit Langem widerfahren ist. Zu allem Überfluss sind es stinknormale Waldläufer ...«

Um die Stimmung etwas aufzuheitern, sagte Quent ebenso leise: »Ach, das kann jedem passieren. Zumindest ist euch allen nichts geschehen, das ist doch das Wichtigste, oder?« Er strahlte sie alle nacheinander an. Die heutigen Ereignisse waren nicht spurlos an ihm vorbeigegangen.

»Quent, ist alles in Ordnung mit dir?«, fragte Nifia erstaunt über den Wandel Quents.

»Euh ... ja, warum?«

»Du wirkst ... anders. Oh, und du hast an Muskelmasse zugenommen.« Nifia zwinkerte. »Sehr hübsch.«

Quent hatte ganz vergessen, dass Augustus und er komplett nackt waren, und drehte sich rasch um. Schamröte stieg ihm ins Gesicht.

»Ihm geht es prächtig!«, sagte Augustus und lächelte. »Wisst ihr, wo sie eure Sachen hingebracht haben?«

»Ja, dort hinten am östlichsten Feuer«, sagte Nifia und deutete mit der Hand in Richtung Lager.

»Will, Nifia, kommt mit mir, wir holen die Tiere und die Sachen. Quent?«, Augustus schaute Quent ins Gesicht; es war ein Blick voller Vertrauen und Ebenbürtigkeit. »Du kennst den Weg zu unseren Pferden?«

Quent nickte.

»Bring die anderen dorthin, wir kommen dann nach.«

Sie teilten sich auf. Quent führte Tomper, Blain und den Gaukler durch die Nacht. Sie schwammen den Nesra hinunter, wobei der Gaukler die gute Idee hatte, die meisten Kleidungsstücke auf die Köpfe zu binden, um sie nicht nass werden zu lassen.

Sie kamen schließlich unversehrt an den Platz, an dem die trockenen Kleider von Augustus und Quent im Felsen lagen. Quent zog sich an, nahm die Kleider von Augustus mit und führte seine Gefährten zu dem Ort, an dem ihre zwei Pferde grasten.

Sie warteten. Es dauerte ungewöhnlich lange. Dann hörten sie Hufgetrampel und ihre drei Gefährten erschienen aus der Dunkelheit mit ihren Pferden. Ein lauter Ruf, der durch andere Kehlen wiederholt wurde, folgte ihnen. Sie waren entdeckt worden.

»Es hat etwas länger gedauert«, sagte Augustus und sprang noch im Ritt von dem Pferd, um sein eigenes zu besteigen. »Will musste noch etwas finden, das einer der Räuber an sich genommen hatte. Los jetzt! Wir waren einen Moment zu unvorsichtig.«

Sie bestiegen die Pferde und galoppierten, so gut es zwischen den Bäumen ging, aus dem Hain hinaus und auf die hügelige Grasebene von Thelanos. Quents Kopf glühte vor Aufregung: Er begann nun sein großes Abenteuer anzunehmen. Wie es wohl weitergehen würde?

Kapitel VII.
Die Festung Adamas

Oje, dachte Graultz Groggok. Warum muss ich denn ausgerechnet in diesem Augenblick so einen Druck im Bauch haben! Er presste die Lippen und alles andere zusammen und dachte an seine Mission. Er musste sich zurückhalten!

Der kleine, aber starkgebaute Wächter vor ihm schob einen Finger in die Nase und suchte zunächst vergeblich nach einer störenden Substanz. Als er sie schließlich gefunden hatte, holte er sie geschickt raus und betrachtete sie zufrieden. Er bemerkte den kleinen Gnom nicht, der neben ihm im Gebüsch lag.

Graultz fing an zu schwitzen. Er merkte, wie der Druck sich gefährlich langsam nach unten schob. Er schluckte. Er war mitten im feindlichen Heer. Traurig wurde ihm klar, dass sein natürliches Bedürfnis zu seinem größten Feind wurde. Er durfte nicht sterben. Zumindest nicht so. Graultz hatte so viele wichtige Informationen gesammelt, die er dem König der Grauzwerge mitteilen musste, dass er einfach nicht sterben durfte.

Er dachte an seine Mutter. Sie würde ins Exil ziehen müssen vor Scham. Seine Ahnen würden sich in ihren Gräbern umdrehen. Er konnte schon Onkel Wunky hören, der letzten Sommer für immer eingeschlafen war: ›ich wusste es schon immer! Dieser Junge stirbt noch an seinem eigenen Furz.‹

Der Druck ließ langsam nach, der Späher atmete leise aus.

Eine dicke Wolke zog vorbei und der volle Mond zeigte sich im klaren Nachthimmel. Er erhellte das gesamte Lager und gab dem kleinen Späher die Möglichkeit, einen Ausweg aus seiner verzwickten Situation zu finden.

Ein Glück sind keine Feuer an, dachte Graultz.

Der Wächter schnippte seine Beute in die Dunkelheit und verließ den Posten. Graultz nutzte die Gelegenheit und schlich weiter. Er schlängelte sich durch die schlafenden Feinde hindurch und hatte fast die Peripherie des Lagers erreicht, als der Druck in seinem Bauch blitzschnell zurückkehrte. Mit Entsetzen merkte er, dass er sich nicht mehr rechtzeitig zurückhalten konnte.

Mutter!

Ein lautes, durchdringendes Geräusch dröhnte durch die Stille der Nacht und hallte an den Bergwänden wider. Der Späher der Gnome sprang auf und rannte los. Alarm ertönte von den Wachen. Graultz sprang aus dem Lager hinaus und in den Wald hinein. Mit schweißnassem bleichem Gesicht schaute er sich um. Er konnte noch erkennen, wie sich hinter ihm die schwarzen Gestalten der Joste und Dunkelzwerge erhoben und ihm nacheilten, ihren Hass in die Nacht hinausschreiend.

Wie peinlich, dachte Graultz Groggok und konzentrierte sich auf seine Flucht. So etwas passiert auch nur mir!

*****

Quent und seine Freunde waren wieder eine Woche unterwegs. Den Waldläufern hatten sie ein Schnippchen geschlagen, indem sie noch in der Nacht der Flucht die

Pferde in den Nesra trieben und dem Flussbett ein Stück nach Süden folgten. Für ungeübte Augen waren die Spuren unsichtbar. An der Stelle, an der sie ans Ufer traten, verwischten sie die Spuren, so gut es ging, und ritten weiter nach Norden. Für die Verfolger hatten sie sich somit in Luft aufgelöst.

Inzwischen hatte sich Blain komplett erholt. Er war ein ernster, doch sehr aufgeweckter Junge. Ihm kamen hier und da Bruchstücke seines Lebens in Erinnerung. Hauptsächlich in Form von Träumen, wenn er schlief. Leider erinnerte ihn keiner der Träume an die letzten Tage seines Dorfes Kurkanott, oder wer seine Familie war, oder ob Blain überhaupt sein echter Name war.

Mit der Zeit waren sich alle ein gutes Stück nähergekommen. Die Stimmung war fabelhaft, wozu Tompers Kochkünste in der wilden Natur einen großen Teil beitrugen. Jeder gehörte nun zur Gruppe. Sogar der Gaukler hat einen Platz unter ihnen erhalten. Quent vertraute ihm, obwohl er sich nicht erklären konnte, warum. Der geheimnisvolle Fremde, der eigentlich nichts auf der Reise mit ihnen zu tun hatte und nur gezwungenermaßen mitgenommen wurde, hatte etwas an sich: eine Aura, die Wärme und Geborgenheit ausstrahlte. Er redete nicht über sich und seine Vergangenheit, beteiligte sich aber dafür umso mehr bei belanglosen Diskussionen. Man konnte es Wills und Augustus' Mienen ansehen, dass sie anders dachten als Quent, Tomper, Nifia und Blain. Die Krieger warfen stets ein wachsames und misstrauisches Auge auf den Gaukler.

Die Freunde waren nun schon seit Wochen in Pentra unterwegs. Quents Haar, das in Prima gefärbt worden war, um ihn zu schützen, war länger geworden. Das künstliche Braun machte dem natürlichen Gold Platz. Es war für Quent ein schönes Gefühl, seine echte Haarfarbe nicht mehr verbergen zu müssen.

Sie hatten den Nesra hinter sich gelassen und hielten weiter auf das Graue Gebirge zu. Die Hügel waren allmählich verschwunden und sie befanden sich auf einer weiten bräunlichen Steppe. Krautige Pflanzen überschwemmten das Land, durch das sie ritten. Hier und da bildeten Heidekräuter und Getreidepflanzen kleine bunte Kleckse in der eintönigen Landschaft. Das schneebedeckte Gebirge vor ihnen vergrößerte sich von Stunde zu Stunde, je näher sie kamen.

Die Rastzeit nutzte Augustus, um Quent das Duellieren spielerisch näher zu bringen. Zuerst mit leichten Ästen, dann mit dickeren und schwereren, um auch die Kraft zu trainieren. Quent wurde im Umgang mit dem Ast immer geschickter; auch Blain wurde in das Trainingsprogramm integriert. Nifia und Will gaben ihr Können ebenfalls zum Besten und zeigten den beiden Unerfahrenen die Grundlagen eines Kriegers. Sie amüsierten sich dabei köstlich und lachten viel.

Und dann war es so weit: Augustus reichte Quent ein echtes Schwert; der konnte das Gewicht der Waffe kaum halten. Er parierte nur mit größter Not die langsamen Angriffe des Kriegers. Nach ein paar Minuten taten ihm seine Arme so weh, dass er es aufgab.

Nun wurde aus Spaß Ernst. Er bekam Morgentraining vor dem Frühstück und Abendtraining vor dem Abendessen. Es bestand aus Krafttraining, Ausdauer- und Dehnübungen. Bei der Mittagsrast gaben ihm abwechselnd

Augustus, Nifia und Will in allen verschiedenen Kampfkünsten Unterricht: Nahkampf, Dolche, Schwerter und Bogen. Aber auch das Anschleichen wurde an allen Tageszeiten geübt, wobei Nifia hier die Leitung übernahm. Des Öfteren ging sie mit Quent abseits der Wege. Dann versteckte sich Nifia und Quent musste sie suchen und versuchen, sie zu überraschen, was ihm nie gelang. Meistens schlich Nifia hinter ihm her, ohne dass er es bemerkte, und machte sich einen Spaß daraus, ihn mit Tiergeräuschen zu erschrecken. Oder sie lauerte ihm, wenn sie an Hainen vorbeikamen, auf einem Baum auf und überrumpelte ihn, sobald er unter ihr war. Quent musste sich eingestehen, dass Nifia nicht zu Unrecht Spionin des Königs gewesen war und das Anschleichen in Perfektion beherrschte. Sie beherrschte es in einer fast übermenschlichen Art und Weise. Neben Training, Essen Reiten und Schlafen gehörte jetzt auch wieder Muskelkater zur Tagesordnung. Aber er hatte sich an diesen Schmerz gewöhnt und meckerte nicht.

Von allen Waffen hatte er mit dem Bogen den meisten Spaß und machte darin die größten Fortschritte: »Ein echtes Naturtalent!«, hatte Will vor zwei Tagen voller Stolz gerufen und ihn mit einem bei ihm sehr seltenen fröhlichen Gesichtsausdruck angestrahlt. Quent hatte einen Vogel im Flug geschossen, den sie anschließend über dem Lagerfeuer schmorten.

»Einen Vogel im freien Flug! Mit nur einem Schuss!«, sagte Will an diesem Abend zu Nifia. »Er macht viel größere Fortschritte, als Graseggur es vorhergesagt hatte! Er hat wahrlich das Blut seiner Mutter.«

Nifia versetzte Will einen kleinen Stoß. Sie zeigte in Richtung des Gauklers und Will verstand.

»Verzeihung«, sagte Will leise.

Der Gaukler hatte Will wohl nicht gehört. Aus weichem Leder und Sand hatte er Jonglierbälle hergestellt, und nun erklärte er gerade Blain, wie beim Jonglieren die drei Bälle fliegen mussten, um dieses kleine Kunststück richtig zustande zu bringen.

»Tse, Jonglieren ...«, sagte Will und warf einen verächtlichen Blick auf den Gaukler. »Brotlose Künste ... soll er damit auf Joste-Jagd gehen?«

»Es belebt Geist und Körper, Herr William, und fördert das Geschick in allen Bereichen seines Lebens.« Der Gaukler drehte sich zu Will und lächelte freundlich. »Und es macht Spaß. Ihr solltet es auch einmal probieren.«

Will ging darauf nicht ein. Stattdessen setzte er sich verärgert ans Feuer.

Quent war stolz auf sich. Stolz, dass sie sich über seine Fortschritte freuten und wunderten. Er wunderte sich selbst darüber, aber es war für ihn etwas Natürliches, nichts Besonderes, als wäre es immer in ihm gewesen. Als hätte es in ihm geschlummert und jetzt, da die Flamme entfacht wurde, loderte ein großes Feuer in ihm. Er wollte besser werden, er wollte etwas bewegen, er wollte helfen. Er hatte ein Ziel.

»Hey! Hey!«, rief Blain ganz erfreut und wedelte mit den Jonglierbällen. »Ich kann's, schaut mal!«

Blain schmiss die Bälle nacheinander hoch und schaffte einen Durchgang. Dann fiel einer der Bälle zu Boden.

»Das ist der Vorführeffekt, mein Junge«, sagte Augustus.

»Mist.«

Dann passierte etwas Seltsames. Etwas, das nur Quent und Blain mitbekamen, da die anderen sich wieder ihren

Unternehmungen widmeten. Als Blain sich bückte, um den Ball aufzuheben, sprang der, wie von einem Magneten angezogen, in seine offene Hand. Die Distanz zwischen Ball und Hand war zwar nur kurz, aber es reichte aus, dass auch Quent es bemerkte. Blain blieb regungslos stehen. Quent hielt die Luft an.

»Wie hast du das gemacht?«, fragte Quent.

»Ich ... ich weiß es nicht!« Blain blickte verdattert auf den Jonglierball. »Ich kann es mir nicht erklären.«

»Komm, wir sagen es den anderen.«

»Nein, warte!«

Quent sah Blain an.

»Ich … ich glaube, ich möchte, dass das noch unter uns bleibt.«

»Warum?«

»Ich weiß es nicht. Es ist nur so ein Gefühl, dass wir es für uns behalten sollten.«

Quent überlegte kurz. Dann nickte er.

»Gut, wenn du es möchtest.«

Blain setzte sich auf seine Decke. Er drehte den Ball in alle Richtungen und untersuchte seine Handfläche. Dann zuckte er nur die Schultern, wünschte allen eine gute Nacht und legte sich schlafen.

»Vielleicht sind wir auch einfach alle nur übermüdet«, flüsterte Quent zu sich selbst. Er gähnte und legte sich auf sein Nachtlager, das aus einer ausgebreiteten Decke auf duftendem Moos bestand. Die kühle Luft bescherte ihnen einen klaren Sternenhimmel. Die Steppengräser um ihn herum rochen würzig. Seine Gefährten, seine Freunde, machten einen glücklichen und zufriedenen Eindruck. Das machte ihn selbst glücklich und zufrieden. Er hörte ihren sanften und gleichmäßigen Atem. In schönster Harmonie betrachtete Quent den Mond und dachte an all die Wochen, die hinter ihm lagen. Was für eine Erfahrung. Er hatte in dieser Zeit so viel gesehen wie in seinem ganzen jungen Leben nicht. Er atmete tief die wunderbaren Gerüche um ihn herum ein. Ihm wurde in dieser einsamen Umgebung wieder einmal bewusst, dass die Natur, die freien, endlos weiten Grasflächen, die dichten Wälder und die hohen, spitzen Berge, mit ihren Flüssen und Bächen, sein Zuhause waren. Er hatte sich alles viel schlimmer vorgestellt. Wo war der Krieg in dieser Natur, von dem die anderen immer redeten? Wo war die Angst und wo das Elend? Er hatte beim Aufbruch vom Gasthaus ›Zur schwarzen Krähe‹ geglaubt, jeden Tag in schreckliche Schlachten verwickelt zu werden. Er schmunzelte. Dann hörte er Blains leises Schnarchen und dachte an das verbrannte Dorf, an all die Toten. Sein Grinsen verflog zu einer traurigen, ängstlichen und doch entschlossenen Miene.

Es herrschte Krieg!

*****

»Halt!«

Ein kleiner, grimmig aussehender Mann stand breitbeinig im kniehohen Schnee oberhalb einer Böschung. Er trug einen schwarzen Pelzmantel um die Schultern und hielt einen Zweihandhammer in den Händen, der die gleiche Größe hatte wie sein Besitzer. Der hochgestellte Kragen seines Mantels und der eingezogene Kopf gaben ihm etwas Bedrohliches. Von seinem eisernen Kriegshelm glänzten die reflektierten Strahlen der Sonne, weißer Atem breitete sich vor seinem dunklen Bart im Schneetreiben aus.

»Wer seid ihr und wohin wollt ihr, Fremde?«, knurrte er mit dunkler Stimme.

»Wir sind Wanderer aus dem Süden und wollen weiter nach Norden«, sagte Augustus. In seinen Worten lag ein gebieterischer Ton. »Wir hegen keine feindlichen Absichten gegenüber den Grauzwergen. Wir möchten das Volk unter dem Berg Adamas lediglich um Unterstützung bitten.«

»Adamas ist kein Gasthaus, Mensch.«

Der Zwerg musterte Augustus und den Rest der Gruppe argwöhnisch. Quent und Blain verfolgten die Unterhaltung aus dem Hintergrund und hatten, um sich vor der Kälte zu schützen, die Kapuzen ihrer Reisemäntel tief über das Gesicht gezogen. »Nennt mir Eure Namen und ich werde mir überlegen, wie wir fortfahren werden.«

»Wir wollten unsere Namen erst König Tulil Blitzschnitt Feuerbart preisgeben.«

»Wenn ihr keine feindlichen Absichten hegt, könnt ihr mir eure Namen ebenso verraten wie unserem König.«

Augustus zögerte mit seiner Antwort einen Augenblick und musterte den Zwerg vor ihm.

»Nun gut. Ich bin Augustus. Zu meiner Rechten siehst du Nifia und William der Kühne. Diese Namen sollten Euch bekannt sein.«

Der Zwerg ließ langsam seinen Hammer sinken und riss die Augen weit auf. Sein Gesichtsausdruck wechselte von Misstrauen zu blankem Erstaunen.

»Zu meiner Linken befinden sich der Gastwirt Tomper und der Gaukler. Und hinter mir, Blain und Quent.«

»Die Leibgarde des großen Menschenkönigs«, stammelte der Zwerg und hatte nur noch Augen für

Augustus, Nifia und Will. »Seid ihr es wirklich? Es wurde uns berichtet, ihr wärt gefallen.«

»In einer gewissen Weise waren wir das auch. Aber bitte, mit wem haben wir das Vergnügen?«

»Falfur Axtwurf«, sagte der Zwerg und verbeugte sich tief. »Man hat mir gesagt, dass fünf Menschen erwartet werden, gab mir aber keinen Namen. Ich war gerade auf der Jagd, als ich euch gesehen habe. Da ihr sieben seid und wir in letzter Zeit des Öfteren ungebetene Gäste haben, war diese kleine Vorsichtsmaßnahme notwendig. Bitte verzeiht mein grobes Auftreten ...«

Als Falfur sich zu Quent wandte und ihm direkt ins Gesicht blickte, hob er seinen Hammer und rief erzürnt: »Magor! Was fällt dir ein, dich außerhalb der Festung aufzuhalten?«

»Wie bitte?« Quent warf verwirrt einen ratsuchenden Blick zu Augustus.

»Es muss sich hier um eine Verwechslung handeln«, sagte Augustus. »Quent war seit unserem Aufbruch vom Goldtal bei uns. Aber Eure Reaktion lässt mich darauf schließen, dass wir die Unterstützung, die wir suchen, bei euch finden werden.«

»Quent?« Der Zwerg betrachtete Quent interessiert. »Gut. Ich werde euch unserem König vorstellen. Folgt mir.«

Der kleine Mann kam die Böschung herunter und stapfte die Route hinauf, die sie am Fuße des Grauen Gebirges begonnen hatten. Die Gefährten folgten ihm zu Fuß, die Pferde an den Zügel. Sie waren, nach Nifias Angaben, auf der Widerstandsroute. Da es Quent etwas langweilig war, suchte er nach dem Namen in seinem Buch ›Mythen und Legenden – Erinnerungen der Tamin‹. Schnell fand er dazu einen kleinen Absatz. Vor zwei Jahrhunderten wollte Faro, der unsterbliche Diener des Gottes Tromos, mit seiner Streitmacht an Joste über diesen Weg nach Thelanos einfallen, um die letzten Gebiete Pentras zu erobern, die ihm noch Widerstand leisteten. Menschen, Zwerge und Gnome vereinigten sich und wehrten den Angriff ab. Ein Jahr dauerte der Kampf an der Festung Adamas, die dabei halb zerstört wurde und mit den Überresten des Berges neu aufgebaut werden musste.

»Sagt mal, Herr Axtwurf«, meldete sich Blain und blickte den Zwerg bewundernd an. Er war als Einziger auf seinem Pferd geblieben. »Ihr hättet es mit uns sieben aufgenommen? Alleine?«

»Hier bin ich in meinem Element, mein kleiner Herr. Hättet ihr mich angreifen wollen, ihr hättet mich niemals gekriegt. Und bitte nennt mich Falfur.«

Eine halbe Stunde lang folgten sie dem Zwerg mitten im Grauen Gebirge auf der Widerstandsroute. Der Weg war breit. Sie hätten locker alle nebeneinander laufen können und es wäre noch genügend Platz für ihre doppelte Anzahl gewesen. Er war gepflastert mit mannsgroßen, flachen, viereckigen und präzise gehauenen Steinen, die an manchen Stellen von Schnee bedeckt waren. Links und rechts von ihnen erhoben sich steile, schneebedeckte Hänge, auf denen vereinzelte Tannen ihre Köpfe hinausstreckten. Es wurde ihnen wieder ein träumerischer Anblick geboten, der von alten Geschichten, Heldentaten, Ehre, Ruhm und Treue nur so strotzte. Schnatternd überflog sie eine Gruppe von Krähen. Quent wunderte sich gerade darüber, wie diese Vögel ihr Futter unter dieser dicken Schneemasse fanden, als der Pfad eine Biegung machte und sie vor einem hölzernen Tor standen. Der Weg endete vor einer Wehrmauer. Falfur Axtwurf löste sein Horn vom Gürtel und blies hinein. Das Tor öffnete sich wie von Geisterhand und sie gingen hindurch.

»Ihr tretet nun in das Reich des Königs der Grauzwerge«, sagte Falfur. »Das war die erste Wehrmauer.«

»Es ist ja niemand da«, bemerkte Blain. »Wird diese Mauer nicht beschützt?«

»Oh, doch, nur ihr seht sie nicht. Auf uns sind etliche Augenpaare gerichtet und vielleicht auch ein paar Bögen. Man könnte uns hier im Handumdrehen erschießen.«

»Bei Karam!, die sind ja gut versteckt«, sagte Tomper und drehte den Kopf in alle Richtungen. »Und wo sind die?«

»In den Bergen, im Boden und in der Wehrmauer, alle um uns herum. Die Wehrposten sind alle verbunden mit einem geheimen Tunnelsystem. So müssen wir nicht an die Oberfläche.«

»Zwerge sind interessante Geschöpfe«, sagte der Gaukler, der seit Langem nicht mehr geredet hatte.

»Nicht so interessant, wie Ihr es seid«, sagte Falfur, ohne sich umzudrehen. »Wärt Ihr nicht mit diesen großen Herren zusammen, ich würde Euch nicht nach Adamas lassen. Aber das sollen andere klären.«

»Ihr solltet nicht nur nach dem Äußeren der Leute urteilen, mein kleiner Freund.«

»Oh, das tue ich, mein großer Freund. Das tue ich ... und was ich da spüre, gefällt mir überhaupt nicht.«

»Aber ihr kennt mich überhaupt nicht«, sagte der Gaukler in einem vorwurfsvollen Ton.

»Mag sein«, sagte Falfur. »Aber bei Jimir, Ihr habt etwas

an Euch, das mich stark an eine alte verhasste Spezies erinnert. Die, die total bekloppt wie Affen von Baum zu Baum hüpft, mit Tieren redet und sich Blumen ins Haar flechtet. Von denen sich die Männer wie Weiber aufführen. Mich würde es nicht einmal wundern, wenn es bei denen keine Unterschiede zwischen Männer und Frauen gibt und sie alles begatten, was sich bewegt.« Falfur spuckte zu Boden. »Widerlich.«

»Ich bitte um ein bisschen mehr Respekt«, sagte Augustus. Ein kurzer Anflug von Zorn war in seinem Gesicht aufgeblitzt. »Habt Ihr Elben schon einmal getroffen?«

»Es ist uns Zwergen von Natur aus in die Wiege gelegt worden, Elben zu hassen. Wir gehören in das raue Fleisch Jimirs, nicht in irgendeinen bunten Wald, wo irre Liebespaare frohlockend durch den Blütenstaub tanzen.«

»Habt Ihr einen Elben schon getroffen?«, wiederholte Augustus seine Frage.

»Nein, nicht direkt. Aber bei Jimir, ich wünsche aus gutem Grund keinem Elben, mich jemals zu treffen.« Seine Augen blitzten zum Gaukler. »Ihr seid kein Elb, das ist sicher. Aber Ihr gefallt mir trotzdem nicht.«

»Warum mögt Ihr keine Elben, Herr Falfur?«, fragte Blain.

Falfur stapfte schweigend den Hang zum Fuße eines Berges hinauf.

»Ich habe durch einen Elb meine Familie verloren«, sagte der Zwerg.

Hinter verschneiten Tannen und Gestein versteckt, erschien von Weitem die Spitze eines massiven hölzernen Tores. Quent hatte sich die Festung der Zwerge gewaltig vorgestellt, aber als sie näher gekommen waren und die Bäume ihnen nicht mehr die Sicht versperrten, übertraf der Anblick von Adamas alle seine Vorstellungen. Aus der Ferne sah der verschneite Berg wie jeder andere Berg aus. Beim näheren Hinsehen erkannte man jedoch, dass er mit Mauern und Zinnen bestückt war. Gold, Diamanten und andere edle Metalle und Steine verzierten die Mauern, die glitzernd und funkelnd in der Sonne strahlten. Adamas war umrundet von vier kleineren Bergen, die durch eine sternförmige Wehrmauer verbunden waren.

Der ganze Ort ist eine einzige Festung!, dachte Quent.

Das Tor vor ihnen bestand aus zwei Flügeltüren, die beide aus jeweils einem Stück Holz gemacht waren. Auf dem linken Flügel hing eine große eiserne Axt und auf dem rechten ein gleichgroßer eiserner Hammer. Das Eingangstor war gute dreißig Meter hoch. Quent konnte sich den Baum nicht vorstellen, der das Holz für dieses Tor geliefert hatte. Er dachte an Arba und ob ein so altes Wesen dafür sein Leben geben musste.

Der Zwerg schnallte sein Horn ein weiteres Mal vom Gürtel und blies zwei Mal hinein. Ein lautes Dröhnen hallte als Echo von den Berghängen wider und die zwei Türen öffneten sich so weit nach innen, dass sie genügend Platz hatten, um einzutreten. Sie durchquerten eine große, verlassene Eingangshalle. Weißer Marmor bedeckte die Wände und den Boden, auf dem jeder ihrer Schritte in dem hohen Raum hallten. In der Mitte dieser Halle stand die Statue eines Zwergenkönigs, die auch als stützende Säule für die Decke gedacht war. Die Statue war aus einem durchsichtigen graugrünen Gestein, das Quent nicht kannte, und stand auf einem dunklen Marmorsockel.

»Das ist doch nicht etwa Mithril?«, fragte der Gaukler und schaute mit großen Augen auf die Statue.

»Ist es«, antwortete Falfur.

»Dieses Metall sollte es eigentlich gar nicht mehr geben.«

»Mithril?«, sagte Quent. »Ist das nicht nur erfunden? Ich habe gelesen, dass es silbern sein soll.«

»Dieses hier wurde bearbeitet und mit einem anderen Metall legiert«, erwiderte der Zwerg.

»Nach alten Überlieferungen ist das aber unmöglich«, sagte der Gaukler.

»Ach, ist das so? Für euch Menschen vielleicht. Wir haben Jahrtausende unter der Erde verbracht. Ich denke, wenn sich jemand auf diesem Gebiet auskennt, dann wir Zwerge, oder?«

Sie gingen durch ein zweites Tor, das Quent halb so groß erschien wie das Eingangstor, und liefen einen langen Gang entlang. An beiden Seiten waren Pferdeboxen eingebaut. Es roch stark nach Vieh. Sie waren im Stall von Adamas. Ein besonders dicker rotbärtiger Zwerg kam herbei und nahm ihnen die Pferde ab. Durch den langen Gang erreichten sie die Haupthalle. Und diese Halle war gigantisch. Sie war so lang, dass Quent das andere Ende nicht erblicken konnte und so hoch, dass die Hochhäuser einer Großstadt locker hineingepasst hätten. Einige in der Gruppe stießen ein dumpfes Uff! aus und Will schnalzte mit der Zunge.

»Bei Karam!, hier könnte ich ’ne tolle Gaststube einrichten!«, sagte Tomper überwältigt, von dem Anblick, der ihm geboten wurde. Falfur schüttelte bei diesen Worten nur missmutig den Kopf und stapfte weiter.

»Habe ich etwas Falsches gesagt?«, fragte Tomper und drehte sich zur lachenden Gruppe um.

Die Haupthalle war ein großes buntes Durcheinander: Zwerge und Gnome rannten hierhin und dorthin, lachten oder unterhielten sich, arbeiteten an Maschinen oder rührten in dampfenden Kesseln mit sonderbaren Mixturen. Beleuchtet wurde die Halle durch dasselbe System wie in Magor'ash, die Festung der Menschen, die das Tor zu Pentra bewachte: Durch etliche in die Decke platzierte Edelsteine wurde das Licht der Außenwelt ins Innere des Berges projiziert. Über ihren Köpfen schwebten hölzerne Gondeln mit Materialien, Zwergen und Gnomen hinweg, um auf Plattformen anzuhalten oder in Löchern in den Wänden der Halle zu verschwinden. Zwergenkrieger standen an allen Türen und Toren des Raumes Wache.

Die Zwerge und Gnome, die ihnen am nächsten standen, drehten sich verwundert und neugierig um und beäugten sie eindringlich. Einige tuschelten hinter ihren Rücken. Andere wiederum zeigten mit ihren Fingern auf Quent.

»Was gibt es so Besonderes an mir? Habe ich etwas an der Nase?«, fragte Quent Blain hinter vorgehaltener Hand.

»Nein«, antwortete Blain, der Quents Gesicht untersuchte. »Ich weiß nicht, was die von dir wollen.«

In der Mitte der Halle gab es einen kleinen Bahnhof für hölzerne Karren auf Schienen, in denen rund fünfzehn Leute Platz hatten. Einige dieser Karren standen auf einer Rangierschiene. Die Schienen zur Beförderung der Karren gingen von diesem Punkt aus sternförmig in alle Himmelsrichtungen und verschwanden hinter hölzernen Türen in der Wand.

»Aaah! Kundschaft!«, rief eine piepsige Stimme hinter ihnen. Ein Gnom mit einer dicken, viel zu großen Fliegerbrille auf der Stirn wuselte heran. Als er sie sah, grinste er breit und zeigte dabei seine spitzen braunen Zähne. »Menschen! Welch seltene Passagiere! Was verschafft mir die Ehre?«

»Sei still, Germax, und schaff einen Karren heran«, blaffte ihn Falfur an und wippte ungeduldig mit seinem großen Hammer.

»Jawohl, Sir, wird gemacht, Sir Falfur!«, sagte der Gnom, salutierte, watschelte zu einem Hebel und betätigte ihn.

»Habt ihr all diese Maschinen gebaut?«, fragte Blain den Zwerg und musterte die Karren.

»Ich wäre glücklich, wenn wir diese Ungetüme nicht hätten«, knurrte der Zwerg. »Die Gnome bauen, wo und wie sie wollen, unsere schönen alten Gänge zu. Der König lässt sie gewähren und redet von Innovation. Ich rede von Infiltration.«

Ein Karren rollte vor und der Gnom Germax kam zurückgetrottet.

»Wohin wollt Ihr, edler Zwerg, wenn ich bitten darf?« Er verbeugte sich gehässig tief.

»Bring uns zum König.«

»Aah, Prunk und Gloria! Nehmt Platz, meine Herrschaften, und haltet euch fest.«

Sie stiegen in den Karren ein, drei auf einer Bank, und fuhren los. Es war eine recht unspektakuläre Fahrt durch kühle Stollen ins Innere des Berges. Quents Vorahnungen von einer wilden Achterbahnfahrt verwirklichten sich nicht. Schon bald darauf standen sie vor einer goldenen Tür, die mit kostbaren Steinen verziert war und die die Namen der alten Herrscher von Adamas formten.

Zwei Zwergenkrieger versperrten ihnen den Weg und beäugten sie misstrauisch.

»Was wollt ihr?«, sagte eine der Wachen. »Was ist der Grund der Störung?«

»Ich bin auf die Gäste des Königs gestoßen und wollte um eine Audienz bitten«, sagte Falfur.

»Namen.«

»Augustus, Nifia, William der Kühne, Quent, Blain ...«

»Bei Jimir«, unterbrach ihn die Wache, »das kann ich mir ja niemals merken! Bonfur, hast du Pergament und Kohle?«

Der andere Zwergenkrieger suchte in seinen Taschen nach dem Gefragten und reichte es seinem Kollegen.

»Jetzt … noch mal, bitte.«

Falfur wiederholte langsam alle Namen, dann ging die Wache hinein. Als er wieder herauskam, hob er den Zettel und sagte: »Augustus, Nifia, William und Quent. Die Genannten dürfen eintreten. Der Rest wartet hier.« Er schaut mit einem skeptischen Blick zum Gaukler hinauf.

»Hauptsächlich er ...«

Nifia wollte protestieren, aber Augustus hielt sie zurück.

»Wir beeilen uns«, sagte er zu Blain und dem Gaukler.

»Sorgt euch nicht um uns«, antwortete der Gaukler und grinste auf seine verrückte Art. »Ich habe noch genügend kleine Tricks auf Lager, um unsere Freunde hier zu vergnügen.«

»Na, da mache ich mich lieber aus dem Staub«, meinte Falfur. »Habe noch einiges zu erledigen.«

»Danke für Eure Hilfe«, sagte Nifia.

Der Zwerg verbeugte sich und verschwand.

Nifia, Augustus, Will und Quent traten ein.

Im Vergleich zur Haupthalle war der Thronsaal so groß wie eine kleine Kammer. Das machte ihn aber nicht minder eindrucksvoll, denn die Ausstattung des Saales war überwältigend. Unmengen an Gemälden alter Herrscher und Helden der Zwerge hingen an den Wänden und Felle, Statuen und edle Steine verzierten die Lücken dazwischen. Auf dem Boden lagen meterlange Tierfelle von Geschöpfen, die Quent noch nie gesehen hatte. Er hoffte, beeindruckt von Form, Farbe und Länge, dass er die auch niemals zu Gesicht bekommen würde. Am anderen Ende des Saales, ihnen gegenüber, führte eine Stufe zum Thron hinauf, der aus einer Goldader im Felsen der Wand gehauen worden war. Vor dem Thron erstreckte sich ein langer Tisch, der Platz für mindestens zwanzig Personen bot. Felle und Kissen lagen auf jedem Sitzplatz und luden Gäste zum Verweilen ein. Es war angenehm warm und das Feuer des Kamins ließ, mit etwas Fantasie, mystische Kreaturen an den Wänden zum Leben erwecken.

Ein alter Mann in einem uralten schwarzen Reisemantel saß gemütlich auf einem Holzstuhl in der Nähe des Kamins und rauchte eine lange Pfeife aus Elfenbein. Sein spitzer, abgenutzter Hut lag neben ihm auf dem Boden. Als er die Ankömmlinge sah, breitete sich unter seinem langen weißen Bart ein herzliches Lächeln aus.

Quents Herz machte einen Hüpfer.

»Graseggur!«, rief Nifia überrascht aus. »Du hier?«

Der Zauberer kniff vergnügt die Augen zusammen.

»Ich wusste, dass ihr heute ankommen würdet, und bin am Morgen angereist.«

Quent eilte zu ihm hin und umarmte ihn. Er hatte durch seine Freude für einen Augenblick vergessen, wo sie sich befanden. Ein kurzes Räuspern neben ihm brachte ihn zurück und Quent drehte sich um. Ein großer und breitgebauter Zwerg stand vor ihm. Er sah ihn mit deutlichem Interesse an, wobei er sich langsam über den Bart strich. Er hatte feuerrotes Haar und einen Bart von derselben Farbe, prächtig geflochten und, wie alles bei den Grauzwergen, mit Edelsteinen geschmückt. Gekleidet war er in einen schwarzen Festumhang, auf dessen Brust das gekreuzte, silberne Symbol von Hammer und Axt prangte. Nachdem er Quent gemustert hatte, drehte er sich dem Rest der Gruppe zu.

»Ich grüße euch«, sagte er in einem sehr dunklen, aber freundlichen Ton und verbeugte sich. »Ich bin König Tulil Blitzschnitt Feuerbart, Herrscher über Adamas und die Grauzwerge seit zweihundert Jahren. Mir wurde von Graseggur mitgeteilt, wer uns besuchen kommt, und ich schäme mich nicht für diese Verbeugung.«

»Habt Dank für die Ehre«, sagte Nifia.

Nun verbeugten sich auch die anderen und Quent tat es ihnen nach.

»Ich kenne Graseggur, seit ich geboren wurde. Was meins ist, ist auch seins. Ihr seid seine Freunde, das macht euch auch zu meinen Freunden.«

Der König wies auf die Tafel vor sich.

»Setzt euch doch bitte. Es gibt viel zu besprechen und noch mehr zu klären. Aber bevor wir unsere Gehirne und unsere Sprechmuskulatur anstrengen, belasten wir lieber unsere Schluck- und Kaumuskulatur. Ihr habt einen langen Weg hinter euch und eine kleine Stärkung wird euch guttun.«

Der König ließ sich am Ende der Tafel nieder.

Augustus, Nifia, Will und Quent folgten seiner Anweisung und setzten sich neben ihn auf freie Plätze. Eine Bedienstete brachte ihnen Met, Wein und Wasser. Als sie eingeschenkt hatte, servierte eine andere verschiedene Fleischsorten, Brot, Kräuter und einen Eintopf. Nach dem wochenlangen Essen im Freien fühlte sich Quent an diesem Tisch wie in einem Gourmet-Restaurant.

Als sie fertig waren, erhob sich Tulil Blitzschnitt.

»Ich bin glücklich, dass ihr in dieser schweren Zeit angereist seid, und heiße euch noch einmal im Namen aller Grauzwerge herzlich willkommen. Ich möchte nicht lange um den heißen Brei reden und komme direkt auf den Punkt: Krieg kommt nach Adamas. Meine Späher haben mir berichtet, dass Faro über die letzten Wochen ein Heer aus zwanzigtausend Josten und Dunkelzwergen im Osten, in den Ausläufern des Grauen Gebirges, aufgestellt hat und in diesem Augenblick über die Ländereien von Antelot nach Adamas marschiert. Unseren Einschätzungen zufolge könnte es in einem Monat vor unseren Toren stehen.«

»Mit Verlaub, oh, König«, sagte Augustus. »Wir sind nicht gekommen, um in die Schlacht zu ziehen. Wir sind auf einer wichtigen Mission. Wir sind von weit her tief in das Graue Gebirge gereist, weil wir hierhergeführt wurden und jemanden suchen.«

»Ja, das hat mir Graseggur berichtet. Der Fortbestand von Adamas ist mit dem Schicksal Pentras verbunden und mit Eurem. Ich bin der einzige Zwerg, der in die Prophezeiung Antaras eingeweiht wurde. Faro hat herausgefunden, dass Teile dieser Prophezeiung in Adamas gut gehütet werden und hat die Kampfhandlungen mit den Rebellen unterbrochen, was ein Segen für diese geschwächten Kämpfer ist. Seine ganze Aufmerksamkeit richtet sich nun auf uns. Zahlenmäßig sind wir seinem Heer weit unterlegen, sitzen jedoch in einer der sichersten Festungen Pentras und haben etwas Zeit, um uns vorzubereiten. Die Prophezeiung begann mit Quents Erscheinen in Pentra; sie leitet das Ende dieses Zeitalters ein, ob im Guten oder Schlechten.«

Der König hob seinen Krug, trank einen tiefen Zug und schaute sich in der Runde um. Graseggur paffte seine Pfeife und sah dabei dem Tänzeln der Flammen zu.

»Ihr seid auf der Suche nach Prinz Selas, Quents Zwillingsbruder. Nun, Eure Suche endet hier.«

»Er ist also wirklich hier?«, sagte Augustus. »Wie ist er in die Tiefen eurer Stollen gekommen?«

Quent holte die Kette unter seinem Hemd hervor und schaute sich das Siegel an. Die Waage war perfekt ausbalanciert. Seltsamerweise spürte er eine Wärme und eine schwache Vibration der Kette, die ihm vorher noch nicht aufgefallen waren. Bildete er sich das nur ein?

»Vor sieben Zyklen – oder Jahren, wie ihr es zu nennen pflegt – kamen des Nachts Waldelfen zu uns nach Adamas und berichteten über einen bewusstlosen Jungen, den sie an der Grenze zum Grauen Gebirge im Westen Thelanos gefunden und gepflegt hatten. Als sie ihn fanden, hatte er sich in Hasenfallen verfangen, und sein ganzer Körper war mit schlimmen Wunden übersät. Er war angegriffen worden und nach der Bauweise der Pfeilspitze, die in seinem rechten Oberschenkel steckte, waren es höchstwahrscheinlich Zentauren gewesen. Die Zentauren sind aber uralte Wesen, die niemals Partei ergreifen würden; sie leben im Einklang mit der Natur, lieben und leben für das Leben. Es müssen

Zentauren gewesen sein, die von Faro versklavt und zu Josten gemacht worden waren.

Waldelfen sind kleine Geschöpfe und können keine großen Lasten tragen. Ich habe also meine Zwerge losgeschickt, um den Jungen zu holen. Sie fanden bei ihm zwei merkwürdige und außergewöhnlich kostbare Gegenstände: ein uraltes Schwert und eine goldene Kette mit dem Symbol einer Waage.«

Der König schaute in die Runde und schwieg eine Weile.

»Selas war nicht in unsere Richtung auf der Flucht.«

Graseggur horchte überrascht auf.

»War er nicht?«, fragte der alte Zauberer.

»Nein. Er war in Richtung der Silberglanzsümpfe unterwegs, was mir ein paar Rätsel aufgibt. Warum flüchtet der Junge in eine tote Gegend? Die Silberglanzsümpfe sind eine verlassene und verfluchte Gegend.«

»Das ist so nicht ganz richtig, mein lieber Freund«, sagte der Zauberer. »Ich glaube, ich verstehe, warum Selas zu den Sümpfen wollte. Siklingur stand vor vielen Jahren im Kampf mit einem Drachen und ließ ihn am Leben. Eben dieser Drache hat seine Höhle tief unter dem Grauen Gebirge und der Eingang liegt gut versteckt in den Silberglanzsümpfen im Westen. Ich kann mir vorstellen, dass Baldur Selas dorthin schicken wollte, damit der Drache seine Schuld sühnt, indem er auf ihn aufpasst.«

»Gut möglich«, sagte der Zwergenkönig. Er strich langsam durch seinen prunkvollen Bart. »Unter den Zwergen, die ihn herbrachten, war auch eine Zwergin, die sich des Jungen annahm. Ihr Name ist Mara. Sie zog ihn gegen das Einverständnis der anderen groß. Warum sollten wir uns mit einem Menschenkind belasten? Wir Zwerge kümmern uns um unsere eigenen Angelegenheiten und schulden den Menschen nichts. Augenscheinlich hatte Mara mehr in dem Jungen gesehen als wir. Die Weisen erlaubten ihr die Annahme des Jungen, da sie eine Heldin unter unserer Rasse war, aber nur unter der Bedingung, dass der Junge, solange er hier lebte, nicht wusste, wer er war und woher er kam. Ansonsten drohten sie ihr mit dem lebenslangen Verweis aus Adamas. Und diese Zwergin musste ihren Titel als Heldin abgeben. Es ist eine große Schande für einen Zwerg, keine Nachkommen zu zeugen und ein Kind eines anderen zu adoptieren. Ich weiß immer noch nicht, warum sie es tat. Sie wurde geächtet und beschimpft, lebte weit unter ihren Verhältnissen, um Selas später die Möglichkeit zu bieten, auf eigene Faust seine Wurzeln wiederzufinden. Obwohl er noch sehr jung ist, ist er auf dem Weg, einer der besten Krieger meines Volkes zu werden.«

Der König winkte eine Bedienstete herbei und flüsterte ihr etwas zu. Sie nickte und verschwand.

»Und wie bist du hierhergekommen, Graseggur?«, wollte Augustus wissen.

»Nachdem ich euch verlassen hatte, flog ich auf Norros Richtung Osten ins Alte Königreich. Ich wollte versuchen, die Rebellen ausfindig zu machen. Ich hörte Gerüchte über kleinere Überfälle in Thelanos und Nebuland und traf rein zufällig in einem Gasthaus auf Williams Bruder Frank. Er erzählte mir, dass Faro eine große Armee aus Josten und Dunkelzwergen aufstellte, um ein zweites Mal, nach zweihundert Jahren, gegen die Grauzwerge zu ziehen. Frank wurde vom Widerstand aus, dem Stützpunkt der Rebellen, losgeschickt, um die Zwerge zu warnen. Er wollte einen kleinen Abstecher bei dir machen, Will. Habt ihr euch noch getroffen?«

»Er ist tot«, sagte Will. »Er wurde in Nebuland von einem Jost ermordet, kurz vor Braara.«

»Oh, das tut mir sehr leid«, sagte Graseggur. Er teilte bedrückt ein kurzes Schweigen mit ihnen und sagte dann: »Er war ein guter Mann.«

»Ja, das war er.«

Eine der Wachen kam in den Thronsaal.

»Magor wünscht, Euch zu sprechen, Majestät.«

»Gut, lass ihn herein.«

Einen Augenblick später trat ein kräftiger Junge im besten Jugendalter herein. Quent öffnete den Mund. Er war sprachlos. Der fremde Junge blieb bewegungslos stehen. Sein Blick huschte schnell über alle Menschen im Raum und blieb schließlich auf Quent ruhen. Ein kleiner Aufschrei rutschte ihm über die Lippen und er ging ein paar Schritte zurück. Ihm verschlug es fast die Sprache.

»W... was geht hier vor?«, stammelte er und zeigte auf Quent. »Wer ... wer bei Jimir ist das?«

»Es ist an der Zeit, dass dich deine Vergangenheit einholt, Magor«, sagte der Zwergenkönig und schmunzelte über das Erstaunen der beiden Jungen.

Selas besann sich darauf, als er die Stimme des Königs hörte, wo er war.

»Ich … ich grüße Euch, Tulil Feuerbart«, sagte er in einer ähnlichen Stimmlage wie die von Quent und verbeugte sich schnell und ehrfürchtig.

Graseggur erhob sich.

»Selas, darf ich dir deinen Zwillingsbruder Quent vorstellen?«

Sie saßen in einem runden Gemeinschaftsraum mit einer runden Eingangstür, die wie ein Bullauge wirkte. Möbliert war der Raum mit einem runden Tisch und Stühlen aus Holz. Runde Holzschränke mit Messingknöpfen waren in die Wände eingebaut. Irgendwie war alles in dem Zimmer rund. Fälle und Teppiche lagen vereinzelt auf dem gefliesten Boden verteilt. Verschiedene Türen führten in alle Himmelsrichtungen in kleine Schlafzimmer. Ein sanfter Duft nach Harz lag in der Luft. Die Kristalle in der Decke und ein Feuer in der Wand beleuchteten das Zimmer in einem klaren und angenehmen Licht.

Tomper, Blain und der Gaukler waren schon vor ihnen eingeladen worden, sich in ihre Gemächer zurückzuziehen, damit sie nicht unnötig lange vor dem Thronsaal warten mussten.

Jeder hatte es sich gemütlich gemacht und erholte sich von der Reise. Quent lag auf dem Bett in seinem Zimmer und dachte über dieses seltsame Treffen nach. Er hatte einen Bruder. Er hatte sogar einen Zwillingsbruder. Es war, als hätte er sich im Spiegel gesehen, nur dass sein Spiegelbild einen durchtrainierten Körper besaß und anders, besser gekleidet war als er. Selas' Haare fielen in vielen kleinen Zöpfen auf seine Schultern und die hinteren hatte er als Pferdeschwanz zusammengebunden. Quent fühlte einen Hauch von Neid und ein weiteres, für ihn unbekanntes Gefühl in sich hochkommen: den Wunsch, begehrt zu werden. Obwohl er durch ihre Reise schon etwas an Muskelkraft zugenommen hatte, war Selas ihm in diesem Punkt bei Weitem überlegen. Selas hatte etwas an sich, eine Ausstrahlung, einen Charme, die ihn zu einem perfekten

Anführer machte, zu einem Alpha-Männchen. Da konnte Quent nicht mithalten. Er schaute seine Kleidung an. Durch die lange Reise war sie ziemlich in Mitleidenschaft gezogen worden. Sie war dreckig und zerfranst, genau wie seine Haare. Er nahm eine der Strähnen seiner fettigen, halb blonden und halb braunen Haare in die Hand. Er musste etwas tun. Wenn er überleben wollte, musste er anfangen, richtig zu trainieren. So wie Selas, der sich auf den Krieg gegen Faro vorbereitete.

Krieg. Quent schluckte und spürte, wie die Klauen der Angst nach ihm griffen.

Selas trainierte oft und sehr lange, das hatte Quent mitbekommen. Nach dem kurzen Besuch beim König musste Selas sofort wieder zurück und sich weiter auf den bevorstehenden Angriff vorbereiten. Es war ihm nicht einmal vergönnt, für seinen bislang ihm nicht gekannten Zwillingsbruder eine längere Pause zu machen.

Neben Neid spürte Quent auch Bewunderung, aber auch etwas Mitleid für Selas. Sein Bruder war vielleicht bewundernswert, zahlte dafür aber auch einen hohen Preis.

Graseggur hatte mit dem Gaukler und Blain Bekanntschaft gemacht und zu Augustus' und Wills großer Überraschung ging er sehr freundlich mit dem Gaukler um. Der Zauberer scherzte mit ihm und zeigte für seine vielen kleinen Tricks großes Interesse.

»Könnte ich das alles nicht mit Magie machen, ich würde es erlernen!«, gluckste er.

»Endlich eine vernünftige Person, die großes Talent respektiert«, sagte der Gaukler und verbeugte sich.

Die Zeit verging und Nifia berichtete Graseggur, was ihnen auf ihrer Reise widerfahren war. Sein Gesicht wurde ernster. Als sie geendet hatte, musterte der Zauberer Blain durchdringend. Er dachte nach. Dann stand er auf und sagte: »Blain, folge mir bitte.«

Blain, verwundert und überrascht, zögerte kurz und stand dann ebenfalls auf. Graseggur führte ihn in ein Nebenzimmer und schloss die Tür.

Quent konnte sich nicht vorstellen, was Graseggur von Blain wollte, das sie nicht erfahren sollten oder durften. Ihm blieb nichts anderes übrig als zu warten. Das Licht der Kristalle schwächte sich ab und sein Magen fing an zu knurren. Als hätten sie es gehört, kamen ein paar Zwerge und Gnome herein und tischten das Abendmahl auf: Der runde Tisch wurde mit vielen Fleisch- und Käsesorten, Brot, Bier und Wein gedeckt. Ein Gnom brachte Holzhumpen und Holzteller herein und zündete dicke weiße Kerzen an, die ihr Wachs auf das Holz tröpfeln ließen. Quent war hungrig und aß reichlich, bis er satt und müde in einen Sessel plumpste. Er holte ›Mythen und Legenden – Erinnerungen der Tamin‹ heraus und blätterte darin herum bis er fand, wonach er suchte:

Gnome

Entstehung und Zuordnung

Nachdem die Maden aus dem Riesen Jimir (Siehe Kapitel III: Der Riese Jimir) gekrochen waren und sie sich so weit entwickelt hatten, dass sie sich in die Erde zurückziehen konnten, teilten sich diese Wesen in zwei Unterkategorien auf: die Zwerge (Siehe Kapitel IV: Zwerge) und die Gnome.

Anders als die Zwerge sind die Gnome an der Oberfläche geblieben, werden jedoch nur sehr selten von Menschenaugen gesichtet.

Sie sind kleiner als die Zwerge und haben keinen Bartwuchs. Ihre Hauptstadt Argola liegt im Gebirge Tartara in den Verlorenen Landen.

Bekannt wurden die Gnome durch ihre Ingenieurskunst, mit der sie nach Angaben seltener Augenzeugen ihrer Zeit um Jahrzehnte voraus sind. Sie wird von Generation zu Generation weitervererbt. Woher sie das Wissen haben, ist unbekannt.

Sie gehören, zusammen mit den Zwergen, zu den vier Elementarwesen: Luft, Erde, Wasser und Feuer. […]

Quent befand sich mitten in einer Party auf dem Anwesen Walter in Alfenberg. Betrunkene Zwerge und Gnome tanzten mit spitzen, bunten Partyhüten auf den Tischen und schmissen Konfetti und Luftschlangen durch die Luft, die in den Bärten der Zwerge landeten. Graseggur, der – warum auch immer – ein rosa Kleid trug, wurde von einem Baby-Drachen durch die Eingangshalle gejagt. Ein Zwerg klopfte Quent auf den Arm und sagte: »Könntest du bitte auf die Seite gehen, du stehst auf meinem Bart.«

»Oh, Verzeihung, ’türlich«, sagte Quent komplett verwirrt und machte einen Schritt zur Seite.

Das Bild verschwand und es wurde schwarz um ihn herum. Weiß schimmernd, schwebte ein kleines Mädchen vor ihm, mitten in der Leere. Es hatte nur ein kurzes, ärmelloses weißes Kleid an. Ihre langen, blond gelockten Haare wehten sachte im windstillen Raum. Ihr Körper glänzte und war der einzige Lichtpunkt in der vollkommenen Dunkelheit. Sie lächelte.

»Hallo«, sagte Quent. »Wer bist du?«

»Ich bin der Anfang und das Ende, Vergangenheit, Gegenwart und Zukunft«, sagte das Mädchen in einer zarten Kinderstimme. »Ich bin das, was dich am Leben hält, die Energie, die dich durchfließt. Ich bin alles, was du fühlst, alles, was du spürst. Ich bin der Hass und die Liebe.«

Quent schaute das Mädchen an und er wusste, es scherzte nicht.

»Hast du einen Namen?«

»Die Lebewesen aus Pentra nennen mich Edda.«

»Wo sind wir hier, Edda?«

»Wir sind an dem Ort, an dem alles enden wird und wo alles einst begann.«

Dann war Quent wieder auf der Party auf dem Anwesen Walter und jemand stupste ihm auf die Backe. Es war ein Zwerg mit rot gelocktem Bart und einer dicken Knollnase.

»Quent, aufstehen, du bist eingenickt«, sagte der Zwerg mit einem Runzeln auf der Stirn.

Quent öffnete die Augen. Blain stupste ihn auf die Backe und grinste ihn breit an.

»Blain! Wieder da?«

»Jaah. Du schnarchst schon seit zwei Stunden meine Ohren voll.«

Sie lachten. Quent und Blain waren in den letzten Wochen gute Freunde geworden. Blain war überhaupt Quents erster richtiger Freund. In der Schule war Quent immer ein Außenseiter gewesen, er wollte keine Freunde haben. Aber hier in Pentra war es anders, hier gehörte er hin, hier fühlte er sich wohl.

Blain strahlte ihn an.

»Was wollte Graseggur von dir?«

»Er hat mir gesagt, dass ich magische Fähigkeiten hätte. Er könnte mich zum Magier ausbilden. Ich weiß nicht, woher er es weiß. Hat gemeint, dass er es fühlt ... sehe ich aus wie ein Magier?« Er schaute Quent mit einem ziemlich bizarren Gesichtsausdruck an.

»Erm ... oh, ja, du erinnerst mich fast ein bisschen an den Gnom, den wir heute Mittag bei den Karren getroffen haben.«

»Hey!«, sagte Blain und gab ihm einen freundlichen Stoß. »Zumindest möchte Graseggur auch mit dir sprechen. Hat gemeint, ich solle dir das sagen, wenn du aufwachst. Meinte, ich solle dich schlafen lassen. Aber wenn ich dich weiter so schlafen lasse, dann schläfst du diese Nacht nicht, nicht wahr?«

»Weißt du, wo er ist?«

»In seiner Kammer.« Blain zeigte auf eines der Zimmer beim Kamin.

»Gut, dann gehe ich gleich.«

Quent stand auf und ging durch den leeren Gemeinschaftsraum zu Graseggurs Zimmer. Er klopfte. Ein dumpfes »Herein« ertönte und Quent trat ein. Graseggur saß auf einem Stuhl neben dem Fenster. Er rauchte seine Pfeife und las Briefe. Die Wände waren kahl und auf dem Boden lagen wie im Gemeinschaftsraum viele Felle und Teppiche, die dem Zimmer eine warme Atmosphäre gaben. An einer Mauer stand ein Himmelbett.

Der Zauberer schaute auf. Sein langer weißer Bart berührte bei jeder Bewegung den Boden.

»Ah, Quent. Gut, dass du da bist, ich möchte ein bisschen mit dir reden. Setze dich doch bitte auf einen der Stühle.«

»Um was geht es denn?«, fragte Quent.

»Um das Kommende. Während du geschlafen hast,

habe ich lange mit Blain geredet und die anderen wurden zu König Tulil Feuerbart gerufen. Er möchte sie über alle wichtigen Einzelheiten der Abwehrtaktik aufklären.« Er nahm einen Zug an seiner Pfeife. »Quent, Faro hat seine ganze Streitmacht mobilisiert und sie in zwei Heeren losgeschickt. Ein kleines ins Alte Königreich, wo die versteckten Rebellen den letzten Widerstand leisten. Sein größtes hat er Richtung Adamas geschickt. Es ist die stärkste Festung Pentras und er muss sie einnehmen. Und wenn er sie einmal eingenommen hat, wird er die größte Hürde hinter sich haben. Dann wird es ein Kinderspiel für ihn sein, die Rebellen niederzuschlagen.«

»Wir bleiben also hier und kämpfen?«, fragte Quent. Er konnte seine Nervosität nicht mehr verbergen.

»Ja, das werden wir«, sagte Graseggur.

»Haben wir eine Chance?«

»Es gibt immer eine Chance, nur man muss sie im richtigen Augenblick erkennen und ergreifen ... viele nehmen diese leider nicht wahr. Ich selbst habe sie oft verpasst.«

Es herrschte kurz Ruhe, in der Graseggur Rauchringe durch den Raum fliegen ließ.

»Ich ... ich habe Angst«, sagte Quent.

»Angst zu haben ist völlig normal, Quent. Ich habe auch Angst. Die Angst schützt uns in der Gefahr und zeigt dir, dass du noch Gefühle hast.«

»Als ich den Baum Arba getroffen habe, konnte ich ihm eine Frage stellen.«

»Ah, ja … Arba.«

»Ich habe Arba gefragt, warum ich etwas Besonderes bin. Aber er hat nur geantwortet: ›Aus diesem Grund.‹«

Quent schaute auf seine verdreckten Fingernägel. »Was bedeutet das?«

»Arba ist ein uraltes Geschöpf aus der Frühzeit Primas und denkt auf seine Weise, doch stets wohlüberlegt. Ich glaube, er meinte, dass du etwas Besonderes bist, weil du Fragen stellst. Weil du neugierig bist und keine Frage offenlassen möchtest. Du möchtest wissen, wer du bist und was mit dir und um dich herum geschieht. Du läufst mit offenen Augen deinen Weg und gehst Umwege, wenn dein Weg versperrt ist. Du hast bemerkt, dass das Leben, so wie du es dir einst vorgestellt hattest, in Wirklichkeit ganz anders aussieht. Das hat dich noch neugieriger gemacht. Du hast deinen Zwillingsbruder, von dem du dachtest, er würde nie Wirklichkeit werden, heute gesehen und hast es nun endgültig akzeptiert, Prinz zu sein. Auf dir lastet eine große unsichtbare Bürde.«

»Was für eine Bürde?«, fragte Quent, aber er wusste es bereits.

»Du musst das Land befreien.«

Quent fühlte sich wieder klein und hilflos. ›Du musst das Land befreien.‹ Als wäre das so einfach, einfach mal so kurz den Helden zu spielen und allein gegen eine riesige Armee kämpfen. Bin ich Superman oder was? Verzweiflung stieg in ihm auf. Wie sollte er das schaffen? Alleine ...

»Du bist nicht allein«, sagte Graseggur freundlich, als hätte er Quents Gedanken lesen können, und zog genüsslich an seiner Pfeife. »Du hast Familie, Freunde und noch etwas Zeit. Du bist jung. Vielleicht werden ein paar Hügel, sogar Berge zu erklimmen sein, bis du es endgültig geschafft hast, aber du musst es versuchen. Wenn Faro diese Welt beherrscht, wird er sich an die anderen Welten erinnern. Wird sich erinnern, wo er einst hergekommen ist und mit Leichtigkeit Prima erobern.«

»Er ist also wirklich aus Prima?«

»Ja. Faro ist ein Halbgott aus der Zeit vor Pentra. Zumindest würden ihn die Pentraner so nennen.«

»Wir kämpfen also gegen einen Halbgott, keinen Magier, ja?«, sagte Quent mit einem sarkastischen Ton. »Das vereinfacht ja alles für mich.«

»Quent, Faro war einst menschlich. Er war ein ausgebildeter Magier im Dienste Tromos, bevor der ihn mit den Eigenschaften eines Gottes beschenkte. Er übertrug ihm sein Wissen und seine Zauberkraft. Wissen ist Macht, Quent. Diese Macht katapultierte ihn von einem normalen Lebewesen zu einem Halbgott.«

»Woher weißt du das alles?«

Graseggur paffte an seiner Pfeife.

»König Tulil Feuerbart hat mir die Erlaubnis erteilt, in den alten Schriften der Bibliothek von Adamas zu stöbern. Das habe ich sofort genutzt, bevor ihr angekommen seid. Du musst wissen, dass sie die älteste Bibliothek Pentras ist, älter noch als die Bibliothek der Tamin im Alten Königreich.«

Quent fühlte sich unwohl. Er war bissig gewesen und das tat ihm leid. Es war ein seltsames Gefühl ... Man ist so klein, so unbedeutend und doch bekommt man so eine große Last auf die Schultern gelegt. Warum kann sie nicht einfach verschwinden, schmelzen, wie das heiße Wachs einer Kerze schmilzt?

»Aber warum geschieht das mit mir? Warum ich?«

Graseggur schaute Quent in die Augen. Es war ein warmer Blick voller Güte und ein freundliches Lächeln breitete sich auf seinem Gesicht aus.

»Weißt du ... ich glaube, man muss die Welt nicht verstehen, man muss nur seinen Platz in ihr finden; und dieser Platz gehört nun einmal dir. Du bist jung. Mache dir nicht so viele Gedanken, was war und was kommen wird. Die Vergangenheit kannst du nicht mehr ändern und die Zukunft kannst du nicht erahnen. Lebe in der Gegenwart! Die Zeit fließt und fließt, wie ein reißender Fluss. Wenn wir einmal das rettende Ufer verpasst haben, können wir gegen diese starke Strömung nicht anschwimmen. Schwimme mit dem Strom, nicht gegen ihn.«

Er tat einen langen Zug an seiner Pfeife.

»Alles, was du brauchst und auf was du immer hören musst, ist hier ...«

Graseggur zeigte auf seinen Kopf.

»... und hier ...«

Er zeigte auf sein Herz.

Kapitel VIII.
Der Merlitz

Midas saß auf einer Truhe am Bettende im höchsten Turm seines Palastes aus Eis. Er hielt den Kopf in die Hände gedrückt und trauerte. Wie jeden Tag. Er fühlte die kleinen makellosen Drachenschuppen auf dem Gesicht, aus denen seine Handschuhe geschneidert waren. Er musste Drachenschuppenhandschuhe tragen. Das war sein Fluch.

Der Zauberer hatte jedes Zeitgefühl verloren, seit er die Wache angenommen hatte, die ihm aufgetragen worden war. Er vertrieb sich die Zeit damit, an die vergangenen Fehler zu denken. Wann war es geschehen? Waren es Jahre? Jahrzehnte? Oder gar Jahrhunderte? Eine Träne bahnte sich ihren Weg über seine rechte Wange. Er spürte sie nicht. Er war alleine, er hatte niemanden mehr. Niemanden. Das Wort hallte in seinem Kopf nach. Er konnte nichts berühren, ohne dass es das gleiche Schicksal teilte wie einst so viele andere Dinge und Lebewesen.

Midas senkte die Hände und ließ einen trüben Blick durch den Raum schweifen. Dichte Nebelschwaden schwebten auf dem Boden, kniehoch krochen sie durch die Räume. Ein wuchtiger, milchiger, mit Reagenzgläsern und anderen Utensilien gedeckter Tisch aus Eis stand rechts von ihm. Vor ihm führte hinter einer offenen Tür eine Wendeltreppe nach unten. Auf seiner linken Seite ragte ein Balkon ins Freie. Er stand mühsam auf. Eine silberne Kette mit einem blauen Rubin fiel ihm auf die Brust. Dunkle Augenringe dominierten das bartlose Gesicht. Sein durch die Kälte entstandener Hauch bewegte sich träge durch den

Raum, bis er verblasste. Midas ging zum Balkon. Der dicke weiße Fellumhang schleifte über den Boden und wirbelte den Nebel auf. Er stützte sich auf die Brüstung und sah über das weite weiße Land: Kemijoki, sein Land aus Schnee und Eis. Ein starker, kalter Fallwind blies ihm um die Ohren und ließ das ergraute Haar aufwirbeln. Die Kälte machte ihm nichts aus, er spürte sie nicht – nicht mehr.

Der Zauberer hatte eine Abmachung mit den Angus, den Wächtern Paradans; er musste diese Abmachung einhalten, wenn er seine Tochter irgendwann wiedersehen wollte.

Er seufzte und wandte seinen Blick wieder dem Raum zu. Die Gier des Menschen ist gefährlich, das wusste er nun. Er hatte es als junger Zauberer am eigenen Leib erfahren. Früher war er zu unreif und die Verlockung nach Macht zu stark gewesen. Dabei wollte er nur das zurückhaben, was ihm am wertvollsten war. Er setzte sich wieder auf die Truhe und zog die Handschuhe aus. Er strich mit den Fingern seiner rechten Hand über die blaue Haut der Linken. Er spürte nichts. Seine Finger fühlten nur die Handschuhe, dessen Schuppen von einem Drachenjungtier stammten. Er zog sie wieder über die Hände.

Vier schneeweiße Schleiereulen durchflogen den Raum und landeten auf dem Tisch. Eine setzte sich schuhuend auf seiner Schulter ab. Sie waren seine treuen Diener, die Einzigen, die sich noch in seine Nähe trauten. Die Eulen waren seine Augen und Ohren und brachten ihm Neuigkeiten aus allen Winkeln Pentras, denn aus dem Palast durfte er nicht hinaus.

Die Eule schuhute und schnatterte vor sich hin. Midas verstand sie und reichte ihr aus einem Pokal neben sich eine

tote Maus. Zufrieden flog sie mit ihrer Belohnung davon. Die anderen Vögel schauten ihr neidvoll hinterher.
Krieg würde bald ausbrechen im Süden und es gab Gerüchte über eine Handvoll Rebellen, die sich irgendwo im Alten Königreich gegen Faros Regime aufbäumten.

Narren, dachte der alte Mann. Niemand kann es mit diesem Halbgott aufnehmen.

Die Welt würde brennen und er konnte nur von seinem Thron aus Eis zusehen. Er war eingesperrt und musste in seinem Palast Wache halten ... in seinem eigenen Palast: Nordkranz.

*****

Selas war ein sehr freundlicher Junge. Er war zuvor keinem anderen Menschen begegnet und zeigte Neugierde gegenüber allem, was es außerhalb von Adamas gab.

Quent verbrachte so viel Zeit wie möglich mit seinem Bruder. Mit ihm fühlte er sich endlich vollkommen, so wie noch nie in seinem Leben. Er erzählte Selas alles, was er selbst wusste und von seinen Adoptiveltern erfahren hatte. Selas wiederum, der sein Training ehrgeizig betrieb, nahm sich seine ganze freie Zeit und zeigte Blain und Quent die Festung Adamas: ein erstaunliches Bauwerk mit unzähligen Gängen und Sälen. Wie ein Labyrinth, dachte Quent.

»Bei Jimir, ich habe wahrhaftig einen Bruder!«, sagte Selas, als sie einmal gemeinsam in Selas' Stammkneipe saßen und Bier und Met tranken. Selas klopfte Quent auf den Rücken, sodass der den Inhalt seines Mundes auf den Tisch prustete. »Ich habe echt einen Bruder! Das ist so toll! Noch dazu einen Zwillingsbruder! Weißt du, ich habe mich immer gewundert, was ich hier mache und woher ich komme. Ich hatte immer das Gefühl, als würde mir etwas fehlen. So … so als fehlte dir ein Stück von deiner Rüstung, weißt du, was ich meine? Wie ein Fluss ohne Wasser oder ein Huhn ohne Federn. Ich habe mir heimlich gewünscht, dass so etwas passieren würde. Aber dann doch aus der Königsfamilie zu stammen, verdammt, das ist schon verrückt.«

Quent suchte nach einer Serviette, um den Tisch zu trocken. Selas kam ihm zuvor und wischte das Ausgespiene mit seinem Ärmel weg.

»Euh ... ja, das ging mir genauso. Ich habe mich in Prima nie wohlgefühlt. Seitdem ich in Pentra bin, ist diese Beklommenheit weg.«

Selas hatte einen guten Zug und trank seine Krüge schnell leer. Quent, der sehr selten Alkohol getrunken hatte, versuchte mitzuhalten.

»Ich hätte es nie für möglich gehalten, dass ich ein Prinz wäre.« Selas rülpste.

»Und ich erst! Das ist alles echt verrückt ...«

»Ich muss dir irgendwann meine besten Freunde vorstellen.«

Selas hob seinen Krug.

»Auf uns!«

Quent stieß an und sie tranken.

»Hast du manchmal auch seltsame Träume?«, fragte Quent.

»Seltsame Träume? Haha, du brauchst ein Mädchen, Quent.«

»Nein, das meinte ich nicht«, sagte Quent und wurde rot. »Ich meinte Träume, als würde ich in deinen Kopf springen, als bestünde eine Verbindung zwischen uns.«

»Verbindung? Ja, da gab es ein paar Träume, die mehr als nur einfache Träume waren. Denke ich zumindest. Ich hatte da zum Beispiel vor einigen Jahren einen Traum, an den kann ich mich noch heute gut erinnern. Ich wurde von so einer halben Portion verprügelt, während seine zwei Freunde zusahen und lachten. Der Kerl war zwar älter und größer als ich, in echt hätte ich den so fertiggemacht, glaube mir … aber dann kam ein alter Mann und hat mir geholfen. Ein echter Albtraum! Ist dir das etwa passiert?«

Quent schluckte. Er erinnerte sich nur zu gut an diesen Morgen, an dem Ben und seine Freunde ihn mal wieder schikaniert hatten. Er erinnerte sich hauptsächlich, weil es der Tag war, an dem Lug erschienen war, Graseggur in Hundeform.

»Daran kann ich mich nicht erinnern«, log Quent. Dass Selas gerade diese Situation miterlebt hatte, war ihm zutiefst peinlich.

»Hm.« Selas sah Quent in die Augen. Dann zuckte er mit den Schultern. »Es war aber so real.«

»Seltsam das alles.« Quent hob den Krug und trank einen Schluck.

»Wohl wahr. Erzähl mir von Prima. Wie ist diese Welt so?«

Quent, glücklich über den Themawechsel, erzählte Selas von Prima. Sein Bruder hörte ihm mit großen Augen zu. Manchmal klappte sein Mund auf oder er stieß ein »Nicht dein Ernst!« aus. Quent erzählte und trank, bis ihm zu schwindelig wurde und der Kopf langsam in alle Richtungen baumelte. Seine Augen fingen an zuzufallen. Selas brachte ihn lachend heim, wobei beide gefährlich durch die Gänge schwankten und alles machten, was ihnen durch den Kopf ging. Wenn sie einen Karren sahen, spielten sie Karrensurfen, wobei Quent seinem Bruder vorher noch mühsam erklären musste, was Surfen überhaupt war. Oder sie klopften rechts und links vom Wegesrand an den Türen der Zwergenunterkünfte und rannten prustend weg.

»Du bisch ein guter Bruder«, sagte Quent lallend, als sie endlich vor der Tür des Gemeinschaftsraumes angekommen waren. Er küsste Selas auf die Wange. »Dir kann man vertrauen.«

»Dafür sind doch Brüder da, oder nicht?«

»Dafür … hicks … ist Familie da, ja. Wir haben wieder eine Familie!«

Sie umarmten sich und weinten lauthals. Einige Zwerge, die noch zu der späten Stunde unterwegs waren, blickten sich verwundert um.

Am nächsten Tag ging es Quent dermaßen schlecht und sein Kopf brummte so stark, dass er sich schwor nie wieder einen Tropfen von diesem zwergischen Teufelszeug anzurühren.

Quent nahm mit Nifia, Will und Augustus das Trainingsprogramm wieder auf. Dafür wurde ihnen ein Raum zur Verfügung gestellt. Auch Tomper besuchte sie von Zeit zu Zeit und machte ein paar Übungen mit. Quent musste anfänglich vor allem seine Kondition trainieren und lief Kurzstrecken- und Dauerläufe. Muskeltraining und schmerzhafte Dehnungen gehörten ebenso zum Programm wie das Waffentraining. Will und seine Adoptiveltern hatten lediglich einen knappen Monat, um aus Quent einen passablen Krieger zu machen. Sie brachten ihn dafür an seine Grenzen und des Öfteren auch darüber hinaus. Glücklicherweise hatte er während ihrer Reise nach Adamas die Grundlagen verinnerlicht. Das Training lief ausgesprochen gut und im Nu verfeinerte sich seine Technik. Seine Bewegungen wurden konzentrierter, eleganter und gezielter. Er lernte schneller als jeder normale Mensch. Der altbekannte Muskelkater schaltete sich wieder ein.

An einem ruhigen Morgen erinnerte sich Quent an den Brief, den er damals von Graseggur bekommen hatte. Es war nun an der Zeit ihn zu öffnen, so wie der alte Zauberer es gewollt hatte. Quent nahm den Umschlag und suchte Selas auf. Sein Bruder war, wie erwartet, beim Training und Quent wartete geduldig, bis er Pause hatte.

Als Quent seinen Bruder über den Ursprung des Briefes aufgeklärt hatte, zogen sie sich zurück, machten ihn gemeinsam auf und entnahmen dem Umschlag ein Stück hellbraunes Pergament. Quent lass ihn laut vor.

»Selas, Quent, meine Söhne,

falls ihr diesen Brief jemals lesen solltet, ist ein Teil der Vorhersage wahr geworden. Was wir, eure Mutter und ich, euch von Herzen sagen wollen, hätte niemals auf diesem Pergament Platz, denn ich muss mich kurzfassen. Krieg tobt seit langer Zeit im Land und die Erde unserer Väter ist blutgetränkt. Die Zukunft ist ungewiss und um die Zukunft geht es in meinem Brief an euch.

Ich bangte um mein Volk, denn Faro war mächtig geworden. Ich brauchte Klarheit. Klarheit über unsere Vergangenheit und unsere Zukunft. Viele der weisesten

Männer des Landes versammelten sich lange um meine Tafel, bis ein alter Gelehrter der Zwerge sich an einen vergessenen Mythos erinnerte: die Legende der Lebenskugel. Das Zentrum, das alle Welten zusammenhält, sollte Antwort auf alles geben. Ich fand es nach langem Suchen in den Werken der Zwerge. Das Tor zum Zentrum steht weit im Norden, in der Festung Nordkranz.

Ich war vielleicht das erste menschliche Wesen, das das Zentrum jemals gesehen hat. Was ich dort entdeckte, öffnete mir die Augen über das, was wir in Wirklichkeit sind, woher wir kommen und was noch vor uns versteckt gehalten wird. Ich werde nicht weiter in diesem Brief darüber berichten, ihr werdet alles schon von selbst erfahren, wenn ihr eines Tages das Zentrum erreichen werdet. Einmal dort angekommen, sucht nach dem Buch ›COR‹.

Ich beende nun meinen Brief an euch. Habt nicht zu große Angst vor der Zukunft in dieser schlimmen Zeit, zu viel Angst kann euch nur hinderlich werden in eurem Handeln. Haltet die Welten und alles, das sie beherbergen, im Gleichgewicht.

Vereint sind wir stark. Haltet immer zusammen. Familie ist das Wichtigste.

In Liebe,
Eure Eltern«

Die letzten Zeilen waren sehr hastig geschrieben und kaum leserlich. Die Zwillinge schauten sich an.

»Ein Brief unserer Eltern«, sagte Selas leise. Quent

konnte die Rührung in seiner Stimme vernehmen.

»Sie haben uns unser nächstes Ziel mitgeteilt«, sagte Quent. Er las den Brief noch ein paar Mal für sich durch. »Wir müssen zum Zentrum ... nur wo liegt es? Kennst du eine Festung Nordkranz im Norden?«

»Ich weiß es nicht. Ich habe noch nie von einem derartigen Ort gehört.«

»Und was meinen sie mit ›Vorhersage‹?«, fragte Quent und schaute auf das Wort im Pergament. »Ich höre ständig von irgendeiner Vorhersage oder Prophezeiung.«

»Ich habe leider auch nie von irgendeiner Vorhersage gehört, Quent«, sagte Selas. Er legte ihm die Hand auf die Schulter. »Aber wir haben etwas, das wirklich beweist, dass wir Eltern hatten, dass sie uns liebten.«

Quent überflog noch ein paar Mal das Pergament und die hastig geschriebenen Wörter:

Familie ist das Wichtigste.

In Liebe,
Eure Eltern

Quent fiel es wie Schuppen von den Augen. Ein Brief der Eltern. Ein Brief, geschrieben von seinem Vater! Er hatte wirklich einmal einen Vater gehabt, eine Mutter, Eltern, die ihn liebten. Die alles für ihn getan hätten und wohl auch getan haben, denn sonst wäre er womöglich nicht mehr am Leben. Betrübt betrachtete Quent das Pergament. Er verspürte Sehnsucht, das Bedürfnis geliebt zu werden.

»Ich bin glücklich, diesen Brief gelesen zu haben«, sagte Selas. »Die Grauzwerge sind zwar wie eine Familie für mich geworden, aber jetzt habe ich endlich meine lang ersehnte Antwort. Was hältst du davon: Sobald wir mit Faro und seinem dreckigen Pack fertig sind, machen wir uns auf die Suche nach dieser Festung Nordkranz, auf den Spuren unseres Vaters.«

»Das wollte ich dir gerade vorschlagen, Bruderherz.«

Die Zwillinge schauten sich an und lächelten so breit sie nur konnten. Familie war ja noch da und sie würden zusammenhalten, komme was da wolle.

Sie hatten noch gute zwei Wochen Zeit, bis das Heer des mächtigen Zauberers Faro vor den Mauern stehen würde. Eine gewisse Anspannung lag in der Luft, die Tag für Tag dichter wurde. Auch Quent spürte es. Sein Magen schien ihm langsam immer weiter Richtung Füße zu rutschen. Seine wachsende Furcht ließ ihn noch mehr trainieren, noch härter. Zuerst war ihm Blain ein guter Partner. Der wurde aber immer stärker von Graseggur für die Lehre der Magierkunst in Beschlag genommen.

An einem Tag, an dem Quent die Zeit überbrücken wollte, bis er wieder einen Trainingspartner hatte, ging er zur Großen Trainingshalle der Zwerge, die ihm Selas bei einem ihrer Rundgänge durch Adamas gezeigt hatte. Sie war gefüllt mit Hunderten von jungen Zwergen in Ausbildung, die sich laut scheppernd ihre Waffen gegenseitig auf die Schilde, Rüstungen und Waffen schlugen. Ein einzelner alter Zwerg bewegte sich durch die Gänge der Kämpfenden und gab hier und da einem Trainierenden kläffende Anweisungen. Die meiste Zeit ging er jedoch zu Selas und brüllte ihn an. Er war vom Kopf bis zu den Füßen weiß angezogen. Graues Haar fiel ihm geflochten auf den langen weißen Umhang. Quent wusste, wer er war. Selas hatte oft vom Kriegsherrn des Zwergenkönigs erzählt, von Brangor Reißarm.

Quent setzte sich auf eine Treppenstufe und beobachtete das Treiben. Nach einer Weile bemerkte ihn der Kriegsherr. Mit kleinen wuchtigen Schritten kam er zu ihm hinüber. Bei jedem Schritt schwang sein Umhang zur Seite und gab den Blick auf sein weißen Wams frei, das mit dem silbernen Zeichen von Hammer und Axt bestickt war. Die weiße Augenklappe auf dem rechten Auge und die unzähligen Narben in seinem Gesicht gaben ihm etwas Unheimliches. Quent sprang auf, als sich der Zwerg vor ihm aufstellte. Der Kriegsherr musterte ihn lange.

»So, so«, sagte Brangor mit einem verächtlichen Unterton in der Stimme. Sein Mundwinkel zuckte hämisch. »Quent, Sohn des großen Siklingurs. Ihr seht noch erbärmlicher aus als euer Bruder.«

Quent wusste nicht, was er auf diese Unverschämtheit antworten sollte. Er fühlte Zornesröte in seinem Gesicht aufsteigen und schaute unbeholfen den alten Zwerg an. Obwohl er mindestens zwei Köpfe kleiner war als Quent, strahlte er doch unglaubliche Kraft und Macht aus. Quent meinte sogar sie spüren zu können.

»Ihr meint wohl, Ihr könnt hier einfach hereinplatzen und den Unterricht stören? Meint wohl, Ihr könnt euch alles erlauben, was? Seid Ihr etwas Besseres als wir Zwerge? Hm? Fühlt Euch wohl zu etwas Besserem berufen?«

»W... was?«, fragte Quent sprachlos, verdutzt über diese unterstellten Vorwürfe. »Ich ... ich saß doch nur hier ...« Ihm fehlten die Worte, was ihn nur noch zorniger werden ließ.

»Während andere sich für einen Krieg vorbereiten,

solltet Ihr das auch tun«, knurrte der Kriegsherr und drehte sich auf dem Absatz um.

»Ich habe trainiert! Was fällt Euch ein, so etwas zu behaupten?«, sprudelte es aus Quent heraus, bevor er es zurückhalten konnte.

Der Kriegsherr blieb stehen.

»Ach, ist das so?«, sagte der alte Zwerg gefährlich ruhig. Er warf einen kurzen Blick über seine Schulter. »Ich bin nicht umsonst Kriegsherr des Königs, Bursche. Ihr meint also trainiert zu haben? Salgor!«

Ein kleiner Zwerg folgte dem Ruf seines Kriegsherrn und kam durch die Reihen der Kämpfenden zu ihnen angerannt. Er hatte einen sehr kurzen schwarzen Bart.

»Sie haben mich gerufen?«, fragte er ehrfurchtsvoll und verbeugte sich tief vor Brangor.

»Bring mir ein Trainingsschwert, Beeilung.«

Der Zwerg namens Salgor rannte los und brachte dem Kriegsherrn ein hölzernes Einhandschwert. Der alte Zwerg warf es Quent zu.

Oje, dachte Quent. In was bin ich da nur reingeraten.

»Folgt mir.«

Quent zögerte.

»Folgt mir!«, donnerte er Quent an.

Sie liefen auf die Masse der Kämpfenden zu.

»Legt eine Pause ein und macht uns hier Platz«, brüllte der Kriegsherr. »Wir haben einen Prinzen, der uns Zwergen zeigen möchte, wie man kämpft. Er wird euch seine Kampfkünste vorführen.«

Quent wurde es übel: Das hatte er nicht gewollt. Gemurmel drang durch die Halle, und er merkte, wie verblüffte und interessierte Blicke sich auf ihn richteten.

Hunderte von Zwergen bildeten in mehreren Reihen einen großen Kreis um sie. Er merkte, wie das Schwert in seiner rechten Hand anfing zu zittern. Er sah, wie Selas zu seiner Linken unter der ersten Reihe Platz nahm. Quent schluckte, er stand mit Salgor und dem Kriegsherrn in der Mitte des Ringes.

Der Kriegsherr wartete gemütlich, bis alle Platz genommen hatten und jeder das Schauspiel miterleben konnte.

»Kann jeder sehen? Wunderbar. Wie eben erwähnt, besucht uns heute eine große Persönlichkeit, die uns gerne ihre Kampfkünste vorführen möchte.« Der Kriegsherr zeigte spöttisch seine restlichen Zähne. »Darf ich euch vorstellen: Quent, Sohn von Siklingur, Prinz aus dem Stammbaum der Tamin. Wie jeder Esel erkennen kann, ist er Magors Zwillingsbruder. Er vertritt somit die Ehre seiner Familie.«

Familie. Über seine Familie hatte sich Quent nie wirklich Gedanken gemacht. Seine Adoptiveltern hatte er immer geliebt, sie waren Familie. Sein Bruder war Familie. Was bedeutete Familienehre? Im Augenblick war es aber wirklich nicht die Zeit, über so etwas zu grübeln. Ehre ...

»Sein Gegner wird unser Frischling Salgor sein.«

Quent und Salgor schauten sich an. Quent wurde es etwas leichter ums Herz. Obwohl Brangor ihm damit eine Frechheit antat, ihm seinen neuesten Schüler als Gegner zu geben, war er doch glücklich darüber. Die Zwerge gaben ein lautes Raunen von sich. Quents Muskeln verkrampften sich vor Anspannung. Er musste gewinnen.

Der Kriegsherr machte ihnen Platz und gab den Ring frei für den Kampf.

Quent ging in eine tiefe Kampfstellung. Er hielt das Holzschwert fest in der rechten Hand und unterstützte sie mit der linken. Salgor tat es ihm gleich, nur senkte er sein Trainingsschwert in die Richtung des Gegners.

Ein Stich, dachte Quent und versuchte, die möglichen Angriffe vorherzusehen.

Sie standen eine Weile regungslos da und musterten sich. Dann sprang sein Gegner überraschend schnell mit dem erwarteten Stich nach vorne. Quent löste seine linke Hand und warf das Schwert nach unten, um den Angriff zu blocken, wirbelte dabei um Salgor herum und kam hinter ihn. Quent wollte gerade seinen Angriff fortsetzen, als der Zwerg blitzschnell reagierte und ihm seinen Ellbogen ins Gesicht knallte. Taumelnd fiel Quent rücklings zu Boden und stieß sich den Hinterkopf an. Warmes Blut quoll aus seiner Nase, die wie sein Kinn schmerzte und seine Augen tränen ließ. Ein Fuß stellte sich auf seine Brust und drückte ihn nach unten. Verschwommen sah er seinen Gegner über sich, der die Spitze des Holzschwertes an seine Kehle richtete.

»Salgor!« Jubelgeschrei brach aus den Zuschauern heraus. Sie schlugen mit ihren Holzwaffen auf ihre Schilde und machten einen Höllenlärm. Manche Zwerge lachten. Quent hatte verloren. Er hatte sich überschätzt und seinen Gegner unterschätzt. Er hatte einfach zu leichtsinnig gehandelt. Kein Wunder, er hatte überhaupt keine Erfahrung.

Salgor schaute Quent ins Gesicht und schenkte ihm ein mitleidiges Lächeln.

Der Kriegsherr trat vor und schaute zu ihm hinab.

»Erbärmlich, wie ich es schon sagte. Dein Vater würde

sich schämen. Jetzt verschwinde!«

Quent drehte sich zu Selas, der nur seinen Blick beschämt zu Boden richtete. Quent wollte im Boden versinken. Er stand auf und verließ, ohne sich umzudrehen, die Trainingshalle. Warum war er nur hergekommen? Er hatte Schande über sich und Selas gebracht. Er hatte Schande über seine Familie gebracht. Er lief durch die Gänge der Festung zurück zu ihrem Quartier. Graseggur saß als Einziger gemütlich auf einem Sessel und rauchte seine Pfeife.

»Unglücklich?«, fragte er ihn.

»Nichts Wichtiges«, log Quent, ging in seine Kammer und schmiss sich aufs Bett. Er wollte nicht mehr hinaus, wollte sterben, wollte den alten Zwerg zerreißen, umbringen.

Es klopfte an seiner Tür und Graseggur kam herein. Der Zauberer setzte sich auf einen freien Stuhl neben Quent. Er hielt eine kleine Schachtel mit Keksen in den Händen.

»Willst du mir nicht erzählen, was mit deiner Nase passiert ist?«

Quent erzählte Graseggur, was ihm in der Trainingshalle widerfahren war. Als er geendet hatte, schwieg der Zauberer.

»Du solltest Brangor, den Kriegsherrn der Grauzwerge, nicht danach beurteilen, wie er sich nach außen benimmt, Quent«, sagte Graseggur freundlich. »Er hat viel durchmachen müssen in seinem Leben. Er benimmt sich allen anderen gegenüber nicht anders, als er es dir gegenüber getan hat.«

»Das ist aber kein Grund.«

»Nein, ist es nicht. Aber eine Erklärung.«

Sie schwiegen. Quent war zornig. Er lag auf dem Rücken und fragte sich, warum Graseggur diesen alten Zwerg nur verteidigte.

»Weißt du, sie kannten sich früher gut, Brangor und dein Vater.«

Quent fuhr hoch.

»Was?«

»Eigentlich wollte ich, dass Brangor es dir selbst sagt. Aber da unsere Zukunft sowieso ungewiss ist im Moment ... willst du einen Nusskeks? Schmecken wirklich lecker. Die esse ich schon die ganze Zeit. Wenn ich so weitermache, platze ich bald.« Er reichte Quent einen Keks, der ihn verdattert entgegennahm.

»Die hat eine alte Zwergenfreundin gemacht.«

Quent schaute sich den Keks in seiner Hand an.

»Ich habe mir nie wirklich Gedanken über meine Eltern gemacht«, sagte Quent peinlich berührt.

»Das ist dir nicht zu verdenken. Ich glaube, ich hätte mir an deiner Stelle wohl auch keine Gedanken gemacht. Aber vielleicht ist es jetzt an der Zeit, dass du dir langsam Gedanken machen solltest. Du brauchst dich für sie auch nicht zu schämen, sie waren großartige Menschen.«

Graseggur schaute einer Mücke nach, die es irgendwie geschafft hatte, in Quents Zimmer zu gelangen.

Quent biss in den Nusskeks und sein Zorn verflog.

»Woher kommen eigentlich die ganzen Nachnamen der Zwerge?«, fragte Quent und wechselte das Thema. »Tulil Blitzschnitt, Brangor Reißarm ... Ist Reißarm ein Nachname? Die hören sich ziemlich martialisch an.«

»Nein. Reißarm ist der Zusatzname, den ein

Zwergenkrieger bekommt, wenn er das erste Mal einen Feind besiegt. Der Name wird entsprechend der Art des Sieges gegeben: Brangor hatte wohl dem Feind die Arme ausgerissen oder so ähnlich. Für mich sind das eher weniger schöne Sitten der Zwerge, aber man kann sie nicht tadeln, sie sind ein gutes Volk; zumindest die Grauzwerge.«

»Gibt es noch andere Zwerge?«

»Ja, es gibt noch das Volk der Dunkelzwerge, die weit im Osten im Schwarzgebirge ihre Gänge und Hallen graben. Sie stehen leider auf Faros Seite. Dann gab es noch die Austri. Die lebten in den Ländern östlich des Alten Königreichs im Osten.«

Quent aß seinen Keks auf und der Hass in ihm verschwand vollends.

Graseggur stand auf und ging zur Tür. Kurz davor blickte er sich noch einmal um. Sein Gesicht war freundlich und lächelte warm.

»Versuche, deine Gefühle zu beherrschen, Quent, sonst werden sie irgendwann einmal dich beherrschen. Der Zornmütige besiegt sich selbst, sowohl im Kampf als auch im Leben.«

Er ging hinaus und schloss die Tür.

Quent versuchte in den folgenden Tagen, Selas aus dem Weg zu gehen. Ihm war das letzte Ereignis noch zu peinlich, als dass er ihm in die Augen hätte schauen können. Er hatte diese Schande für ihn und seinen Zwillingsbruder nicht gewollt.

So vertrieb sich Quent, wenn er nicht gerade trainierte, die Zeit mit Schach. Er hatte ein schönes Exemplar aus Marmor in einer Ecke des Gemeinschaftsraumes gefunden und forderte jeden seiner Freunde heraus. Der Gewandteste unter ihnen, und der ihm am meisten beibrachte, war der Gaukler. Er spielte gut. Fast zu gut: Quent hatte einfach keine Chance gegen ihn und war immer wieder in kürzester Zeit schachmatt. Der Gaukler zeigte ihm nach jedem verlorenen Spiel, welche Züge falsch gewesen waren und was er in seiner Taktik verbessern konnte:

»Hättest du deinen Bauern nicht vorgezogen und deinen Turm hierher bewegt, um meine Dame en prise zu stellen, hätte dich mein Läufer nicht in diesem Zug mattgesetzt.«

An einem Nachmittag, als Quent wieder gedankenverloren alleine vor dem Schachbrett saß, kam Blain in den Raum und strahlte Quent an.

»Quent! Vor dir steht der tollste, größte und schönste Magier, den du je gesehen hast!«

»Hast du jetzt eine Zwergenfreundin?«, fragte Quent neckend.

»Wie … ein Mädchen? Warum?« Blain wurde rot. »Nein, das meinte ich nicht. Graseggur hat mich etwas Neues gelehrt! Es war sehr schwer und ich habe einige Tage dafür gebraucht. Aber es ist wahnsinnig nützlich! Moment, ich zeige es dir ...«

Quent schaute seinen Freund gespannt an, der sich angestrengt verkrampfte und konzentrierte.

Dann zerfloss Blain unerwartet in eine schwarze Wolke, die sich schnell verkleinerte, bis sie so groß war wie eine Faust.

»Quak.«

Ein Frosch saß an der Stelle, wo vorher Blain gestanden war, und starrte ihn mit einer genervten Miene an.

Quent starrte verdutzt auf das grüne Geschöpf am Boden vor ihm, dann brüllte er vor Lachen laut auf.

»Also, ich wüsste nicht, wie uns ein Frosch wahnsinnig nützlich sein könnte im Kampf gegen Faro«, sagte Quent, als er sich von seiner Überraschung erholt hatte.

Blain verwandelte sich zurück.

»Mist, das passiert manchmal, wenn ich mich nicht stark genug konzentriere. Graseggur meinte, dass man sich eigentlich nur in eine Tierart verwandeln kann. Er war ziemlich überrascht, als ich mich das erste Mal in ein zweites Tier verwandelt habe. Er ist überhaupt ziemlich über meine schnellen Fortschritte überrascht, glaube ich ... ich probiere es noch einmal.«

Wieder konzentrierte sich Blain und verfloss im Nebel, der sich langsam zu einem Kreuz formte. Quent riss die Augen vor Staunen weit auf. In Augenhöhe vor ihm stand ein großer schwarzer Adler und blinzelte ihn mit roten Augen an.

»Wahnsinn!«, sagte Quent, als sich Blain zurückverwandelt hatte.

»Und das Tolle ist, ich bekomme mehr Kraft. Ich kann größere Lasten mühelos hochheben. Aber ich muss wieder los, ich darf nur kurz Pause machen. Ich glaube, Graseggur ist nicht ganz glücklich, dass ich mich in mehrere Tiere verwandeln kann. Er wälzt gerade Bücher und ist komplett in Gedanken versunken.«

»Ich komme mit. Ich möchte mir ein bisschen die Füße vertreten.«

Sie verließen zusammen den Gemeinschaftsraum und liefen die unterirdischen Gänge entlang. An der Tür zur großen Bibliothek von Adamas verabschiedete sich Blain und Quent ging alleine weiter. Er kannte diesen Teil von Adamas schon recht gut und verlief sich nur noch selten. Hier und da tuschelten die Zwerge leise miteinander und lächelten gehässig, als er vorbeikam. Quents Niederlage gegen ihren schwächsten Krieger hatte sich schnell verbreitet und war leider noch nicht vergessen worden.

Er war gerade auf dem Rückweg und bog um eine Ecke, als er fast mit einer Person zusammengestoßen wäre.

»Achtung! Pass auf ... Oh, du bist es, Quent«, sagte Selas. Er schaute leicht bedrückt. Sie sahen sich kurz stillschweigend an. »Wo warst du denn die ganze Zeit über?«

»Ich hatte zu tun«, antwortete Quent, um nicht lügen zu müssen.

»Ich kenne dich jetzt schon ein kleines bisschen, Quent, und ich denke, du hast reagiert, wie ich es getan hätte, wäre ich an deiner Stelle gewesen ...«

»Ich hatte den Zwerg unterschätzt«, unterbrach ihn Quent schnell, um sich zu rechtfertigen.

»Das macht doch nichts. Mir zumindest. Du hast nicht gekniffen. Und ich habe gesehen, dass du nicht unerfahren bist, deine Bewegungen waren wirklich gut. Ich hätte es nicht besser gekonnt.«

Quents Herz wurde leichter.

»Danke, Bruder.«

Selas zeigte ein breites Lächeln.

»Du bist für mich wie die Sehne, die meine Axt zusammenhält: stark, dehnbar und ausdauernd, ordinärer ging's nicht, oder?«, erklang es hinter ihnen belustigt.

»Hmpf ... sie hatte so ein kräftiges Heck auf starkem Wellengang, da ist mir das einfach herausgerutscht«, antwortete ihr eine raue Stimme auf einem gekränkten Ton.

»Und dass ich sie mit einem Boot vergleiche, bedeutet nur, wie aggressiv und tückisch sie war: wie das Wasser des Meeres. Man fällt hinein und kommt nie wieder hinaus, wenn nicht jemand oder etwas einem hilft.«

»Ich verstehe das mit dem Heck noch immer nicht ganz«, sagte eine dritte, höhere Stimme. »Und das mit dem Wasser erst recht nicht. Magst du Wasser, Bargo? Ich dachte, es gibt keinen Grauzwerg, der Wasser mag ... also ich kenne keinen. Beziehungsweise kenne ich dann doch einen, falls du Wasser magst.«

»Ach, sei ruhig, Lulu. Wenn du je einmal etwas von uns verstehen solltest, fresse ich einen Besen. Ah! Schau an, wen haben wir denn da? Die zwei Prinzen.«

»Das ist der Bruder von Selas, der gegen Salgor Wurfklinge verloren hat?«, sagte die erste Stimme.

Quent drehte sich um. Vor ihm standen breit grinsend drei Zwerge. Der erste war grimmig, stark gebaut und hatte eine große Narbe im Gesicht, die sich vom linken Ohr bis zur Nase zog. Er trug einen geflochtenen, mit Edelsteinen verzierten, dunkelbraunen Bart und hatte eine große Zweihandaxt geschultert, die mit roten und grünen Steinen bestückt war. Seine rechte Backe war rot und sah so aus, als hätte er eine saftige Ohrfeige bekommen. Der zweite war etwas größer, weniger stark gebaut und hatte einen langen, gepflegten, schwarzen Bart. Ungeduldig trommelte er mit den Fingern auf seinem Zweihandhammer herum. Der dritte war klein und wirkte nervös, während er mit leicht ängstlichen Augen die Zwillinge anstarrte. Er trug einen recht kurzen und unordentlichen goldenen Bart und Pfeil und Bogen auf dem Rücken. Alle drei waren in den typischen Trachten der Grauzwerge gekleidet: schwarz, mit den gekreuzten Waffen aus Hammer und Axt in Weiß.

»Seid ruhig«, sagte Selas knapp.

»Es war nicht böse gemeint, Selas.«

»Quent, darf ich dir meine besten Freunde vorstellen? Bargo Herzstich, Bettigore Hammerschlag und Baceolur Steinwurf.«

»Steinwurf?«, fragte Quent verwundert, der sich an die Bräuche der Zwerge erinnerte, einen Kriegernamen zu erlangen.

»Lulu war damals Steine sammeln gegangen«, sagte Bargo und klopfte dabei Baceolur hart auf den Rücken, sodass dieser leicht einknickte. »Ist ein Hobby vieler Zwergenkinder, dem Lulu auch heute noch nachgeht. Du solltest seine Sammlung sehen. Er hat sich dafür extra eine weitere Kammer einbauen lassen.« Bargo schnalzte mit der Zunge. »Prächtig, oder Betti?«

»Wunderbar«, sagte Bettigore, zog dabei aber eine Grimasse, die das komplette Gegenteil aussagte.

»Er hatte sich bei seinem ersten Kampf in die Hosen gemacht und ist auf einen Baum geklettert.«

Bargo lachte, wobei sich seine große Narbe stark verzerrte. »Erinnerst du dich, Betti? Obwohl Zwerge ja eigentlich nichts in Bäumen zu tun haben, dafür sind andere missratene Lebewesen zuständig.«

Quent schaute Selas an.

»Elben«, sagte Selas leise.

»Vom Baum hat Lulu seinen Angreifer mit Steinen beworfen und ein besonders großer landete auf dessen Kopf.«

»Wer war denn der Angreifer?«, fragte Quent.

»Ein junger Wolf!«, rief Bargo, lachte laut auf und hielt

sich dabei den Bauch. Bettigore und Selas stimmten in das Gelächter mit ein.

Baceolur, den sie Lulu nannten, folgte der stark erheiterten Stimmung seiner Freunde mit knallrotem Gesicht und einem zögernden Lächeln. Er blickte zu Boden und sagte: »Deine Narbe ist aber auch nichts Ehrenvolles, Bargo ...«

»Du bist also Quent.« Bargo wechselte schnell das Thema und reichte Quent die Hand. »Sehr erfreut dich, kennenzulernen. Wir hatten leider in den letzten Tagen sehr wenig Zeit, wegen der ganzen Vorbereitungen auf den Angriff, sonst hätten wir hier und da zusammen ein paar Humpen leeren können.«

»Danke, ich freue mich, auch euch kennenzulernen.«

Quent reichte Bettigore und Lulu die Hand.

»Wie geht es denn mit den Vorbereitungen voran, Betti?«, fragte Selas.

»Für viele Zwerge ist es der erste ernste Kampf. Die meisten sind unerfahren und nervös. Aber sie trainieren gut und sind diszipliniert. Der König hat schon jetzt alle Außenposten besetzen lassen und die Arbeiten zur Verstärkung der ersten Abwehrmauer laufen noch auf Hochtouren. Die, die nicht kämpfen werden, die Alten und die Kinder, werden heute durch einen Tunnel an einen versteckten Ort einen Tagesmarsch östlich von hier gebracht. Wir wissen zwar, dass wir weit in der Unterzahl sind, aber wir haben viele Vorteile auf unserer Seite. Faro greift uns in unserem Element an und wir sind rechtzeitig gewarnt worden.«

»Das ist alles noch so unwirklich«, sagte Quent.

»Wem sagst du das«, antwortete Selas.

»Ach, das wird spaßig!«, sagte Brangor. »Bei Jimir, wir werden den Josten dermaßen in den Hintern treten, dass sie von hier nach Ebnet fliegen!«

»Hoffen wir es«, sagte Betti. »Das wird auf jeden Fall kein Zuckerschlecken. Faros Heer besteht aus Josten und Dunkelzwergen. Sie werden von ausgewachsenen Raurern angeführt. Sie haben auch Belagerungsmaschinen dabei, die ihnen aber wohl kaum nützlich sein werden, denke ich. Adamas ist zu stabil gebaut. Du musst wissen, Quent, unsere Ahnen haben diese Festung über Hunderte von Jahren hinweg verstärkt und ausgebaut, um sich und das Land vor den Nordmännern und den Dunkelzwergen zu schützen.«

»Ich habe gehört, dass sich Marot, Sohn des Erzherzogs Emeth von Thelanos, uns anschließt«, sagte Selas.

»Ja, dass Zwerge und Menschen Seite an Seite kämpfen, um die Grenzen zu beschützen, hat es seit zweihundert Jahren nicht mehr gegeben … Aber ich rede und rede! Wir müssen weiter, wir kommen zu spät zur Kriegsversammlung unseres Anführers.«

Quent und Selas gaben den drei Zwergen die Hand und machten sich auf. Die beiden Jungs setzten sich auf eine kleine Bank. Selas erklärte Quent, wie die Hierarchie in der Streitkraft der Grauzwerge gegliedert war. Die Zwergenkrieger waren in vier Kategorien eingeteilt. Der Kriegsherr Brangor Reißarm befehligte acht Generäle, die wiederum jeweils zehn Goras befehligten, zu denen Bargo, Betti und Lulu gehörten. Die letzte Kategorie bestand aus den restlichen Zwergenkriegern, die aus Unteroffizieren und einfachen Kriegern bestand.

»Oh, ich habe gestern einen tollen Witz gehört«, sagte

Selas, nachdem sie eine Weile schweigend dem Treiben vor ihnen zugeschaut hatten. »Den muss ich dir unbedingt erzählen.«

»Schieß los.«

»Warum?«

»Wie … warum?«

»Ja, warum ich schießen soll ... und wohin?«

»Nein, das ist nur eine Redewendung aus meiner Welt für ›Fang an!‹«

»Ach so! Na gut, dann, eh, schieße ich mal los: Zwei Gnome gehen in ein Wirtshaus. Sagt der eine zum Wirt: ...«

»Selas!«

Eine ältere Zwergendame kam auf sie zu und blieb vor ihnen stehen, die Fäuste in die Hüfte gestemmt. Sie hatte rotes Haar, das in einem langen Zopf auf ihren Rücken fiel. Ihr schwarzes Gewand war oft genäht und ausgebessert worden.

»Wo bleibst du denn? Ich warte mit dem Essen auf dich.«

»Entschuldige, Mutter. Ich habe die Zeit vergessen. Kennst du schon Quent?«

»Nein, aber Graseggur hat mir viel von dir erzählt. Hallo, ich bin Mara.«

»Sie sind also die Heldin, die Selas aufgenommen hat?«, sagte Quent und verbeugte sich. »Es freut mich, Sie kennenzulernen.«

»Ja, das bin ich«, sagte Mara und lächelte. Sie strahlte dabei Wärme und Geborgenheit aus, die Quent in dieser Form nur bei Graseggur kannte. »Die Freude ist ganz meinerseits. Es trifft sich gut, dass ich euch beide hier antreffe. Ich wollte Graseggur eben eine neue Ladung seiner

Lieblingskekse vorbeibringen. Diese Nusskekse sind ein altes Familienrezept, musst du wissen. Kannst du sie ihm bitte bringen, Quent?«

»Gerne.«

»Wunderbar.« Mara gab Quent die Schachtel. »Komm, Selas, das Essen wartet.«

»Aber ...«

»Tutut, keine Widerrede.«

»Na gut. Tschüss, Bruder, man sieht sich.«

Quent ging in den Gemeinschaftsraum zurück und verbrachte den restlichen Tag mit Blain und dem Gaukler.

Er hatte sich an den Gaukler gewöhnt. Er konnte ihn zwar nicht als einen Freund bezeichnen, aber er mochte ihn doch. Nach dem Abendessen ging er in sein Zimmer und schlief ein.

Quent wachte ruckartig auf. Es war Nacht, das konnte er von den Steinen an der Decke ablesen. Sie glitzerten in einem schwachen Licht und erhellten den Raum nur so viel, dass Quent gerade so ein paar Umrisse erkennen konnte. Er lag im Bett und fuhr mit der Hand durchs Gesicht. Ein unangenehmes Gefühl beschlich ihn: das Gefühl, beobachtet zu werden. Aber das konnte nicht sein. Außer seinen Gefährten hatte niemand Zutritt zu diesem Zimmer. Die Tür des Gemeinschaftsraumes wurde am Abend abgeschlossen, sobald alle drin waren.

Und doch ... Quent bewegte sich nicht. Jemand war im Zimmer. Zumindest ahnte er es. Er setzte sich im Bett auf und schaute sich um. Und dann sah er es. Erschrocken wich Quent an das Kopfende des Bettes zurück. Er wollte schreien, brachte aber keinen Laut hervor. In der Ecke ihm gegenüber schwebte ein Schatten in der Luft, undeutlich. Es war eine kleine, schwer zu erkennende Gestalt. Die gelben Augen blitzten neugierig zu ihm herüber.

»Wer bist du?«, fragte Quent leise und schnappte nach Luft.

Das Geschöpf näherte sich ihm langsam und legte dabei den Kopf auf die Seite. Es blieb am Fuße des Betts schweben und lächelte auf einer geheimnisvollen Weise. Die Haut des Wesens schimmerte dunkelgrün und die Kleidung war von derselben Farbe. Nur die Haare im Irokesenschnitt waren violett. Es kicherte kaum hörbar.

»Wer bist du?«, fragte Quent erneut. Er erinnerte sich an die Nacht in Braara. An die Nacht, in der sie Will getroffen hatten. Seine Fantasie hatte ihm also doch keinen Streich gespielt. Dieses Wesen hatte ihn wirklich von den Büschen aus beobachtet. »Ich habe dich schon einmal gesehen ... was willst du von mir?«

»Hallo, Quent, Sohn von Siklingur. Ich bin Genzo. Hihihi.«

Die Stimme des Geschöpfs war hoch und sehr weich und es zeigte beim Sprechen seine scharfen und langen Schneidezähne. Quent starrte dem Geschöpf in die listigen gelben Augen.

»Ich bin ein Merlitz.«

Quent zuckte zur Seite: Die letzten Worte waren ganz nah an seinem rechten Ohr geflüstert worden. Das Geschöpf war von seinem Bettfuß verschwunden und schwebte nun mit gekreuzten Beinen neben ihm. Es kicherte über Quents Reaktion.

»Ihr seid ziemlich schreckhaft«, sagte es vergnügt. Es leckte sich die Vorderzähne.

»Okay. Was willst du und woher kennst du meinen Namen, du Merlitz?«, fragte Quent. Die Kreatur fing langsam an, ihn zu nerven.

»Ich bin gekommen, um den letzten Wunsch meines Herren zu erfüllen, hihihi.«

Der Merlitz machte einen Purzelbaum in der Luft.

»Er hatte gesagt: Genzo, wenn der Junge den Brief gelesen hat, gib ihm dieses Päckchen.« Und der Merlitz brachte ein winziges braunes Päckchen in der Luft zum Vorschein und ließ es in Quents Schoß fallen.

Quent schaute verdattert auf das kleine Päckchen, das so groß war wie sein Zeigefinger.

»Was ist da drin?«

»Mein Herr hatte gewünscht, dass nur Ihr es aufmacht. Ihr seid der älteste seiner Söhne und dem ältesten sollte ich es bringen.«

»Du hast meinem Vater gedient?«, fragte Quent immer erstaunter.

»Ich diene der königlichen Familie aus der taminischen Blutlinie. Da Ihr der älteste Nachfahre seid, werde ich nun Euch dienen. Wenn Ihr mich braucht, werde ich da sein.«

Das Geschöpf grinste und im nächsten Lidschlag war es verschwunden.

»Aber ... hallo? Genzo?«

Quent nahm sich Zeit, um das Geschehene zu verarbeiten. Dann öffnete er das Päckchen und hielt etwas kleines Goldenes in der Hand.

Ein Schlüssel?

»Ein Merlitz? Du hast einen Merlitz gesehen!«

Blain stand vor ihm mit weit aufgerissenen Augen und

offenem Mund. Sie hatten sich mit Selas am folgenden Tag in dessen Stammkneipe zum Mittagessen verabredet.

»Euh ... ja ...«, sagte Quent, überrascht, dass Blain diese Wesen kannte. »Er hieß Genzo. Was ist ein Merlitz?«

»Als angehender Magier musste ich viele magische Geschöpfe durchgehen. Merlitze sind Diener. Man weiß nicht viel über sie. Sie gehören zu den seltensten Geschöpfen, die man finden kann. Sie können nur weitervererbt werden. Ich wüsste auch nicht, wie man sonst einen fangen würde oder ob man sie überhaupt fängt ... vielleicht kommen sie ja freiwillig zu einem. Sie erscheinen nur bei speziellen Anlässen und man weiß nicht, woher sie kommen und wo sie leben, wenn sie wieder verschwinden. Sie können aber auch gerufen werden. Ob sie dann erscheinen oder nicht, hängt von der Situation und ihrer Laune ab.«

»Da hast du ja einen richtig netten Fang gemacht, Bruder«, sagte Selas. »Gratulation.«

»Danke«, sagte Quent. Er fühlte sich unwohl in seiner Haut. Er hatte als Einziger von ihren Eltern etwas vererbt bekommen. Quent fand es ungerecht Selas gegenüber und wechselte das Thema. »Blain? Was ist denn der Unterschied zwischen Magier und Zauberer?«

»Hm ... Du kannst es so sehen, dass Magier ausgebildet werden, um zu kämpfen. Zauberer unterrichten und entwickeln neue Formeln, neue Tränke und Beschwörungen.«

»Und du wirst zum Magier ausgebildet?«

»Ja«, meinte Blain stolz. »Ich werde euch im Kampf helfen können.«

»Aber du bist doch noch viel zu jung!«, sagte Quent.

»Man ist nie zu jung, um sich gegen das Böse zu wehren, wenn man bereit dafür ist«, sagte Blain mit kalter Miene. »Meine ganze Vergangenheit liegt verbrannt irgendwo auf einem für mich unbekannten Stück Land. Jetzt, da ich etwas gefunden habe, das ich liebe und für das ich kämpfen kann, werde ich mein Leben auch riskieren und es schützen. Und das seid ihr. Ich denke, du wirst das am besten verstehen. Ich weiß, dass du da genauso denkst wie ich ... wir sind Freunde und ihr seid die einzigen, die ich kenne. Ich lasse euch nicht alleine da raus. Außerdem bist du nicht sonderlich viel älter als ich.«

Selas schloss die Augen und verzog seinen Mund zu einem zufriedenen Lächeln.

Quent stellte die ungewöhnliche Reife in Blain fest. Er war vielleicht nur geschätzte dreizehn Jahre alt, aber gerade redete und stand er vor ihm wie ein ausgewachsener Mann. Vor ein paar Wochen hätte Quent noch anders gedacht, aber jetzt hatte Blain recht. Quent würde an seiner Stelle auch kämpfen wollen. Er würde seine Freunde nicht im Stich lassen. Niemals.

»Ach, Quent«, sagte Selas. »Ich wollte dir doch den Witz erzählen.«

»Stimmt, lass hören.«

»Also, da sind diese zwei Gnome, die wie jeden Abend in die Schenke gehen, glücklich und zufrieden. An der Theke sagt der eine Gnom zum Wirt: Zwei Halbe! Antwortet ihm der Wirt: ...«

»Selas!«

»Schon wieder?«, fragte Quent und drehte sich lachend um.

Der Zwerg Bettigore winkte Selas vom Eingang

herüber.

»Beeil dich, wir kommen zu spät zum Nachmittagstraining!«

»Bei Jimir! Ich habe die Zeit vergessen! Bis später!«

Selas trank in einem Zug aus und stürmte los.

»Ich glaube, ich werde den Witz nie erfahren«, sagte Quent.

Der Tag ging vorbei ohne irgendetwas Außergewöhnliches. Am Abend war die Gruppe rund um Quent fast vollzählig im Gemeinschaftsraum. Quent und Blain saßen am runden Tisch und spielten Schach. Die Eingangstür ging auf und Will kam herein.

»Blain, Quent. Ich habe gerade einen Boten getroffen. Ich soll euch ausrichten, dass der König euch zu sehen wünscht. Graseggur und Selas warten schon bei ihm.«

Blain und Quent machten sich sofort auf den Weg. Sie fuhren mit einem freien Wagen zum Gnom Germax in die Haupthalle von Adamas, der sie nach einem kurzen Zwischenstopp weiter zum Thronsaal beförderte. Hier und da begegneten sie Zwergen, die Quent mitleidig, meistens aber feixend anschauten. Manche lachten sogar. Quent hätte nicht gedacht, dass das Ereignis aus der Trainingshalle noch so lange in den Köpfen der Zwerge bleiben würde. Es war eine große Schande in ihren Augen.

»Mach dir nichts draus«, sagte Blain. Sie hatten die goldene Tür zum Thronsaal erreicht. »Die können ja nicht wissen, was du wirklich draufhast.«

»Was meinst du damit?«, fragte Quent.

Blain antwortete nicht; sie waren bei den zwei Wachen angelangt.

»Was wollt ihr?«, fragte der eine Zwerg, dessen Namen

Quent nicht kannte.

»Man hat uns berichtet, dass der König uns sprechen möchte«, sagte Quent.

»Soso. Bonfur, gib mir bitte Kohle und Pergament.«

»Ach, Bumbur«, sagte Bonfur gelangweilt. »Du hast doch schon die Namen für heute.«

Bumbur wühlte in seinen Taschen und zog ein zusammengeklapptes Pergament heraus.

»Tatsächlich! Namen?«

»Quent und Blain«, sagte Quent.

»Bumbur«, sagte Bonfur und seufzte. »Sie sind es. Lass sie endlich rein.«

Bumbur betrachtete angestrengt und mit zusammengekniffenen Augen das Pergament. Dann gewährte er ihnen Einlass.

Graseggur saß auf einem Stuhl am Feuer und rauchte seine Pfeife. Er blickte auf und begrüßte sie mit einem warmen Lächeln. Der Zwergenkönig saß auf seinem goldenen Thron in ein Gespräch vertieft. Er unterhielt sich mit seinem Kriegsherrn und einem wild gestikulierenden Gnom, den Quent noch nicht gesehen hatte. Selas stand etwas abseits zu ihrer Rechten und begutachtete verträumt zwei Rüstungen in der Ecke des Saals. Sie waren auf hölzernen Gestellen postiert und wurden von zwei Zwergen poliert. Auf den Rüstungen sah Quent Runen eingraviert, auf ihrer Brust prangte golden das Wappen der Grauzwerge. Die Rüstungen waren fast identisch, außer dass die eine schwarze und die andere weiße Runen zierten. Daneben ruhten auf einem Kissen ein grünes Schwert und ein Dolch von derselben Farbe. Neben den Waffen lag auf einem größeren Kissen eine kleinere Rüstung aus Leder.

Als sie vor dem König standen, verbeugten sich Quent und Blain tief. Der Kriegsherr sah verächtlich zu ihnen herunter. Quent musste sich auf die Zähne beißen, um nicht laut zu fluchen.

»Wir grüßen Euch, König Tulil Feuerbart«, sagte Quent und versuchte, die Anwesenheit des Kriegsherrn zu vergessen. »Ihr wünschtet, uns zu sehen?«

Der König nickte freundlich und sagte: »Schön, dass ihr so schnell gekommen seid. Quent, darf ich dir Brangor Reißarm, meinen Kriegsherrn vorstellen?«

Die Mundwinkel des Kriegsherrn zuckten.

»Ich grüße Euch, Quent, Siklingurs Sohn. Mir sind schon große Taten von Euch zu Ohren gekommen. Möge Euer Leben weiterhin so ruhmvoll leuchten wie bisher.«

Quent fühlte, wie seine Ohren heiß wurden, erwiderte jedoch nichts.

»Graultz Groggok, unser bester Aufklärer hier neben mir, hat uns mitgeteilt, dass Faros Armee sich kurz vor Adamas befindet«, sagte der Zwergenkönig. »Die regelmäßigen Informationen zu Faros Vormarsch sind sein Verdienst.«

Der Gnom schob würdevoll seine Brust nach vorne und verbeugte sich gleichzeitig.

Tulil Blitzschnitt Feuerbart stand auf.

»Der Angriff steht also kurz bevor, und um euch auf die Schlacht angemessen vorzubereiten, sollt ihr, Quent und Selas, ausgerüstet werden, wie es sich für Prinzen, Söhne eines der größten Herrscher der Menschheitsgeschichte, gebührt.«

Der Zwergenkönig ging zu den beiden Rüstungen und strich mit einer Hand über die glänzende Oberfläche.

»Diese Harnische wurden einst von uns für die zwei regierenden Brüder hergestellt. Damals war das Land schon in das Alte und das Neue Königreich aufgeteilt. Es war eine gerechte Aufteilung zwischen eurem Vater und seinem Bruder.«

Quents Herz fing an, schneller zu schlagen.

»Sie waren Zwillinge wie ihr, und ihr habt, wie ich erwartet habe, die gleichen Körpermaße. Diese zwei ...«

»Wir bekommen wirklich diese Rüstungen?«, rief Selas aufgebracht, den König unterbrechend. »Aber diese Stücke sind unbezahlbar!«

»Wie gesagt ... sie wurden einst für König Siklingur und Prinz Baldur hergestellt. Es ist euer Recht als Erben, sie zu tragen und ihnen diese Ehre zu erweisen. Wenn ich nun zu Ende reden dürfte …«

»Verzeiht, mein König, ich war zu überrascht und habe nicht über mein Handeln nachgedacht«, sagte Selas. Er senkte den Kopf.

»Diese zwei Rüstungen bestehen aus mehreren Schichten. Die Innere ist aus Diamant. Dann kommt feinstes Mithril. Außen ist eine dünne Schicht Silber. Jede Schicht wurde aus einem einzigen Stück des Materials gefertigt. Es ist in unserer jetzigen Zeit nicht mehr möglich, solche Rüstungen herzustellen. Es wird ein spezielles Feuer benötigt, um mit diesen Materialien arbeiten zu können. Nur das ewige Feuer eines Drachen konnte es uns damals ermöglichen, solche Kunstwerke zu schaffen ... unsere Öfen, in denen dieses Feuer loderte, sind seit drei Jahrzehnten erloschen. Was den Mythos widerlegt, dass das Feuer der Drachen ewig währt.«

»Darf ich fragen, wie das Feuer an diesen Ort kam?«,

fragte Quent.

»Unsere Ahnen besiegten vor langer Zeit einen Drachen und bauten seinen Hort aus. So entstand Adamas. Das Feuer, das während des Kampfes gespien wurde, brannte weiterhin auf dem Boden und sie bauten einen großen Ofen um Adamas herum. Die Schmiedekunst war seit Anbeginn der Gezeiten im Blut der Zwerge, und wir lernten, mit dem Feuer umzugehen. Dank des Feuers schmiedeten wir neuartige Rüstungen und Waffen. Die letzten zwei aus einer sehr langen Reihe von Kunstwerken seht ihr nun vor euch.«

Quent schaute sich die Rüstungen an. Sie waren wunderschön, nur hatten sie einen Nachteil: Sie würden hinderlich sein im Kampf – bestimmt nicht wegen der Beweglichkeit, denn sie sahen sehr flexibel aus. Aber wegen ihres Gewichts.

Die werde ich niemals tragen können, dachte Quent.

Als hätte der Zwergenkönig seine Gedanken erraten, sagte er: »Diese Harnische sind einzigartig; sie sind die einzigen Stücke, die, neben den raren Materialien, auch mit Magie bearbeitet wurden. Wir Zwerge halten eigentlich nichts von Magie, aber es war der Wunsch der taminischen Königsfamilie und die einzige Möglichkeit, damit Menschen diese Last tragen können. Obwohl von ihrer Bauweise her schwer, sind diese Rüstungen federleicht.«

Der König strich liebevoll über das Wappen auf dem Metall.

»Die Rüstung mit den schwarzen Runen ist für Selas bestimmt, die andere für Quent.«

»Wahnsinn!«, kam es aus Selas heraus und er verbeugte sich tief vor dem König. »Habt vielen Dank!«

Auch Quent verbeugte sich und sprach seinen Dank aus. Es war ein Geschenk von ungeheurem Wert.

»Blain«, sagte der Zwergenkönig. »Diese lederne Rüstung ist für dich. Sie gehörte dem Sohn eines guten Freundes von mir, einem Elben. Ich habe einige Magier gekannt und weiß, dass sie nicht auf den Schutz durch irgendwelche Metalle, sondern auf ihre Beweglichkeit angewiesen sind. Ich hoffe, sie wird dir gute Dienste leisten.«

Blain bedankte sich.

»Und noch etwas«, sagte der König. Er klatschte in die Hände.

Ein Zwerg kam mit einer langen Holzkiste herein, stellte sie auf den Tisch und zog sich rasch wieder zurück.

»Mir ist zu Ohren gekommen, dass du noch kein Schwert besitzt, Quent. Ich möchte dir dieses mit Mithril beschichtete Schwert zu deiner Rüstung schenken, das hier auf dem Kissen liegt. Es ist eines der besten Stücke, die unsere Waffenkammer zu bieten hat. Dem Schwert liegt ein Dolch bei, der aus demselben Material besteht und in der gleichen Zeit erstellt worden ist. Schwert und Dolch sind wie Mutter und Kind.«

»Ich kann dieses Geschenk nicht annehmen«, sagte Quent.

»Hast du schon ein Schwert?«, fragte der König.

»Nein, aber ...«

»Dann hat sich die Sache erledigt. Du bist ein Prinz und sollst auch wie einer ausgerüstet sein.« Der König wandte sich an Selas. »Und für dich habe ich auch etwas. Als wir dich damals im Wald fanden, hattest du ein Schwert an dir. Ein ganz besonderes Schwert.« Tulil Blitzschnitt öffnete die

Holzkiste. »Das ist das Schwert Dusill. Das Schwert der Könige. Es gehörte eurem Vater. Ich möchte, dass du es im Kampf trägst, denn für diesen Augenblick haben wir es in den tiefsten Stollen von Adamas aufbewahrt. Ein Abschnitt der Prophezeiung besagt, dass der Krieger dieses Schwert tragen muss, um Faro zu besiegen. Für diese Aufgabe hast du trainiert und diesen Auftrag erteile ich dir nun. Falls Faro überhaupt bei seinem Heer ist.«

»Das Schwert unseres Vaters?«, fragte Selas. Er war sichtlich gerührt. »Ich werde Euch nicht enttäuschen, mein König.«

Quent freute sich, dass Selas nun auch etwas von ihrem Vater hatte. Das machte die Geschichte mit dem Merlitz wett.

»Ich lege mein Leben unter Euer Wappen, um Faros Armee zurückzuschlagen«, sagte Quent.

Der König lächelte zufrieden und nickte.

Graseggur erhob sich.

»Tut mir leid, Quent, aber dies ist nicht dein Kampf.«

»Wie bitte?«, fragte Quent überrascht und sah, wie die anderen sich Blicke zuwarfen.

»Ich habe eine düstere Vorahnung, wenn du die Schlacht unter den Reihen der Kämpfenden beginnst. Ich möchte, dass du dich an einem sicheren Platz aufhältst, wenn der Kampf entbrennt«, sagte der alte Zauberer streng.

»Warum?«, fragte Quent aufgebracht und Schamesröte stieg ihm ins Gesicht. Jeder durfte kämpfen und der König hatte ihm gerade eine magische Rüstung zu diesem Zweck geschenkt. Wer könnte ihn damit verletzen? Er wäre unbesiegbar! Warum durfte er also nicht das verteidigen, was ihm am Herzen lag?

Die umstehenden Bediensteten fingen an zu flüstern und auf manchen Gesichtern zeigten sich hämische Grimassen. Sie wussten von der Geschichte aus dem Trainingsraum.

Quent sah Graseggur in die Augen, und er wusste, dass es unnötig war zu diskutieren. Quent fühlte einen dicken Knoten im Hals. Was soll das?, dachte er. Ich habe dasselbe Recht wie Selas und Blain!

»Blain«, sagte Graseggur. »Du bleibst auch.«

Quent und Blain konnten nicht antworten. Eine drückende Stille herrschte im Thronsaal. Der König blickte leicht ergrimmt auf Quent herab.

»Nun ... dann kommt die Rüstung von Selas' Bruder nicht in Gefahr, beschädigt zu werden«, sagte der König verstimmt. »Hat auch etwas Gutes ... Ich würde euch nun bitten, den Thronsaal zu räumen. Ich erwarte Gäste.«

»Ist Euch wohl zu schade, Eure junge Prinzenhaut zu riskieren«, sagte der Kriegsherr leise, als er an ihm vorbeiging. »Lasst lieber andere dieses Risiko eingehen, nicht?«

Bevor Quent auch nur einen Gedanken gesammelt hatte, um sich zu verteidigen, war der alte Zwerg auch schon aus dem Thronsaal gegangen. Wut durchströmte seinen ganzen Körper, Wut auf Graseggur, Wut auf den Kriegsherrn, Wut auf all jene, die ihn missverstanden, Wut auf alle die nicht verstehen wollten, was er wirklich dachte. Er ballte die Fäuste zusammen, bis sie schmerzten.

Er drehte sich auf dem Absatz um und eilte wutentbrannt zurück zum Gemeinschaftsraum.

Kapitel IX.
Die Schlacht um Adamas

Antara hatte schon immer ein schweres Leben gehabt, aber was er in den letzten Jahren hatte erfahren müssen, war des Leids zu viel gewesen. Hätte er keine Aufgabe zu bewältigen gehabt, er hätte diesem Leben ein Ende bereitet.

In seinen jüngeren Jahren war der Alltag zwar hart gewesen, aber er hatte immer die Möglichkeit, sich zu verstecken und den gnadenlosen Menschen zu entgehen. Manchmal erkannten sie ihn auch nicht, wenn er durch die Straßen ging. Dann war er glücklich. Nun saß er in dieser eiskalten, feuchten, dunklen Kerkerzelle und deckte sich mit abscheulich stinkendem Stroh zu. Von all seinen Feinden war er ausgerechnet vom grausamsten gefunden worden. Er hatte gewusst, dass es passieren würde … an diesem einen Abend vor zehn Jahren.

Seit er denken konnte, war er etwas Besonderes, etwas Unglaubliches. Für die Menschen um ihn herum etwas Angsteinflößendes – angsteinflößend, weil sie ihn nicht verstanden. Weil sie es nicht verstanden … und etwas, das nicht verstanden wird, wird oft nicht akzeptiert, nicht toleriert und nicht respektiert. Er wurde verhöhnt, ausgelacht und als unmenschlich angesehen; verscheucht, gesucht und gejagt; geschlagen, getreten und gefoltert. Und er wusste, sein Leben war eine einzige Nachricht. Nur aus diesem Grund hatte er bis zum heutigen Tag durchgehalten.

Vor sechsundzwanzig Jahren lebte er noch mit seinen Eltern und seinen zwei Brüdern in einem kleinen Bauernhaus in der Nähe von Enoah. Enoah war eine kleine

Stadt am Nesra, im Osten von Almere. Er wurde in dieser Zeit immer im Haus versteckt gehalten und für alle Missgeschicke und Unfälle bestraft, auch wenn es nicht seine eigenen waren. Er wusste, warum sie so reagierten. Hätte sich aber gewünscht, dass wenigstens seine Familie ihn anders behandelte. Freundlicher. So wie der alte Fischer, ein Einsiedler, der in einer kleinen Holzhütte am Fluss wohnte. Der alte Mann war immer freundlich zu ihm gewesen, hatte seine psychischen und physischen Wunden behandelt und ihn stets mit offenen Armen empfangen, um ihn anschließend wieder schweren Herzens heimgehen zu lassen.

Er war wie ein Vater für ihn gewesen. Mein Vater … er wusste immer, dass er nach dem Besuch bei dem alten Fischer mit dem langen weißen Bart wieder heimmusste. Er wusste nicht, warum er es wusste, aber er wusste, dass es so sein sollte. Antara wäre ansonsten für den Rest seines Lebens beim Fischer geblieben.

Die Zeit bei seiner Familie war die schönste in seinem Leben. Er erinnerte sich noch sehr gut, wie es damals war: die Farben, die Gerüche, die Gefühle … die Schmerzen. Er wusste über das Geschehen in Pentra Bescheid, kannte die versteckten Echos aus der Vergangenheit und das Geheimnis, den Schleier der Zukunft zu durchbrechen. Das war sein unvermeidliches Schicksal, sein Fluch, seine Bürde. Das war es, wovor die Menschen Angst hatten. Sie fürchteten sich vor der Zukunft, vor Wahrsagerei. Sie dachten, es sei eine Indienstnahme von Dämonen und bösen Geistern. Sie dachten all das, weil sie unwissend waren. Es war eine natürliche Gabe.

Es war eine schlimme Gabe für einen wichtigen

Auftrag.

Draußen ertönte von irgendwoher das Krächzen eines Raben.

Freiheit. Selten war er frei gewesen. Er dachte an all die schönen Momente beim alten Fischer und sein Herz machte einen kleinen Hüpfer. Dann spürte er, wie ihn die harte Realität wieder zurück in seinen Kerker zerrte. Er erinnerte sich wieder an den Tag, an dem sein Leben komplett umschlug und er vom Gefangenen seiner Familie zum Gejagten des Landes wurde. Er erinnerte sich, wie sie des Nachts kamen und seine Eltern umbrachten. Er erinnerte sich, wie er und seine Brüder sich im Haus versteckt hielten und die Fremden Feuer legten. Sie fanden seinen ältesten Bruder und quälten ihn, bis das Feuer zu groß wurde. Dann verschwanden sie. Schwarze Wesen mit roten Augen. Joste. Antara hätte nicht helfen können und bereute seine Untätigkeit auch nicht, denn er wusste, dass Hilfe herbeikommen und seine Brüder überleben würden.

Eine Türe knarrte und metallene Schritte ertönten im Gang.

Sie kommen, dachte Antara. Wie jede Woche, jeden Monat, jedes Jahr. Was werde ich dieses Mal überstehen müssen?

Das Schloss seiner Kerkertür schwang auf und eine Fackel blendete seine Augen. Es ist bald vorbei …

*****

Herzog Marot, Emeths Sohn. So lautete der Name des großen Herren, der von seinem Vater, Erzherzog zu Thelanos, geschickt wurde, um den Grauzwergen Beistand zu leisten. Er hatte zugestimmt die Grenzen des Landes zu schützen und den Angriff auf Adamas zurückzuschlagen, wie es seine Ahnen vor zwei Jahrhunderten schon getan hatten. Er war mit seinem achthundert Mann starken Heer zwei Tage vor der Schlacht am Tor der Festung erschienen. Quent hatte ihn das erste Mal in den Gängen der Festung getroffen und keine sonderlich erfreuliche Bekanntschaft mit ihm gemacht.

Quent wollte an diesem Tag etwas anderes sehen als den verlassenen Gemeinschaftsraum und das einsame Schachspiel auf dem Tisch. Er war so gelangweilt in seinem Sessel gesessen, dass er den Entschluss fasste, sich die Beine zu vertreten und dafür einige hämische Bemerkungen und Gelächter der Zwerge in Kauf zu nehmen.

Während er durch die Gänge schlenderte, merkte er, dass ihm die Blicke der Zwerge und der Gnome im Nacken weniger ausmachten.

Es stimmt, dachte Quent. Warum sich wegen etwas schämen oder aufregen? Es ist nun einmal passiert. Rückgängig kann ich es nicht mehr machen. Ich brauche mir wegen anderen das Leben nicht schwer zu machen. Ein Stein zu sein, das wäre toll. Einen Stein kann man beleidigen, bespucken, treten, das ist ihm alles egal. Man braucht sich über einen Stein einfach nicht zu ärgern, denn es interessiert ihn nicht, was man über ihn denkt. Er musste nur aufpassen innerlich kein Stein zu werden. Gegenüber Idioten würde er sich ab jetzt so verhalten, schweigend alles erdulden. Es war ein schönes Gefühl, so denken zu können, und ein kleines Lächeln erschien auf seinem Gesicht. Ist die wahre Stärke nicht im Inneren?

Er lief durch einen engen Gang an einigen unbekannten

Maschinen der Gnome vorbei, bis er den ersten Ritter des Heeres aus Thelanos sah. Der hatte seine Rüstung ausgezogen und lief in einem dunkelblauen Umhang an ihm vorbei. Auf dem Rücken war ein großes goldenes Pferd auf einem roten Schild gestickt: das Wappen des Erzherzogs.

Quent blieb stehen und schaute ihm nach. Ob er auch jemals ein eigenes Wappen tragen würde wie sein Vater?

»Du stehst mir im Weg«, sagte eine Männerstimme hinter ihm.

Quent drehte sich um. Vor ihm stand ein großer Mann mit vollem schwarzem Bart. Er hatte den gleichen blauen Umhang an, nur mit einer Krone auf der Brust und Schmuck um den Hals. Quent wusste, dass er den Herzog Marot von Thelanos vor sich hatte.

»Geh mir aus dem Weg, Bursche«, sagte der Herzog gefährlich leise.

Da der Gang genug Platz bot, beachtete Quent diese freche Order nicht und fixierte stattdessen die pechschwarzen Augen des Mannes vor ihm.

»Hey, du!«, sagte ein Bediensteter des Herzogs, der hinter seinem Herrn stand. Er hatte fettige, pechschwarze Haare. »Was fällt dir ein? Hast du nicht gehört? Steh meinem Herrn nicht im Weg oder willst du Sanktionen erfahren?«

Quent achtete nicht auf den Bediensteten und blickte weiterhin in das arrogante, hochnäsige Gesicht vor ihm.

Was für eine arme Person, dachte Quent, während er dem Adligen lächelnd Platz ließ. Der Herzog zögerte einen Augenblick, in dem er Quent einen verächtlichen Blick zuwarf und ging dann vorbei.

»Wurde auch Zeit«, sagte der Diener und stieß Quent

beim Vorbeigehen die Schulter stark gegen die Brust. »Deine Bauerneltern konnten dir wohl nicht beibringen, wie man sich vor einem großen Herrn benimmt?«

Er schaute Quent mit bösen, listigen, grünen Augen an. Als Quent nicht reagierte und ihn nur lächelnd anblickte, murmelte der Diener etwas von ›Feigling‹ und ›beschränkt‹, drehte sich auf dem Absatz um und folgte seinem Herzog.

Quent schaute ihnen zwar lächelnd, jedoch mit einem unguten Gefühl in der Magengegend nach. Er hätte den Diener für diese Beleidigung zur Rechenschaft ziehen können. Aber er wollte an sich arbeiten, und es lohnte sich nicht, sich wegen solcher Leute zu ärgern. Doch warum klingelten seine Alarmglocken gerade bei dem Diener des Herzogs?

Quent ging gedankenversunken zurück in den Gemeinschaftsraum. Graseggur saß in einem Sessel und unterhielt sich mit Nifia. Am Tisch erklärte der Gaukler wild gestikulierend Blain einige Schachzüge. Die Geschenke des Zwergenkönigs für Quent und Blain waren am Tag zuvor von Zwergen vorbeigebracht und in einer Ecke aufgestellt worden. Quent beschloss, noch einmal mit dem alten Zauberer zu sprechen, und wartete, bis Nifia sich entfernt hatte.

»Hallo, Quent«, sagte Graseggur und sah Quent tief in die Augen. Ein leichtes Zucken an seinen Lippen deutete für den Bruchteil einer Sekunde ein Schmunzeln an. »Du hast gute Farben im Gesicht. Kann ich etwas für dich tun?«

»Ich möchte an der Seite meiner Freunde kämpfen«, sagte Quent entschlossen.

Graseggur seufzte tief.

»Das kann ich leider noch nicht zulassen. Noch nicht.«

»Warum nicht?«, fragte Quent aufgebracht.

»Es gibt einen Feind, den du noch nicht besiegt hast. Dieser wohnt tief in dir drin und es könnte zu einem schlechten Ende führen, solange du ihn noch nicht bezwungen hast ... für alle.«

»Aber was ist es denn?«, fragte Quent, lauter als beabsichtigt.

»Tut mir leid mein Junge, aber das musst du selbst herausfinden.«

Der Abend vor der Schlacht. Faros Heer war schon in der Ferne gesichtet worden, einen Tag früher als erwartet. Quent würde am Kampf nicht teilnehmen, worüber er zwar gekränkt, aber heimlich doch sehr froh war. Er überlegte, was er tun konnte, um sich nicht vollständig nutzlos zu fühlen. Er erinnerte sich an den Merlitz. Er war der Diener seines Vaters gewesen, warum sollte er nicht wissen, wo sich das Zentrum befand, von dem im Brief seines Vaters die Rede war?

Er schloss sich in seinem Zimmer ein und setzte sich auf sein Bett. Er hatte ein ungewöhnliches Gefühl im Magen, eine Art Anspannung.

»Genzo?«, flüsterte Quent leise.

Nichts geschah.

»Genzo! Ich brauche dich«, sagte Quent lauter.

Stille. Quent wunderte sich schon, ob er die Sache mit dem Merlitz nicht geträumt hatte.

»Ich bin hier«, tönte es nah an seinem Ohr. Quent schreckte hoch.

Der Merlitz schwebte im Zimmer umher und grinste breit.

»Ihr habt mich gerufen, Meister? Hihihi.«

»Ich brauche Informationen von dir. Du warst doch der Diener meines Vaters?«

»In der Tat«, sagte das Geschöpf und hob neugierig die violetten Augenbrauen.

»Ich muss wissen, was das Zentrum ist und wo es liegt. Wenn du der Diener meines Vaters warst, wirst du mir sicherlich dabei helfen können?«

»Das Zentrum ...«, sagte Genzo nun mit einem geheimnisvollen Gesichtsausdruck und schwebte einige Male mit gekreuzten Beinen im Zimmer hin und her. »Ja ... hihihi. Da kann ich Euch ein wenig weiterhelfen.«

»Was ist es?«

»Was das Zentrum ist, können Euch vielleicht nur eine Handvoll Wesen in den Welten sagen. Was es wirklich ist, das weiß ich nicht. Ich weiß nur das, was ich von anderen gehört habe. Hihihi. Es ist das A und O, der Anfang und das Ende, die Energie, die Euch am Leben hält: Vergangenheit, Gegenwart und Zukunft. Es hält die Welten zusammen. Man sagt, es sei alles, und doch nichts. Es ist das Gute und das Böse. Tag und Nacht. Es ist die Kraft für den Kampf, die Liebe, der Hass ... es ist das, was Euch anspornt, es durchfließt Euch. Manche können diese Energie auch leiten: Zauberer und Magier, aber auch Krieger benutzen sie durch ihre Waffen, wenn sie ein starkes magisches Geschöpf besiegen, wie einen Drachen zum Beispiel ... so wurde es überliefert.«

»Edda?«

»Nein, Edda ist nicht das Zentrum. Hihihi. Edda ist Teil des Zentrums.«

»Weißt du, wo es liegt, kannst du mir das sagen?«, fragte

Quent nun fiebrig.

»Das Tor zum Zentrum liegt weit im Norden, im eisigen Kemijoki. Ich kann Euch bis zum Eingang führen, wenn Ihr es denn wünscht, aber ins Zentrum hinein kann ich Euch nicht begleiten.«

Kemijoki. Quent hatte diesen Namen schon einmal irgendwo gehört, er konnte sich aber nicht mehr erinnern.

»Ich möchte, dass du mich nach der Schlacht dorthin führst. Vielen Dank, Genzo.«

»Stets zu Diensten«, sagte der Merlitz, verbeugte sich und verschwand.

Das Zentrum ... die Reise wird immer spannender, dachte Quent und legte sich auf sein Bett. Sein nächstes Ziel kam greifbar näher.

Quent sann über den morgigen Tag nach. Wie sollte man sich fühlen vor einer Schlacht? Wie und was sollte man denken? Empfand es jeder anders? Er hatte Augustus, Will und Nifia seit dem Morgen nicht mehr gesehen. Adamas war wie leer gefegt. Die Ruhe vor dem Sturm. Würde er schlafen können? Wie bereiteten sich die Zwerge vor, wie die Gnome und wie die Menschen? Das Warten war unerträglich.

Lautes Dröhnen erscholl durch die Mauern bis zu seinem Zimmer und ließ die Wände erzittern. Quent schreckte auf. Er war eingeschlafen, ohne es zu merken. Er schaute zur Decke. Es war entweder noch spät am Abend oder schon sehr früher Morgen. Erneutes Dröhnen drang durch Adamas. Ein Horn wurde geblasen.

Jemand hämmerte an die Tür seines Zimmers. Quent sprang aus dem Bett und öffnete. Er war zu schnell aufgestanden, ihm wurde schwindelig.

»Komm mit«, sagte Will. Quent, noch leicht verschlafen, wurde am Arm gepackt und mitgezogen.

»Was ...«

»Sie greifen an.«

»Ich bin nicht angezogen.«

»Bist du.«

»Bin ich?«

Quent war angezogen auf seinem Bett eingeschlafen.

»Bei Karam!«, rief Tomper und stürmte halb angezogen aus einem Zimmer des Gemeinschaftsraums in das andere.

Will ging mit Quent zu seiner Rüstung. Nifia wartete schon mit Augustus auf sie, der Blain die Lederrüstung umschnallte.

»Hilf mir bitte, Nifia.«

Quent wurde gepackt, herumgedreht und mit Metallgegenständen festgeschnallt. Ehe er sich versah, hatte er den Wappenrock der Grauzwerge an und stand in voller Montur neben Blain, das Schwert und den Dolch aus Mithril an die Seite geschnallt. Will drückte ihm den Helm an die Brust.

»Los jetzt, ich bring euch in den Turm. Beeilung!«

»In den Turm?«, fragte Quent. Augustus drückte ihn an sich und Nifia gab ihm einen Kuss auf die Wange.

Will antwortete nicht und packte Quent wieder am Arm. Er zerrte ihn hinaus aus dem Gemeinschaftsraum, durch Gänge hindurch und Treppen hoch. Blain folgte ihnen. Geschöpfe und volle Karren rannten und fuhren schreiend und quietschend an ihnen vorbei. Ein verzerrtes Farbenspiel. Unwirklich.

Auf einem Treppenabsatz wartete Falfur Axtwurf auf

sie, der Zwerg, der sie nach Adamas gebracht hatte.

»Hallo, Falfur«, sagte Will. »Ich übergebe sie dir.«

Will rannte zurück die Treppe hinunter, ohne sich zu verabschieden.

»Kommt mit«, sagte Falfur. Er schloss eine Gittertür in der Wand auf. »Hier rein.«

Sie gingen hinein. Falfur folgte und schloss das Gitter hinter sich. Dann betätigte er einen Hebel, was die ganze Kammer erzittern ließ. Sie waren in einem hölzernen Aufzug. Es ging aufwärts.

»So etwas gibt es hier?«, fragte Quent überrascht.

»Gnome«, antwortete Falfur.

Nach einer kurzen Fahrt waren sie oben angekommen. Sie gingen aus dem Aufzug zu einer gegenüberliegenden Tür. Falfur öffnete sie.

»Da rein.«

Quent und Blain gingen hinein.

»Ist das alles wirklich nötig?«, wollte Quent fragen, aber da war die Tür auch schon zu und wurde von außen abgeschlossen.

»Er hat uns echt eingeschlossen ...«

Die beiden Jungs schauten sich an. Blain zuckte nur mit den Schultern. Erst jetzt bemerkte Quent, dass sich Blain noch einen langen grauen Umhang übergeworfen hatte, unter dem er die Lederrüstung trug, das Geschenk des Königs.

Sie waren in einem kreisrunden Raum, in einem Abstellraum mit Fenster. Gerümpel und mehrere Holzschemel standen und lagen herum. Das Fenster ließ das Licht der Morgendämmerung und die kühle Bergluft herein. Quent ging hin und ließ seinen Blick über das weiße

Land schweifen. Sie befanden sich auf dem höchsten und sichersten Ausguck von Adamas – hier würde der Feind als Letztes auftauchen, wenn es ihm überhaupt je gelingen sollte einzudringen.

Vor dem Haupttor der Festung herrschte reges Leben. Kommandos wurden gebrüllt. Ein Teil des Heeres aus Menschen, Gnomen und Zwergen hatte sich in viele kleine Bataillons aufgeteilt und marschierte geordnet auf die erste Verteidigungslinie zu. Die Außenmauern mit den Außenposten waren schon vollständig besetzt. Vor den zwei tiefen Spitzengräben, in denen scharfe Holzpfähle eingepflanzt worden waren, wartete ein schwarzes Heer. Quent schluckte. Der Kampf stand kurz bevor. Selbst Quent erkannte, dass ihre Feinde zahlenmäßig weit überlegen waren.

Er schämte sich. Er schämte sich so sehr. Graseggur hatte Blain und ihm befohlen, sich nicht an der Schlacht zu beteiligen. Nun waren sie hier, in Sicherheit, während unter ihm Menschen, Zwerge, seine Gefährten und Freunde kämpfen würden. Er hatte noch den gehässigen Blick all jener Zwerge und Gnome in Erinnerung, die erfahren hatten, dass er nicht kämpfen würde. Er wollte helfen. Jetzt, wo es Zeit war zu handeln, war er mutig. Warum hatte er nicht schon vorher mehr protestiert? Aber er durfte nicht.

Warum eigentlich? Quent sollte das Land von Faro befreien. Und warum durfte Selas dann kämpfen? Nur weil er den Auftrag von Tulil Blitzschnitt bekommen hatte? War Selas denn nicht ebenso wichtig wie er? Noch dazu hatten sie magische Rüstungen an. Nur … wollte er wirklich kämpfen? Quents Magen rebellierte sanft und er setzte sich auf einen Schemel am Fenster. Dunkle Wolken zogen vorbei und verdeckten das Land mit ihren Schatten. Die Angst kroch in ihm hoch und füllte ihn komplett aus. Sie ließ ihm die Hände zittern. Er hatte sie oft gespürt, seit sie von Alfenberg losgelaufen waren. Verstohlen in ihm, in einem kleinen Bereich seines Körpers, versteckt. Ihm wurde bewusst, dass Angst ein großer Faktor sein konnte: Seine Hände zitterten allein schon bei dem Gedanken an eine Schlacht ... um Leben und Tod ... Leben und Tod. Will ich das wirklich? Was würde es ihm nützen, den Helden spielen zu wollen? Eine Person mehr oder weniger auf dem Schlachtfeld, was würde das ausmachen? Rein gar nichts – lächerlich, wenn man bedenkt, wie viele Tausende kämpfen würden ... Oder? Aber was ist mit deinen Freunden, sagte eine kleine Stimme in seinem Kopf. Kämpfen sie nicht um Adamas? Kämpfen sie nicht um dich? Sind sie nicht wegen dir in diese Situation geraten? Gibt es wirklich nicht etwas, um das es sich lohnt zu kämpfen, um das es sich lohnt ... zu sterben? Was ist mit Freundschaft? Liebe? ... Frieden? Er wurde mutiger.

Laut dröhnte ein dunkles Horn in der Ferne, das Quents Magen weiter zusammenziehen ließ. Dutzende Hörner antworteten und ein dumpfer Trommelwirbel flog mit dem Wind durch das Fenster an sein Ohr. Der gerade erworbene Mut verflog und ihm brach der Angstschweiß aus.

»Quent!«, sagte Blain, blass vor Angst. »Es beginnt!«

»Ja«, antwortete Quent matt. Sein Mund war trocken.

Stetig zunehmendes Gebrüll drang bis zu ihnen hinauf. Hier und da vernahmen sie dicke, dumpfe Aufschläge, gefolgt von einem leichten Beben des Bodens. Schwacher Gestank von brennendem Öl breitete sich aus. Die Flut der Angreifer knallte wie berstende Wogen gegen die

Verteidigungsmauer. Sie achteten nicht auf die Gräben mit den spitzen Pfählen, sie achteten nicht auf ihr Leben. Fühlten sie überhaupt etwas? Quent stand auf und setzte sich auf einen Schemel, weg vom Fenster. Er wollte nicht wissen, was draußen geschah. Sein Körper zitterte und Übelkeit überkam ihn.

Quent glaubte nicht daran, dass Faros Heer Adamas bezwingen konnte. Von dem Fenster aus hatte er die verschiedenen Teile der Festung betrachten können und Selas hatte ihm viel erzählt. Die ganze Anlage war in fünf Berge unterteilt: Vier dienten als Wachtürme, die alle mit einer dicken, sternförmigen Mauer verbunden waren, und Adamas prunkte in der Mitte. Durch unterirdische Gänge und ein Karrensystem waren die verschiedenen Außenposten für kleinere Trupps schnell erreichbar. Quent würde es nicht wundern, wenn der größte Teil ihres Heeres unter der Erde war.

»Es ist verrückt ...«, sagte Blain. Er war zum Fenster gegangen und sah hinaus.

»Was denn?«, sagte Quent.

»Noch vor einer Stunde war ich so motiviert, so gierig darauf bedacht, meinen Freunden unten auf dem Schlachtfeld beizustehen. Jetzt könnte ich mich nicht bewegen, würde ich einem Feind gegenüber stehen ... ich hätte zu große Angst. Und wir hören gerade nur dem leisen Lärm des Kampfes zu.« Sein Freund drehte sich zu ihm um. Er hatte Tränen in den Augen. »Was, wenn wir unten stehen und die ganzen Opfer sehen würden? ... ich könnte nicht kämpfen.«

Quent seufzte.

»Angst ...«, sagte Quent leise. Er wusste jetzt, was

Graseggur mit der letzten Hürde meinte. Jetzt wurde ihm klar, warum er Quent mit Blain in einem Turm eingesperrt hatte, von wo aus sie, wenn sie es denn wirklich wollten, von sich aus und ohne Druck von anderen, in den Kampf ziehen konnten. Denn Blain konnte ihn sicherlich als Adler tragen.

»Angst ist die letzte Hürde. Ein echter Krieger wird man wohl nur, wenn man seine Angst überwindet und dem Tod ins Gesicht sieht. Man kann innerlich noch so reif sein, die Erfahrung ist die letzte Hürde. Was, wenn unsere Freunde fallen? Die einzigen, die wir haben?«

Quent spürte nun, wie viel ihm Freundschaft wert war.

»Wenn Adamas fällt, wird Faros Heer auch zu uns gelangen ... Ich schwöre, ich werde sterben, um sie zu schützen ...«

»Du willst runter?«

»Ich bin ein Prinz. Mein Vater war einer der größten Herrscher der Menschen, das hat Tulil Blitzschnitt selbst gesagt. Ich bin nicht den weiten Weg hergekommen, um mich von Zwergen und Gnomen auslachen zu lassen.«

Blain sah ihn mit großen, feuchten Augen an.

»Ist das dein Ernst? Und was ist mit Graseggur?«

»Graseggur ist nicht mein Vater. Mein Vater hätte sicherlich gewollt, dass ich Seite an Seite mit Selas für die Befreiung von Pentra kämpfe.«

Quent stand auf und reichte Blain grinsend die Hand. Seine Augen blitzten vor Kampfeslust: »Wir können sie dort unten nicht allein lassen.«

Blain schien zuversichtlicher zu werden. Er trocknete sich mit dem Ärmel die Augen ab, lächelte breit und reichte Quent die Hand.

»Freunde bis zum Ende«, sagte Blain, dann ließ er die Hand los und umarmte Quent lange.

»Kannst du mich als Adler tragen?«, fragte Quent und eilte zum Fenster. Er setzte den Helm auf.

»Das fragst du noch?« Blain verschwand in einer schwarzen Wolke und der große Adler erschien an Quents Seite.

Quent schwang sich auf seinen Rücken und krallte sich im Gefieder fest.

Freunde bis zum Ende!

Der Adler stürzte sich aus dem Fenster und schoss im Sturzflug in Richtung des Schwarzen Meeres unter ihm, das manchmal von hohen weißen Bergen und von einer roten Gischt unterbrochen wurde, die an der Brandung von Adamas emporschnellte. Es war ein wundervolles Gefühl, durch die Luft zu fliegen.

Der Lärm der Schlacht übertönte nun den Wind, der Quent um die Ohren pfiff und seinen Umhang flattern ließ. Unter ihnen vergrößerte sich alles in Sekundenschnelle. Quent zog sein grünes Mithril-Schwert. Er hatte Angst. Aber wusste, wie man kämpft. Er hatte trainiert. Er konnte seine Angst kontrollieren.

Eine Explosion ertönte. Dann noch zwei weitere. Staub, Geröll und Funken stoben in alle Richtungen. Faros Heer hatte Löcher in die erste Verteidigungsmauer gesprengt.

Als der Staub sich legte, sah Quent das riesige Loch in der Wehrmauer, an der die Angreifer durchgebrochen waren. Wie kleine Insekten strömten die schwarzen Gestalten auf die andere Seite, auf der sie schon von den Verteidigern erwartet wurden.

Blain flog tief über die Köpfe der Angreifer hinweg.

Quent wirbelte sein Schwert und hieb auf beiden Seiten auf die Joste und Dunkelzwerge ein. Pfeile flogen an ihnen vorbei oder prallten an Quents Rüstung ab. Blain murmelte einen Zauber und ließ einen durchsichtigen Schutzschild um sie erscheinen.

Quent sah in der Menge den Herzog Marot von Thelanos. Zwei Joste, die Marot nicht bemerkte, rannten von hinten auf ihn zu.

»Ich verabschiede mich hier«, sagte Quent. Er ließ sich rückwärts von Blains Rücken fallen und landete sicher hinter dem jungen Herzog auf dem Boden. Ein Sonnenstrahl, der die Wolken durchbrach, ließ seine Rüstung kurz aufblitzen und blendete die Angreifer. Er schlug ihnen aus seiner tiefen Position die Beine ab. Das Schwert glitt durch die Knochen wie Butter. Die getroffenen Joste fielen erschrocken und schreiend zu Boden und krümmten sich in ihrem eigenen Blut.

Der Herzog drehte sich um.

»Du?«, rief er.

Quent grinste und wirbelte in die Schar der angreifenden Joste, parierte hier und da Stiche und Schläge und konterte mit gezielten Angriffen. Klebrig warmes Blut spritzte auf sein Gesicht und befleckte seine Rüstung.

Die Zwerge und die Joste, die ihn sahen, hielten überrascht inne. Die Angreifer bildeten einen großen Halbkreis um ihn, voller Verwunderung über das plötzliche Erscheinen des neuen Kriegers. Sie zögerten anzugreifen.

Quent stand an vorderster Front der Schlacht. Er nutzt den Augenblick der Verwirrung und verschaffte sich einen Überblick der Lage. In kürzester Zeit war großer Schaden angerichtet worden. Leichen mit fehlenden oder zertrümmerten Gliedmaßen lagen herum. Wut stieg in ihm hoch. Er packte sein Schwert fester mit zwei Händen und rannte schreiend auf den ersten Jost zu. Der war so erschrocken von Quents ungewöhnlicher Erscheinung und Reaktion, dass er sich nicht regte und im nächsten Augenblick geköpft wurde. Quent hieb auf den nächsten und einen Dritten ein. Dann besannen sich die Angreifer wieder und wandten sich laut brüllend dem Kampfgeschehen zu. Das Überraschungsmoment war vorbei. Nun wurde es schwieriger. Es lief für Quent immer öfter auf längere Einzelkämpfe hinaus.

Obwohl die Zwerge und Menschen in guter Ordnung und diszipliniert ihrem Gegner gegenüberstanden, wurden sie durch die schiere Überzahl der Gegner immer weiter zurückgedrängt. Die Raurer, Joste und Dunkelzwerge prallten in einem zunehmend größeren Durcheinander auf die Verteidiger, und es war nie vorherzusagen, was das Angreiferheer als Nächstes vorhatte.

Quent kämpfte erbittert an der Seite des Herzogs. Er überlegte kaum, er ließ sich von seinen Instinkten leiten, da er die Taktiken und Planungen des Herzogs nicht kannte, der sich um diesen Abschnitt der Mauer kümmerte. Seine magische Rüstung schützte ihn dabei äußerst effektiv. Er holte sich nur blaue Flecken und Prellungen.

Nach einer Ewigkeit, so kam es Quent vor, gewannen sie langsam wieder an Boden. Erfreut über diese kleinen Siege schöpften die Verteidiger neuen Mut und schlugen härter und mit größerem Eifer auf ihre Gegner ein.

Ein dunkles, markerschütterndes Gebrüll ertönte. Ein gepanzerter Raurer erschien im Loch der Mauer. Er war noch um einiges größer als der, den Quent in Baara gesehen hatte. Seine langen Hörner und Zähne trieften vor Blut. In der Hand hielt er eine große Eisenlanze. Quent machte sich wortwörtlich in die Hosen, was in dem Geruchschaos und bei seinem durch die Schlacht mitgenommenen Aussehen nicht auffiel.

»Oh, nein!«, sagte Marot. »Das hat uns gerade noch gefehlt!«

Der Raurer schnüffelte und schnaufte um sich herum. Er erblickte Quent und dann den Herzog. Brüllend rannte das Wesen los, stieß mit seiner Lanze hier und da Joste und Dunkelzwerge aus dem Weg und hielt direkt auf Quent zu. Quent wich zurück, den Schrecken in den Knochen. Der Raurer holte aus und schlug zu. Hilfe! Quent duckte sich mit einem unterdrückten Angstschrei.

Nifia!

Ein Jost, der neben dem Raurer stand, bekam den Eisenschaft ab und flog tonlos einige Meter durch die Luft.

Augustus!

Der Raurer trat gegen Quent und ließ ihn mit einem heftigen Stoß gegen seine Hintermänner prallen.

Will!

Quent keuchte und rang nach Atem.

Tomper!

Speere flogen über Quent, landeten auf dem Raurer und bohrten sich tief in sein Fleisch.

Selas!

Der Raurer schüttelte sich und riss die Speere heraus, als wären sie nur lästiges Ungeziefer.

Graseggur!

Die Lanze hob sich erneut und flog seitlich mit voller Wucht gegen Quent.

Blain!

Quent hörte es knacken und wurde durch den Aufprall durch die Luft geschleudert.

Hilfe!

Noch in der Luft spürte er, wie ihn etwas an der Rüstung packte. Er wurde über das Schlachtfeld hinweg in Richtung des Eingangstors zu Adamas getragen. In einer Klaue neben ihm sah Quent sein Schwert.

»Blain?«, stöhnte Quent benommen.

»Junge, Junge«, sagte Blain. »Das war knapp.«

»Ich glaube, mein Arm ist gebrochen. Ich kann ihn nicht mehr bewegen.«

»Das ist ja das kleinere Übel. Du wärst fast draufgegangen!«

»Weißt du, wo die ...«

Weiter kam Quent nicht. Ein Raurer unter ihnen warf einen Felsbrocken nach ihnen, der gegen Blains Zauberschutz knallte. Durch die Stärke des Aufschlags wurde Blain aus seiner Flugbahn gerissen und ließ Quent fallen. Schreiend stürzte Quent hinab und landete im Matsch aus einer Mischung von Blut, Exkrementen und feuchter Erde. Sein Schwert drang tief neben seinem Kopf in die Erde. Noch benommen spürte er, wie sich die warme Flüssigkeit in seiner Rüstung ausbreitete. Menschen und Zwerge tummelten sich um ihn herum. Er war inmitten eines umzingelten Bataillons der Grauzwerge gelandet.

»Ach, wer schließt sich denn da unserer Tanzveranstaltung an?«, fragte ein Zwerg mit einem großen Hammer und reichte ihm die Hand. Quent wurde hochgerissen. Der Schmerz erwachte in seinem linken Arm. Er fing an, höllisch wehzutun.

»Falfur?«

»Zu Diensten. Ihr habt einen großartigen Flug hingelegt, Quent, Siklingurs Sohn.« Der Zwerg zog mit einem Ruck Quents Schwert aus dem Boden und reichte es ihm. »Ihr seid also mit dem Adler aus dem Turm geflüchtet?«

»Ja.« Quent spürte, wie ihm das Blut aus dem Gesicht wich. »Mir wird schlecht. Ich glaube, mein Arm ist gebrochen.«

»Das haben wir gleich. Marwox!«

Ein Gnom mit einer roten Mütze und einer großen Ledertasche kam herbeigeeilt.

»Tüchtiges Kerlchen, dieser Marwox, müsst Ihr wissen. Ich glaube, der erste und einzige Gnom, den ich respektiere. Habe mit ihm noch gestern um die Wette getrunken und verloren! Mit dieser Eigenschaft hätte er eigentlich ein Zwerg werden sollen.«

»Ja, Meister Falfur?«, sagte Marwox.

»Der Junge hier braucht eine Schiene und etwas gegen den Schmerz.«

»Jawohl, Meister Falfur, wird gemacht!«

Marwox knipste die Tasche auf und wühlte in ihr herum. Dabei verschwand fast sein ganzer Oberkörper in ihr.

»Ah! Hier, bitte Meister Junge, trinkt.« Er entkorkte eine kleine Phiole aus Glas und reichte sie Quent. Quent trank sie in einem Zug und hustete heftig. Sein Hals brannte und er fing an zu schwitzen.

»Was hast du mir gegeben?«, hauchte Quent.

»Branntwein von meinem Schwager, Meister Bergwox. Die letzten Flaschen, die ich habe. Er ist leider vor einer

Woche mit seinem Kessel explodiert. Bitte legt euren Arm frei, Meister Junge.« Er wühlte wieder in seiner Tasche herum.

»Du kannst mich Quent nennen.«

»Jawohl, Meister Quent. Es ist mir eine Ehre.«

»Achtung!«, rief Falfur und riss Quent, der ihm am nächsten stand, nach hinten. Quent landete hinter Falfur auf dem Bauch. Ein Stich fuhr von seinem gebrochenen Arm hoch über die Schulter und bis zur Leiste. Bum! Quent spürte die Vibration der Erde beim Einschlag in jeder Faser seines Körpers. Kleine Steinchen prasselten auf ihn herab. Er drehte sich langsam um.

»Katapulte!«, rief einer der Zwerge und der Ruf wurde weitergebrüllt.

Falfur stand stumm vor einem großen Felsbrocken, genau an dem Platz, an dem sich Quent noch kurz zuvor befunden hatte.

»Marwox?«, sagte Falfur und eilte um den Stein. »Oh, Jimir, oh, Jimir, nein! Marwox!«

Quent stand auf und folgte dem Zwerg. Als er den grauenhaften Anblick sah, drehte er sich sofort wieder um und hätte sich fast übergeben. Der Felsbrocken hatte Marwox zur Hälfte begraben, nur die Beine lagen noch halb abgerissen im Freien.

Wie in Trance griff Falfur seinen Hammer fester mit beiden Händen, drehte sich zu einer der Fronten und rannte brüllend durch die Grauzwerge und in die gegnerische Linie hinein.

Quent schluckte. Was war das alles nur für ein Unsinn? All dieses sinnlose Töten? Er wollte nur noch zu seinen Freunden.

Er rannte los. Er vermutete sie am Eingangstor zu Adamas und schloss sich einer Gruppe von Grauzwergen an, die versuchten sich dorthin durchzuschlagen, um eine Verbindung zu ihrem umzingelten Bataillon herzustellen. Er kämpfte verbissen mit all seiner Kraft und sie rückten Stück für Stück näher. Seinen gebrochenen Arm ließ er einfach auf der Seite baumeln und versuchte, ihn zu vergessen. Er fühlte den Schmerz kaum noch.

Es war nicht einfach durchzubrechen, immer wieder wurden sie zurückgedrängt. Der Boden zu ihren Füßen wurde zunehmend schlammiger. Körper und Glieder lagen verteilt auf dem Boden um sie herum. Die untergehende blutrote Sonne spiegelte das Geschehen in ihrer Farbe wider. Es war eine erbarmungslose Schlacht. Quent musste einen kühlen Kopf bewahren, um nicht von seiner Übelkeit und Angst übermannt zu werden. Es roch nach Urin und Exkrementen, Blut, Erde und Schweiß.

Er war schon nahe am Tor, als er in einiger Entfernung Blain erkannte, der – von Menschen- auf Adlerform immer wieder wechselnd – durch die Luft wirbelte und die Joste mit Feuerbällen und Blitzen bewarf. Quent schlug fester auf die Gegner ein und stand schließlich unmittelbar unter dem Zeichen von Hammer und Axt am Eingangstor.

»Wir haben es geschafft!«, rief einer der Zwerge voller Freude und hob die Arme. Er verstummte und brach von einem Pfeil im Kopf getroffen zusammen.

»Quent, hierher!«, rief ihm jemand zu.

Quent versuchte, die Person ausfindig zu machen, die ihn gerufen hatte, ohne sich von den Geschehnissen ablenken zu lassen. Es war Augustus, der gerade einem Zwerg zu Hilfe gerannt kam. Nicht weit von ihm kämpften

Nifia und Selas Seite an Seite. Sie sahen den Raurer nicht, der sich ihnen näherte.

Panisch rannte Quent los, rutschte im Matsch aus, fing sich wieder, sprang über blutende Leichen und Körper, die stöhnend oder schreiend mit dem Tode rangen. Einige Pfeile flogen an seinem Kopf vorbei und einer prallte an seiner Rüstung ab. Er rammte einem Jost sein Schwert in den Bauch, ließ es dort stecken und zog blitzschnell seinen Dolch aus dem Gürtel. Der Raurer holte mit seiner mächtigen Keule aus. Quent warf sein Messer. Der gut gezielte Wurf drang tief in das linke Auge des enormen Geschöpfs und es brüllte vor Schmerzen auf. Quent zog das Schwert aus dem Körper des Jostes, der auf die Knie gesackt war.

Selas drehte sich um, stieß Nifia zur Seite, wich der Keule des Raurers aus und hackte blitzschnell auf dessen Hand ein. Quent gesellte sich zu ihm und stach in den Bauch. Grüne Flüssigkeit drang heraus. Vor Wut um sich schlagend, traf das Geschöpf Selas mit einem dumpfen metallischen Klang. Die Wucht des Treffers ließ Selas durch die Luft über das Schlachtfeld fliegen.

»Selas!«, rief Quent, aber seine Stimme ging im Schlachtenlärm unter. Er konnte sich nicht weiter um seinen Zwillingsbruder kümmern, denn der Raurer griff nun ihn an. Er hatte den Dolch noch in der Augenhöhle und schlug mit seiner riesigen Keule auf Quent ein, das blutige Gesicht wut- und schmerzverzerrt. Die Erde vibrierte bei jedem Schlag, der auf dem Boden landete und tiefe Spuren hinterließ. Quent wich glücklich jedem der Schläge aus. Dann kamen einige Bogenschützen des Herzogs Quent zu Hilfe und streckten den Raurer mit mehreren Pfeilschüssen nieder.

»Es scheint, als hätte ich mich in Euch getäuscht, Prinz Quent.«

Quent drehte sich um und erkannte Herzog Marot, der ihn auf seine hochnäsige Art anblickte. Quents Miene verfinsterte sich.

Das Gesicht des Herzogs ging in ein freundliches Lächeln über.

»Man sollte nicht auf Gerüchte hören. Ich glaube, ich könnte noch einiges von Euch lernen.«

Mit diesen Worten wandte er sich wieder dem Kampf zu.

Es scheint, auch ich hatte mich in Euch getäuscht, dachte Quent und schaute dem Herzog nach. Das Äußere zeigt nicht immer, wer wirklich drinnen steckt.

Die Front verlagerte sich zugunsten der Verteidiger weg vom Eingangstor und die Lage an dieser Stelle beruhigte sich. Hinter einem kleinen sicheren Felsvorsprung neben dem Eingang zu Adamas trafen sich die Freunde. Auch Blain kam angeflogen und verwandelte sich zurück. Quent atmete schwer von der Anstrengung. Er setzte sich auf einen großen Stein. Er hatte seinen gebrochenen Arm vergessen, der sich mit einem höllischen Schmerz wieder meldete.

»Leg bitte den Arm frei«, sagte Blain.

Quent gehorchte, wobei Nifia ihm behutsam half. Der Unterarm war rot und blau und deutlich angeschwollen. Auf halber Länge zwischen Handgelenk und Ellenbogen war eine Beule unter der Haut zu sehen.

»Das sieht nicht gut aus«, sagte Nifia.

»Verdammter Mist«, sagte Quent. »Und das ohne

Krankenhaus und Ärzte, die ihn gescheit richten können.«

»Ach, das haben wir gleich«, sagte Blain. Er legte seine Hand auf die gebrochene Stelle und murmelte ein paar Wörter in einer für Quent unbekannten, dunklen Sprache.

Quent spürte, wie sich die Knochen in seinem Arm wie von Geisterhand richteten und zusammenwuchsen. Es war unangenehm, aber nicht schmerzhaft. Blain hob die Hand und der Arm war wieder ganz. Quent bewegte ungläubig den Arm und die Finger seiner Hand.

»So etwas kannst du auch?«, fragte Quent.

»Graseggur hat es mich letzte Woche gelehrt. Er hat gemeint, dass es in meinem Alter unmöglich sein sollte, so eine Kunst zu erlernen und dass ich normalerweise für die Heilung einer offenen Wunde mehrere Jahre bräuchte. Na ja, ich konnte es in ein paar Tagen.«

»Mich wird bald wirklich nichts mehr überraschen können ...«

»Quent!«

Quent drehte sich um und sah, wie Selas sich humpelnd zu ihnen bemühte. Er hatte die Flugeinlage gut überstanden und war mit Schlamm und Blut beschmiert gut weggekommen.

»Was machst du hier?«, fragte Selas. Er war erstaunt, aber sichtlich erfreut. »Ich dachte, Graseggur hätte dir verboten zu kämpfen.«

»Ich kann meine Freunde doch nicht im Stich lassen, egal, welchen Ärger ich danach bekommen werde.«

Sie grinsten sich an.

»Ach, hier«, sagte Selas. »Das hast du im Raurer stecken lassen.« Selas gab Quent den Dolch zurück.

»Danke! Den habe ich in der Aufregung ganz

vergessen.«

»Ist die Luft wieder rein?«, fragte eine blecherne Stimme.

Ein dicker Mann kam in die Runde gewatschelt. Er hatte keinen einzigen Flecken und keine Schramme auf seiner etwas zu klein geratenen Rüstung.

»Tomper?«, fragte Quent. »Du kämpfst mit?«

»Na ja ...« Tomper wiegte sich auf den Ballen hin und her. »Ich habe aufgepasst, dass keiner den Bogenschützen in den Rücken fällt, die dort oben neben dem Eingangstor versteckt sind.«

Die Gruppe schmunzelte.

»Wo sind Will und der Gaukler?«, fragte Quent. »Ich habe sie bis jetzt noch nicht gesehen.«

»Wissen wir nicht«, sagte Nifia. »Wir haben sie vor einiger Zeit aus den Augen verloren.« Sie setzte sich auf einen Stein neben Quent und drückte ihn an sich.

»Der Gaukler benimmt sich seltsam, seit Faros Heer den Angriff gestartet hat«, sagte Augustus. »Er war sehr unruhig ... Graseggur hat dir doch befohlen, im Turm zu bleiben. Geht es dir gut?«

»Ja, mir geht es gut, danke«, log Quent. Er wollte ihnen nicht zeigen, wie sehr ihn diese schreckliche Erfahrung mitgenommen hatte. »Wo ist Graseggur?«

»Er unterstützt die nördlichste Front. Dort hinten, hinter dem Berg, wo es blitzt.«

»Wie geht es denn jetzt weiter?«

»Wir halten unsere Stellungen gut«, sagte Selas. »Wir haben noch eine große Reserve, die Adamas besetzt. Wir versuchen jetzt, die Joste so weit es geht zur ersten Wehrmauer, die die Berge um Adamas herum verbindet, zurückzudrängen. Dann sind die versteckten Eingänge der unterirdischen Gänge wieder unser und wir können sie benutzen, um einen Großteil unserer Soldaten in den Berg zurückzuziehen. In der äußeren Wehrmauer ist ein großes Loch, sie ist durchdrungen. Wenn die Joste einmal auf der anderen Seite des Lochs sind, kann ein größeres Bataillon sie in Schach halten und wenn nötig einen schnellen Rückzug einleiten. Die Verwundeten können in der Festung verarztet werden und sich ausruhen. Sollen die Joste sich an den Mauern von Adamas die Zähne ausschlagen und uns belagern. Wir sind für mehrere Monate versorgt. Durch die unterirdischen Gänge kommen wir in alle Himmelsrichtungen.«

»Faro wird an uns kleben bleiben, bis er hat, was er will«, sagte Augustus. »Wir müssen ihn so schnell wie möglich besiegen, oder es wird eine sehr lange Schlacht. Er wird Zeit finden, neue Joste zu erschaffen. Und irgendwann, egal wie lange es auch dauern mag, wird er Adamas in die Knie zwingen. Wie das Meer das Land langsam verschluckt, wird er an den Mauern kratzen, bis sie fallen. Faro will das Schwert, das du in den Händen hältst, Selas. Du hast das Schwert geerbt und bist also derjenige, der ihn stürzen soll.«

Selas nickte. »Wir müssen es König Tulil Feuerbart berichten.«

»Diesen Gedankengang hatte er schon längst, denn sonst wären von ihm niemals Soldaten zwischen den Wehrmauern aufgestellt worden, wo sie zum Teil ungeschützt sind. Tulil Feuerbart will diese Schlacht so schnell wie möglich für sich entscheiden.«

»Na ja, lasst uns etwas die Stimmung aufheitern. Ich habe da diesen einen Witz, den ich ganz lustig finde.«

»Du willst mitten in einer Schlacht einen Witz erzählen?«, fragte Quent.

»Warum nicht? Nachher ist es vielleicht zu spät. Muss man denn unbedingt zwischen Leid und Tod nur deprimiert und traurig sein? Ein kleiner Lacher wird uns ganz guttun. Auf jeden Fall, da sind diese zwei Gnome, die in ein Wirtshaus gehen und etwas trinken wollen. Sagt der eine zum Schankwirt: Zwei Halbe! Sagt der ...«

Ein Horn hallte über den Schlachtenlärm hinweg und ein schriller Schrei durchdrang das Tal, der sich tief in ihre Seelen bohrte. Flügelschläge waren zu hören, die mit jedem Herzschlag lauter wurden. Eine unheimliche Stille legte sich über das Tal. Die Freunde rannten vor den Felsvorsprung.

Vereinzelte ängstliche Ausrufe ertönten. Einige Soldaten zeigten Richtung Himmel. Quent blickte nach oben. Ein roter Feuerball flog hoch im Himmel über sie hinweg. Sein langer Schweif und der schwarze Rauch zeichneten seine Flugbahn. Er kam kreisend und rasend schnell auf sie zugeschossen.

»Was ist das für ein Teufelswerk?«, rief Selas und starrte voller Furcht auf den herannahenden Feuerball.

»Weg hier!«, rief Augustus. »Es schlägt hier ein!«

»Bei Karam!«, schrie Tomper und hastete ihnen nach.

Sie rannten so schnell sie konnten von der voraussichtlichen Einschlagstelle weg. Als der Feuerball nur noch einige Dutzend Meter vom Boden entfernt war, meinte Quent Flügel auszumachen.

Gleich schlägt er auf, dachte Quent. Das überleben wir nicht!

Zu seiner Verwunderung wurde der Feuerball langsamer und landete in einem Bogen sachte auf der blutgetränkten und von Leichen übersäten Erde. Die Flammen zogen sich zu einem Glimmen zurück. Vor ihnen stand ein ausgewachsener rot glühender Drache mit pechschwarzen Hörnern. Das Tier war narbenübersät und hatte schwarze Runen auf seiner Hüfte. Wo es auch den Boden berührte, brannte die Erde. Und der Drache war nicht allein.

Stille. Ängstliche Stille breitete sich aus. Man konnte das Atmen der umstehenden Zwerge und Menschen hören. Auch die Joste, Dunkelzwerge und Raurer wagten nicht, sich zu bewegen. Was Quent dann sah, konnte er kaum fassen.

»Bei Jimir!«, rief ein Zwerg erschrocken in seiner Nähe.

Nifia keuchte.

Das Wesen, das den Drachen geritten hatte, stieg ab und schwebte vom Rücken des Tieres hinunter auf den Boden. Sein langer schwarzer Umhang hing in Fetzen an ihm herab. In seiner Hand hielt er einen langen schwarzen Holzstab, auf dessen Spitze ein purpurner Edelstein blitzte. Das Gesicht war von einem schwarzen Tuch verhüllt. Rundungen und Beulen im Stoff zeichnete ein abgemagertes, skelettartiges, menschenähnliches Wesen. Doch das war für Quent nicht das Furchteinflößendste an ihm ... er brannte! Von Augen und Kopfhaut stiegen Flammen in den Himmel, die seinem Gewand und dem Stoff im Gesicht nichts anhaben konnten.

Quent fiel es wie Schuppen von den Augen. Faro! Der Zauberer Faro! Kaum war ihm dieser Gedanke durch den Kopf geschossen, da stürmte Selas auch schon los.

»Selas! Warte!«, rief Quent.

Sein Zwillingsbruder hörte nicht auf ihn und hastete

mit gezücktem Schwert immer weiter auf den Zauberer zu. Selas hatte Faro fast erreicht, da bewegte der Zauberer in einer geringschätzigen Bewegung seinen Stab. Selas prallte im Lauf gegen eine unsichtbare Wand und wurde in die entgegengesetzte Richtung zurückgeschleudert. Scheppernd landete er auf dem harten Boden und blieb benommen liegen. Selas war gescheitert.

Schreiend rannte nun auch Quent auf Faro los.

»Quent, du Narr!«, schrie Nifia. »Du kannst nichts ausrichten! ... Bleib hier!«

Aber Quent war es egal. Er hatte keine Angst und hier war die Ursache allen Übels. Er war derjenige, der Faro besiegen musste und nicht Selas. So hatte es Graseggur gesagt. Und er würde es heute beenden, ein für alle Mal. Er fühlte es ... er wusste, dass es seine Bestimmung war.

Aus dem Augenwinkel sah Quent, wie Selas sich langsam hochrappelte. Selas ... Hass. Rache. Alle Gefühle vermischten sich, kamen mit einem Schlag aus ihm heraus. Für Mutter und Vater und alle, die du Hund auf dem Gewissen hast!

Faro durchdrang Quent mit seinem feurigen Blick. Die Flammen wurden größer und pulsierten auf seinem Kopf. Er wirbelte geschickt seinen schwarzen Stab durch die Luft und stieß ihn mit voller Wucht hinunter in den Matsch.

Ha! ... Lächerlich, dachte Quent.

Ein dumpfes Geräusch ertönte und im nächsten Augenblick fing die Erde an zu beben. Quent verlor das Gleichgewicht und stürzte. Wieder einmal drangen Flüssigkeiten jeder Art unter seine Rüstung und weichten seine Wäsche ein. Quent durchfuhr ein Schauder. Oder war es doch nur das Beben? Es wurde stärker. In einem weiten

Kreis um Faro und die Schaulustigen herum wurde die Schlacht fortgeführt.

Mit einem Mal stand Tomper neben Quent, sein Gesicht war voller Tatendrang: »Komm! Steh auf! Schnell!«

»Tomper?«

Sein Freund war wie verwandelt. Die Furcht war vollständig von ihm gewichen. Er strahlte Kraft und Entschlossenheit aus. Quent wurde von dem Gastwirt mühelos hochgehoben und zurück in Richtung Adamas geschleppt.

Das Beben hörte so schnell auf, wie es begonnen hatte. Kleine Risse bildeten sich unter ihnen, die sich bei jedem Meter, den sie zurücklegten, vergrößerten.

»Bei Karam! Was mache ich denn bloß hier!«, schrie Tomper. Sein Lauf wurde immer ungeschickter. Die Beine des Wirtes versagten und er fiel schluchzend hin. Quent stoppte und half ihm hoch. Sein Freund hatte seinen gerade erworbenen Mut wieder verloren.

»Tomper? Was ist los? Wir müssen weg hier!«

Ein Ruck durchfuhr den Boden.

»Quent, Tomper! Bei Jimir, kommt her!«, rief Selas und stürmte auf sie zu. Augustus, Nifia und Blain folgten ihm.

›Du bist Quent, der Sohn des Siklingurs‹, dröhnte eine krächzende Stimme in Quents Kopf. Quent wirbelte herum. Faro kam auf ihn zu. Der Kopf des Zauberers brannte jetzt lichterloh. Er war nur noch einen Katzensprung von Quent entfernt, als der Boden nachgab und einen Meter nach unten sackte. Quent und Tomper verloren den Halt und fielen hin. Faro blieb in der Luft schweben und streckte eine graue Hand nach Quent aus.

»Rühr meinen Bruder nicht an, du Mistkerl!«, rief Selas.

Faro hielt inne.

›Selas!‹ Faros Stimme drang tief in Quents Seele, stach in sein Herz und schnürte ihm die Kehle zu. Quent hielt sich die Brust und versuchte zu atmen. Er sah noch, wie Selas im Spurt nach hinten gerissen wurde, einen leuchtend roten Pfeil in der Brust.

»Selas!«

Adrenalin schoss durch Quents Körper, während ihm das Herz in die Magengegend rutschte. Selas! Dann verlor er den Boden unter sich und stürzte mit Tomper und ein paar Josten, die zu nahe an Faro gestanden waren, in die Tiefe. Tomper und die Joste schrien aus Leibeskräften. Sie überschlugen sich und fielen endlos, endlos tief ins Schwarze, bis sie um Quent herum in der Finsternis verschwanden. Vor Angst verkrampft, gab Quent nur ein leises Jammern von sich und erwartete jeden Moment den brutalen Aufschlag, der seine Flamme für immer auslöschen würde. Er dachte an all die Versäumnisse in seinem Leben: Nie hatte er jemand Nahestehendem gesagt, wie gerne er ihn hatte; nie hatte er den warmen, duftenden Körper eines Mädchens in den Armen gehalten und ihr gesagt, wie sehr er sie liebte. Er würde jetzt sterben. Faro würde die Macht übernehmen. Es war lächerlich und kindisch gewesen, wie er auf den mächtigen Zauberer zu gerannt war. Vielleicht hatte er so seine Ehre wiedererlangt, aber niemand würde sich deswegen in einhundert Jahren an ihn erinnern.

Kapitel X.
Der Drache Sorros

Plumps. Quent lag mit vor Schreck aufgerissenen Augen auf dem Rücken. Er atmete nicht. Er war federweich im Matsch gelandet. Ein zähflüssiger, schleimiger Matsch. Tief war er eingedrungen, er war in diesem Matsch regelrecht versunken und bekam keine Luft. Quents Überlebensinstinkt schaltete sich ein. Panisch fing er an, mit den Armen nach oben zu rudern. Er musste an die Oberfläche kommen. Er erreichte sie und schnappte nach Luft. Ein beißender Gestank nach Tier und alter Spucke drang in seine Nase. Es störte ihn nicht. Er lachte und weinte gleichzeitig und dankte allen möglichen Göttern, von denen er bis jetzt gehört hatte, für diesen unglaublichen Zufall. Er konnte nicht glauben, dass er noch am Leben war.

Ein leises Stöhnen ertönte nicht weit von ihm.

»Tomper?«, fragte Quent ängstlich und blieb reglos liegen.

»Bei Karam!«, ertönte Tompers Stimme in der Finsternis. »Ich dachte, ich gehe drauf und würde meine schöne Gaststube im Goldtal nie wiedersehen.«

»Tomper! Mein lieber Tomper! Ist alles in Ordnung mit dir?«

»Ich denke schon.« Quent hörte ein leises Klatschen und Klopfen. Tomper überprüfte alle seine Gliedmaßen auf irgendwelche schrecklichen Verletzungen. »Bei mir schon, nichts gebrochen. Und wie ist dir, mein Junge? Die anderen würden mir die Hölle heißmachen, wenn du mit einer großen Beule nach Hause kommst, das kannst du mir glauben.«

Quent grinste breit.

»Mir geht es gut, mach dir keine Sorgen.«

»Wo sind wir hier? Und vor allem, auf was sind wir gelandet? Bei Karam!, wir müssen jemanden ziemlich Mächtiges an unserer Seite haben, der uns richtig gerne hat. Dass wir diesen Sturz überlebt haben, ist noch unglaublicher als der brennende Kopf von diesem Zauberer Faro. Wir sind bestimmt die Höhe eines ganzen Berges runtergefallen!«

»Ich weiß es nicht«, antwortete Quent. Er versuchte, sich zu bewegen, was nur sehr schwer ging. Er wischte sich den Dreck aus dem Gesicht und aus den Augen, die leicht brannten. »Das Zeugs ist ziemlich klebrig. Bäh ...«

Langsam erhellte sich die Umgebung für Quent und er konnte Umrisse erkennen.

»Tomper!«, sagte Quent leise. »Joste sind auch mit heruntergefallen!«

»Bei Karam!«, sagte Tomper. Seine Stimme klang wieder ängstlicher. »Wirklich?«

Quents Augen hatten sich erstaunlich gut an die Dunkelheit gewöhnt. Er blickte sich um. Sie waren in der Mitte einer feuchten Höhle. Stalaktiten und Stalagmiten hingen und standen um sie herum. Die Öffnung des Lochs, durch das sie gefallen waren, war nicht zu sehen. Tomper war ein paar Meter weiter neben ihm in dem hellen Matsch gelandet. Quent schluckte. Einen Meter weiter und sein Freund wäre auf dem Höhlenboden aufgekommen. Die Joste hatten den Sturz nicht überlebt. Der Körper des einen war von einem Stalagmiten durchbohrt und zerrissen worden. Die Körper der zwei anderen lagen zerschmettert auf dem harten Felsboden. Quent wandte sich ab.

»Sie sind tot.«

»Karam sei Dank!«

Langsam erholte sich Quent von dem Schrecken. Sein Puls beruhigte sich und die Erinnerungen kamen wieder. Selas. Ein dicker Kloß rutschte ihm den Hals hinunter. Wie konnte ein Pfeil diese magische Rüstung durchstoßen? Er hatte nicht nach einem normalen Pfeil ausgesehen. War es Faro, der Selas angegriffen hatte?

»Quent?«, fragte Tomper verunsichert und holte Quent aus seinen Gedanken zurück. »Wo bist du?«

»Ich bin hier drüben.«

Tomper hatte sich aus der klebrigen Masse befreit und tastete sich am Höhlenboden entlang in die Richtung, aus der er Quents Stimme gehört hatte. Quent blinzelte und rieb sich die Augen. Er sah seinen Freund noch leicht verschwommen.

»Wo? Ich kann dich nicht sehen ...«

»Aber es ist nicht so dunkel hier ... ist etwas mit deinen Augen passiert?«

»Nein, ich glaube nicht ... sie schmerzen nicht. Aber es ist alles schwarz, als hätte ich mein Augenlicht verloren.« Sein Tonfall änderte sich Wort für Wort in ängstliches Jammern.

»Keine Angst, es muss eine Erklärung dafür geben. Vielleicht erkennst du etwas, wenn sich deine Augen an die Dunkelheit gewöhnt haben. Zuerst müssen wir weg von hier und einen Ausgang finden. Puah, stinkt das hier. Widerlich.«

»Oje, oje ... Karam stehe uns bei! Ich glaube, wir sitzen ziemlich in der Patsche. Wir werden hier unten jämmerlich verhungern ...«

»Nein, wir werden nicht verhungern«, sagte Quent und versuchte, einen zuversichtlichen Tonfall zu treffen, was ihm jedoch nicht sonderlich glaubhaft gelang. »Wir schaffen das schon, irgendwie ... zumindest ist uns nichts passiert. Das hätte normalerweise böse enden müssen.«

Quents Augen wurden von Minute zu Minute schärfer. Er befreite sich aus der klebrig stinkenden weißen Masse und inspizierte ihr Gefängnis. Zu seiner großen Freude befanden sie sich nicht in einem geschlossenen Loch. Zwei hohe und breite Gänge gingen in entgegengesetzte Richtungen von ihrem Standpunkt aus ab.

Es war kalt unter der Erde. Quents Atem hing in einem dichten Schleier vor seinem Gesicht. Er ging zu den Gängen und untersuchte sie. Sie waren gute fünf Meter hoch und doppelt so breit. Einer führte bergauf, der andere bergab. Er lief zurück zu Tomper und sah etwas Längliches in der weißen Masse stecken. Es war sein Schwert, das mit ihm in die Tiefe gestürzt war. Quent zog es heraus und betrachtete es. Die Waffe hatte ihre grüne Farbe verloren und war grau geworden. Quent tastete nach seinen Augen. War er farbenblind geworden? Quent säuberte das Schwert und steckte es zurück in seine Scheide. Er schaute Tomper und seine Hände genauer an. Er konnte scharf sehen, zwar alles in Grautönen, aber dennoch klar und deutlich. Vielleicht eine Gehirnerschütterung vom Sturz? Hatte sein Hinterkopf etwas abbekommen?

»Ich habe das Gefühl, wir sind in Mist gefallen«, sagte Tomper.

»Das Zeugs ist aber nicht dunkel. Wir sind auf etwas mit einer weißen Farbe gefallen.«

»Dann ist es eben weißer Mist oder so was ...«

»Wer würde denn bitte weiße Exkremente von sich geben?«, fragte Quent verwundert.

»Vielleicht ein Tier, das Gallenprobleme hat, ich weiß nicht ...«

Quent seufzte.

»Lass uns bitte nicht von tierischem Mist reden. Wir müssen nach Adamas zurück. Ich habe zwei Gänge gefunden, die uns von hier fortbringen könnten. Der eine steigt an, der andere geht weiter in die Tiefe. Glaube ich zumindest. Ich würde es mit dem probieren, der nach oben geht. Was meinst du?«

»Ich richte mich nach dir, ich kann eh nichts sehen.«

»Komm, ich werde dich führen«, sagte Quent und nahm Tomper am Arm. Er geleitete ihn vorsichtig zum Gang und hinein, immer darauf bedacht, dass sein Freund nicht gegen die Wände stieß oder stolperte.

In der nächsten halben Stunde verbesserte sich Quents Sehfähigkeit deutlich. Er konnte schon fast so gut sehen wie im Tageslicht, nur weiterhin ohne Farben. Quent wunderte sich über die neue Sehschärfe. In dieser tiefen Dunkelheit unter der Erde sollte er eigentlich nicht mehr sehen können als Tomper. Nämlich überhaupt nichts.

»Siehst du etwas?«, fragte Tomper nach längerem Schweigen. »Kannst du schon ein Ende sehen?«

»Nein. Vor uns liegt einfach nur ein Tunnel aus Gestein und Geröll.«

»Bei Karam!, wäre ich doch bloß nie von meinem Gasthaus fort. Jetzt bin ich mitten im Krieg und verloren in Jimirs Fleisch, ohne Augenlicht.«

Tomper fing an zu weinen. Quent fand keine Worte, um

seinen Freund zu beruhigen und aufzumuntern, darum schwieg er und versuchte selbst einen kühlen Kopf zu bewahren.

Als Tomper sich von selbst beruhigt hatte, fragte er: »Wie kommt es eigentlich, dass du etwas siehst und ich nicht?«

»Ich weiß es nicht.«

»Du siehst erst, seitdem wir in den Matsch gefallen sind, oder?«

»Ja, das stimmt. Hast du etwas davon in die Augen bekommen?«

»Nein. Du etwa?«

»Ja.«

»Bei Karam!, vielleicht kannst du durch den Matsch im Dunkeln sehen!«

»Ich weiß nicht, ob das wirklich sein kann ... Obwohl … seitdem sich Menschen in irgendwelche Tiere verwandeln können, Zauberer mit Blitzen um sich schießen, Zwerge sich betrinken und Gnome Eisenbahnen bauen, warum sollte ich nicht daran glauben, dass irgendein Matsch mich im Dunkeln sehen lässt?«

»Eisen … Bahnen?«

»Ja, so Kutschen aus Eisen, die wie die Wagen der Gnome funktionieren, nur mit einem Fahrer und in viel größer.«

»Ach?«

»Na ja, zumindest könnte der Matsch eine Antwort sein.«

Eine lange Zeit, die Quent als eine Ewigkeit empfand, liefen sie Hand in Hand den einsamen Höhlengang entlang. Ihre Schritte hallten an den Wänden wider. Es roch nach

Tier und feuchtem, modrigem Gestein. Die Luft schmeckte salzig. Kein Zeichen von Leben war zu sehen oder zu hören. Ihr Weg schlängelte sich immer weiter aufwärts. Quent führte Tomper weiterhin sicher. Er hatte hier, tief unter dem Graugebirge, wo der Wirt nichts sah, die Verantwortung für das Wohlbefinden seines Freundes übernommen. Einige Male gab es gefährliche Stellen, bei denen wie aus dem Nichts vor ihren Füßen ein Abgrund erschien und den sie mit größter Vorsicht umgehen mussten. Manchmal verschwanden die Wände des Ganges und sie mussten dünne Brücken überqueren, bei denen jeder Fehltritt den sicheren Tod bedeutet hätte. Dann blickte Quent durch tiefe Leere ins Innere des Berges, das aus einem so dichten Grau bestand, dass man es mit einem Messer wohl hätte durchschneiden können.

Ihr Zeitgefühl hatten sie an diesem unwirklich erscheinenden Ort schon nach kurzer Zeit verloren. Quent versuchte zwar immer wieder zu schätzen, wie lange und wie weit sie schon gelaufen waren, aber es gelang ihm nicht. Sie hätten mehrere Stunden, aber auch genauso gut schon mehrere Tage oder Wochen unterwegs gewesen sein können. Ohne auch nur kleinste Hinweise von Tageszeiten war dies unmöglich. Alles schien nichtig. Er wollte nur hinaus.

Dann fing der Hunger an, sie zu plagen. Ihren Durst stillten sie an kleinen Wasserlachen, die sich hier und da an beiden Seiten des Ganges gebildet hatten. Ob das Wasser überhaupt trinkbar war … darüber dachten sie nicht nach. An einer größeren, abgestandenen Wasserlache wuschen sie sich nach dem Trinken so gut sie konnten, um die dicke Dreckschicht zu entfernen, die auf ihrer Haut Krusten gebildet hatte.

Quent fühlte, wie er langsam schwächer wurde. Das Wasser hatte Tomper und ihm letztendlich doch nicht gutgetan. Sie litten unter Bauchkrämpfen und Übelkeit. Quent musste sich eingestehen, dass sie es wohl nicht mehr lange aushalten würden, wenn sie nicht bald sauberes Wasser und etwas zu essen zu sich nahmen.

War Verhungern ein qualvoller Tod?

Würde er vorher verrückt werden?

Quent schluckte. Alte Soldatenbriefe, die er damals in der Schule in Alfenberg lesen musste, kamen ihm wieder in Erinnerung. Einer hatte geschrieben, dass Verhungern wie einschlafen in einem tranceähnlichen Zustand wäre, ein anderer, dass es undenkbare Qualen mit sich brachte. Und manche schrieben von Kannibalismus. Quents Herz rutschte ihm in die Hose. Furcht breitete sich in ihm aus. Was würden ihre Überlebensinstinkte mit ihnen anrichten? Würde Tomper ihn angreifen? Würde er irgendwann Tomper angreifen? Quent schüttelte den Kopf, verdrängte diese grässlichen Gedanken und hielt Tompers Hand nur noch fester. Sie waren Freunde, das durfte er nicht vergessen. Ihre Bäuche schmerzten und zogen sich zusammen. Sie konzentrierten sich nur noch darauf, Fuß vor Fuß setzend, weiterzukommen.

Sie hatten seit einiger Zeit kein Wasser mehr gefunden und humpelten nur noch langsam voran. Ihnen wurde allmählich schwindlig. Quent dachte an die hoffnungslose Lage, in die er Tomper und sich gebracht hatte. Hätte er doch den anderen Gang nehmen sollen? Und gerade als Quent die Hoffnung aufgeben wollte, jemals wieder an die Oberfläche zu kommen, bemerkte er es. Täuschten ihn seine Gefühle und seine Sinne, oder wurde es etwas wärmer? Die Luft wurde frischer, obwohl sie immer noch sehr beißend nach Tier roch. Es wurde einfacher, die stickige Luft des Ganges zu atmen. Diese kleine Veränderung in ihrer Umgebung gab Quent neue Kraft und Hoffnung.

»Tomper!«, sagte Quent angestrengt und matt. Seine Lippen waren ganz ausgetrocknet und rissig. »Ich glaube, wir kommen bald an die Oberfläche. Merkst du auch, dass es wärmer geworden ist? Die Luft lässt sich einfacher atmen.«

»Ja, du hast recht …«, sagte Tomper in einem gleichgültigen Ton. Er blickte nicht auf. Der Wirt war noch angeschlagener als Quent. Er hatte es innerlich schon aufgegeben, jemals aus diesem Gang und zur Oberfläche zu kommen.

Als sie noch ein gutes Stück gelaufen waren, sagte Tomper mühsam, doch sichtlich erfreut: »Licht ... dort hinten ist Licht! Ich kann also doch noch sehen. ... ich hoffe nur, wir schaffen es noch rechtzeitig ...«

Quent hatte die Veränderung der Lichtverhältnisse in dieser grauen Umgebung nicht wahrgenommen. Aber es stimmte: Vor ihnen sah Quent einen orangefarbenen Lichtpunkt. Zu müde und zu schwach, um zu antworten, konzentrierte er sich darauf, schweigend voranzukommen. Fuß vor Fuß. Quent redete sich Mut zu. Bald geschafft ... Fuß vor Fuß ... nur noch ein kleines Stückchen ... Er hatte unglaublichen Hunger und Durst. Die Augen offen zu halten und bei Besinnung zu bleiben war ein enormer Kraftakt. Noch ein bisschen ...

Quent trat ins Licht. Er genoss den kleinen, aber

ungewöhnlich heißen Luftzug, der ihm über das Gesicht und durch die Haare wehte. Im selben Moment stürzte Tomper zu Boden.

»Tomper!«, rief Quent voller Panik. Sie verlieh ihm neue Kräfte und ließ ihn den Hunger vergessen. »Tomper!«

Sein Freund war ohnmächtig.

Quent schaute sich um und suchte nach Wasser, nach etwas zu essen oder Hilfe. Als er sah, wo er sich befand, ließen seine Beine nach und er sank auf die Knie. Sie waren nicht wie gedacht an die Oberfläche gekommen, sondern standen in einer großen Höhle. Und in was für einer! Pure Goldadern hingen in großer Zahl über ihm aus der Decke und Gold lag überall vor ihm auf dem Boden verteilt. Goldmünzen, Goldstatuen, Goldkessel, Besteck aus Gold, Rüstungen aus Gold, Kettenhemden aus Gold und Waffen aus Gold. Quent sah nur Gold, wohin das Auge reichte. Sie waren auf einen riesigen Schatz gestoßen.

Daher kam das Licht ..., dachte Quent. Er war überwältigt vom Anblick dieses immensen Schatzes. Reich ... ich bin reich! Dieser Gedanke breitete sich blitzartig in seinem Kopf aus. Euphorie und Egoismus überkamen ihn, als er seinen gierigen Blick auf diese unschätzbaren Reichtümer ruhen ließ. Zum ersten Mal in seinem Leben war er reich. Er würde sich alles leisten können, von dem er immer geträumt hatte.

Dann brach die Realität wie ein Hammerschlag über ihn herein. Reich, aber tot. Was nützt all das Geld der Welt, wenn man stirbt?

Quent sackte in sich zusammen und schloss die Augen. Er konnte nicht mehr aufstehen, er konnte keinen Finger mehr rühren. Seine Kräfte hatten ihn verlassen. Quent hatte sich damit abgefunden. Er würde hier sitzen bleiben und auf den Tod warten, der langsam seine knorrigen Flügel über ihn ausbreitete, um ihn zu umschlingen.

Komm doch, dachte Quent. Er war verärgert, dass er noch klar denken konnte, obwohl seiner Hülle die Energie ausgegangen war. Komm doch und nimm mich mit! Ich habe keine Angst vor dir! Hol mich, so wie du all jene vor mir geholt hast, die noch ein anständiges, langes Leben gehabt hätten. Mich kannst du ohne Reue mitnehmen. Mich werden nicht viele Menschen vermissen. Eine Handvoll vielleicht ... nur eine Handvoll vielleicht ... aber eine Handvoll guter Menschen.

Quent öffnete die Augen. Eine Träne bahnte sich ihren Weg durch sein verdrecktes, ausdrucksloses Gesicht. Sie konnten hier nicht sterben. Nicht hier. Nicht alleine. Nicht irgendwo, viele, viele Meter unter der Erde, in einer Grotte mit Gold. Quent ließ noch einmal seine Augen über die Berge aus Gold vor ihm schweifen … Was war das?

Tomper stöhnte. Er war wieder aufgewacht.

»Quent?«, flüsterte der Wirt matt. »Warum regnet es Feuer? Hilf mir, ich brenne! Ich verbrenne innerlich. Feuer, in mir! Oh, Karam, hilf mir! Ich höre sie. Befreie mich von den Stimmen in meinem Kopf! Ich fühle, wie sich etwas durch meinen Körper bewegt. Schlangen. Ich habe Schlangen im Bauch! Schlangen fressen mich auf, essen mein Feuer. Rauch! Warum erdrücken mich die Wolken? Quent!«

»Nein, Tomper, du hast kein Feuer und keine Schlangen in dir. Bitte, beruhige dich, ich bin da. Ich muss kurz etwas nachsehen. Ich gehe aber nicht weit weg. Warte bitte einen Augenblick, ich komme gleich wieder.«

»Geh nicht fort!« Tompers Stimme war trocken und weniger als ein Flüstern geworden. »Nicht fort ...«

»Ich bin gleich wieder da, ich schwöre es dir.«

Quent sammelte seine ganze Kraft und stand zitternd auf. Schwindlig vor Durst hielt er sich einige Sekunden lang den schmerzenden Kopf. Dann lief er auf die Stelle los, die er eben bemerkt hatte. Es konnte nicht sein, dass er das gesehen hatte, was er vermutete.

Quent erreichte eine große Nische in der Wand, aus der Hitze unsanft sein Gesicht streichelte. Feuer loderte am hinteren Ende der runden Einkerbung und davor lag, warum auch immer, ein kleiner Hügel Wild. Frische, kürzlich erlegte Hirsche und Rehe, Schweine, Wölfe und Vögel jeder Art lagen übereinandergestapelt auf dem Boden in den unschönsten Verrenkungen.

Wie …? Quent konnte sich nicht im Traum vorstellen, wie die Tiere hierherkamen, aber bei dem Anblick überfiel ihn eine Idee, ihre einzige Überlebenschance. Ihm wurde übel bei dem Gedanken. Er langte an seinen Gürtel und zog sein Mithril-Messer, dann schnitt er sich ein großes Stück Stoff von seinem Umhang ab und kniete sich vor das erstbeste Reh. Quent zögerte. Sie würden verdursten, wenn er es nicht schaffte sich zu überwinden. Mit zitternder Hand stieß er schließlich das Messer in den Hals des Tieres und schnitt die Halsschlagader auf. Das durch das Feuer warmgehaltene Blut spritzte aus der Wunde. Quent legte das Tuch auf den Hals und spürte, wie es sich mit dem Lebenssaft tränkte. Er kämpfte gegen den Brechreiz an und hätte sich wohl übergeben, wäre sein Magen nicht leer gewesen. Dann legte er das Tuch an den Mund und schluckte die dickliche, leicht nach Metall schmeckende

Flüssigkeit mit geschlossener Nase hinunter, zuerst in kurzen, dann in immer längeren Zügen. Quent spürte, wie seine Lebensgeister allmählich wieder vereinzelt zurückkamen, und trank weiter.

Als er fertig war, schnitt er ein weiteres Reh auf und versuchte, so viel Blut, wie er mit seinem Tuch speichern konnte, mitzunehmen und rannte zu Tomper.

»Mach deinen Mund auf, ich habe Wasser gefunden!«, log Quent und goss den roten Saft in Tompers Mund. Quent rannte einige Male hin und her, bis Tomper wieder stark genug war, sich aufzusetzen.

»Bei Karam!«, krächzte Tomper, als er sich ein wenig ausgeruht hatte. Er öffnete langsam die Augen. »Ich dachte, ich sterbe. Wie oft habe ich das nun schon gedacht? Ich hätte mein schönes und hauptsächlich ruhiges Gasthaus wirklich niemals verlassen sollen.«

»Na, wenigstens bist du wieder ganz der Alte«, sagte Quent müde grinsend.

Tomper seufzte und richtete seinen Blick auf Quent. Seine Augen weiteten sich und ihm stand Entsetzen im Gesicht.

»Bei Karam!«, schrie er. »Du blutest ja! Du blutest aus dem Mund!«

»Nein, Tomper, ich habe nichts. Mir geht es wirklich gut.«

»Schau dich doch nur einmal an!«, fuhr er fort. »Dein ganzer Mund und der Wappenrock sind voller Blut!«

»Das ist nichts, wirklich ... habe ich dir schon gesagt, dass ich etwas zu essen gefunden habe?«

Quent hatte schnell das Thema gewechselt und war erfolgreich. Er wollte nicht mehr daran denken, dass er gerade Blut getrunken hatte. Wie Tiere ... wie eine Art Monster ... ihm wurde wieder schlecht.

»Du hast Essen gefunden?« Tompers Lebensgeister waren wieder zurückgekehrt. »Wann? Wo? ... Hier? Jetzt? Wie ...? Aaaaah! Oooh ...«

Weitere Ausdrücke von Verwunderung folgten, in denen er Quent fassungslos, mit weit geöffnetem blutigem Mund und aufgerissenen Augen, anstarrte. Er hatte mit all dem Blut im Gesicht und auf der Brust etwas Gespenstisches, wie ein Untoter, der Quent anfallen wollte. Quent gluckste und zeigte Tomper seinen Fund.

»Bei Karam!, bei Karam! ... ich verstehe es einfach nicht. Woher kommt das ganze Gold? Wir sind ja reich! Und die Tiere! Hast du die Tiere gesehen? Die sind ja noch frisch! Das ist Essen für eine ganze Armee! Und warum ist hier Feuer?«

»Ich weiß es nicht. Aber lass uns erst einmal unseren Hunger stillen, nachher können wir immer noch spekulieren, warum wir wo und weshalb sind.«

Quent vermied es, seinem Freund die aufgeschnittenen Tiere zu zeigen. Ihm drehte sich der Kopf von den ganzen Satzstellungen und Fragen, die sie sich in der letzten halben Stunde gebildet und gestellt hatten, während sie sich große Stücke von den Tieren abschnitten und sie ins Feuer hielten.

»Wir müssen aufpassen, dass wir nicht zu viel essen«, sagte Tomper.

»Warum?«

»Weil wir fast verhungert wären und unseren lieben Tieren hier ade sagen können, wenn wir uns jetzt den Bauch vollstopfen. Wir würden genauso leblos daliegen wie sie.«

Ihr Hunger war so groß, dass sie die Stücke halb roh

verspeisten und sie kaum gekaut hinunterschlangen. Sie hörten aber früh genug auf, um ihren Körpern die Zeit zu lassen sich wieder an das Essen zu gewöhnen. Gesättigt und guten Mutes, jedoch mit einigen Bauchschmerzen, legten sie sich hin und schliefen, durch die Anstrengungen der letzten Tage sehr erschöpft, schnell und tief ein.

Als sie wieder nach einem unruhigen Schlaf erwachten, aßen sie noch ein paar Stücke von den Tieren. Dieses Mal nahmen sie sich Zeit.

»Wo hast du eigentlich das Wasser her, das du mir zu trinken gegeben hast?«, fragte Tomper, während er genüsslich auf seinem Stück Fleisch kaute. »Ich würde gerne noch ein paar Züge davon nehmen. Mmmh ... dieses Wildfleisch ist echt sehr gut.«

»Ich muss dir gestehen, dass ich dir kein echtes Wasser gegeben habe ...«, antwortete Quent.

»Nicht?« Tomper ließ überrascht sein Stück Fleisch sinken. »Was dann?«

»Es war ... na ja ... es war Blut von diesen Tieren hier.«

Langsam, aber konstant schneller werdend fingen Tompers Nasenflügel an zu zittern. Sein Gesicht bot ein sehr ungewöhnliches Farbenspiel: Weiß, Grün, Weiß, Grün, Gelb, Rosa, Grün ... es war verblüffend, wie ein Mensch in so kurzer Zeit so viele Farben im Gesicht haben konnte. Tomper öffnete den Mund, um etwas zu erwidern, schloss ihn jedoch sofort um ihn anschließend wieder zu öffnen. Dann schüttelte er den Kopf und schloss den Mund, schaute zuerst auf die Tiere und dann auf sich herab. Tomper erkannte das getrocknete Blut, das er vorher vor lauter Erschöpfung nicht wahrgenommen hatte, blickte zu Quent und wurde dunkelgrün im Gesicht. Dann zeigte er auf das Blut und öffnete den Mund. Ein unverständliches Quieken drang aus der großen schwarzen Öffnung.

Als der Wirt seine Stimme wieder gefunden hatte, sagte er: »Das hab ich getrunken? Aber ... aber es hat ja gar nicht nach Blut geschmeckt.«

»Es war wohl, weil du am Verdursten warst und in dem Moment den Geschmack nicht richtig unterscheiden konntest.«

Tomper hielt sich die Hand vor den Mund und unterdrückte einen Brechreiz. Er fasste sein Stück Fleisch nicht mehr an.

Gerade wollte Quent seinen letzten Happen in den Mund stecken, da nahmen sie, zuerst undeutlich, Erschütterungen im Boden wahr. Die leichten Vibrationen schwollen an. Ein dumpfes Stampfen wie das eines riesigen Ungetüms drang an ihre Ohren und ließ das Gold in der Grotte scheppern und klirren.

»Bei Karam!, was ist denn das jetzt schon wieder?«, fragte Tomper. Sein Gesicht war blass geworden.

Quent antwortete nicht, aber auch er spürte die Furcht in sich aufsteigen. Das Stampfen dröhnte aus einem Gang, den sie noch nicht gesehen hatten. Er lag auf der anderen Seite der Goldhügel, gegenüber dem Tunnel, aus dem sie gekommen waren.

»Schnell, hinter die Tiere!«, flüsterte Quent und sprang über einen großen toten Hirsch. Tomper folgte ihm auf dem Fuß. Die Masse der toten Tiere hinterließ einen unappetitlichen Geruch, aber so waren sie außerhalb des Sichtfeldes für was auch immer kommen mochte.

Und dann kam er herein: ein riesiger grauer Drache mit etlichen schwarzen Punkten auf dem langen, eleganten

Körper. Gemächlich bahnte er sich seinen Weg durch die funkelnden Schätze, die die weißen Schuppen auf seinem Bauch gelb und bläulich glitzern ließ. Er hatte ein langes, geringeltes, weißes Horn auf der Stirn und ein zweites, kleineres auf der Schnauze. Die gelben, schlangenähnlichen Augen blitzten und seine mächtigen Flügel flankierten zusammengefaltet seinen Körper.

Quent spürte die Angst, die ihn wie Feuer durchdrang. Er traute sich kaum zu atmen. Ein Drache! Sie waren in den Hort eines Drachens gelangt. Tomper und Quent starrten zitternd auf das mystische Wesen, das sich genüsslich wie ein Hund in seinem Körbchen auf dem höchsten Hügel des Hortes einrollte und reglos liegen blieb. Dann schnellte er seinen Kopf hoch und sog die Luft um ihn herum tief durch die Nüstern.

»Was rieche ich da?«, kam eine tiefe Stimme zu ihnen herübergeweht. Der Drache schnupperte weiter.

Quent schluckte. Der Drache hat uns gewittert ... und er spricht!

»Ich rieche, ich rieche ... rieche ...« Der Drache tat einen langen Zug durch die Nüstern. »Menschenfleisch! Aber, frage ich mich, was führt Euch zu mir? Euer Geruch ist mir unbekannt. Zwei Fremde. Wer seid ihr? Seid ihr Ritter und Knecht? Seid ihr gekommen, um eine Heldentat zu vollbringen? Oder seid ihr Narren, die meinten einem Drachen zu nahe kommen zu können? Ich bin Sorros, ältester lebender Drache von Pentra.«

Er zog ein weiteres Mal die Luft um ihn herum ein.

»Aaaah ... der Geruch von Angst. Zwei Jahrzehnte ist es her, seit ich das letzte Mal solche Gerüche wahrgenommen habe. Wie habt ihr mein Versteck gefunden? Wie habt ihr mich gefunden? ... Fragen über Fragen ... doch, zeigt euch nun oder soll ich euch holen kommen?«

Der Drache drehte schnuppernd seinen Kopf in ihre Richtung und schien hämisch zu lächeln. »Ihr habt euch euren Platz in meiner Vorratskammer gut ausgewählt.«

Quent machte Anstalten aufzustehen, aber Tomper hielt ihn zurück.

»Q … Quent! Nicht!«, stotterte Tomper flüsternd.

»Er weiß, wo wir sind. Es hat keinen Sinn, sich zu verstecken.«

Außerdem, dachte Quent, haben wir vielleicht noch eine Chance. Er erinnerte sich vage an ein Gespräch mit Graseggur, versteckt, irgendwo in den Tiefen seiner Erinnerungen: ›Renn einem Drachen mit weißen Flächen auf seinem Körper nie davon und schau ihm immer in die Augen, ehrfürchtig, demütig, und er wird dir nichts tun.‹

Quent stand zitternd auf und zog Tomper mit sich, der unterdrückt jammerte und unaufhörlich »Bei Karam! Bei Karam! ...« flüsterte. Sie umrundeten den Hügel von toten Tieren und blieben vor dem mächtigen Tier stehen.

Bebt der Boden oder zittere ich wie ein Mixer?, dachte Quent.

Der Drache legte interessiert seinen Kopf zur Seite.

»Ihr seht mir nicht so aus, als wärt ihr freiwillig hier.« Er fixierte Tomper und Quent auf eine Weise, als könnte er sie mit seinen Augen durchdringen. »Ihr habt Glück, dass ich erst vor Kurzem meine Vorratskammer gefüllt habe.« Er erhob sich von seinem Nest aus Gold und kam näher. Die Goldmünzen raschelten bei jedem seiner Schritte. »Aber etwas Abwechslung kann nicht schaden ... ja, warum nicht?«

Quent schluckte.

Kurz vor ihnen blieb der Drache stehen und schaute sie von oben herab an.

Quent riss sich zusammen, ging noch einen Schritt weiter und verbeugte sich tief vor dem Drachen. Je mehr Ehrfurcht, desto besser ...

Dem Drachen schien diese Reaktion zu gefallen. Er beugte seinen Kopf nach unten, um die Eindringlinge besser betrachten zu können. Quent und Tomper zuckten zurück. Sie fühlten den heißen Atem der Nüstern im Gesicht.

»Wer seid ihr?«, fragte der Drache erneut mit seiner dunklen Stimme, aber deutlich freundlicher.

»Neben mir seht ihr Tomper, Gastwirt aus dem südlich gelegenen Goldtal«, sagte Quent. Er ließ dem Drachen Zeit zu antworten.

»Das Goldtal kenne ich gut. Und Ihr?«

»Ich bin Quent, Siklingurs Sohn aus dem Hause der Tamin.«

Der Drache Sorros reagierte vollkommen unerwartet. Er schreckte hoch und riss seine gelben Augen weit auf, seine Pupillen verengten sich und er tat ein paar Schritte rückwärts.

»... dem Ihr noch einiges schuldet, denke ich, hihihi«, sagte eine hohe und weiche Stimme hinter Quent. Der erschrak bis ins Mark und wirbelte herum.

Vor ihm schwebte kopfüber eine kleine grüne Gestalt mit violetten Haaren und listigen gelben Augen.

»Genzo?«

Stille legte sich auf Sorros Hort. Der Drache fixierte Quent mit seinen gelben Augen. Es lag eine alte Furcht in ihnen.

Nach einer schier endlosen Zeit entspannte sich der Körper des Drachens wieder.

»Ihr seid wahrhaftig, Quent, Siklingurs Sohn«, sagte er langsam und richtete sich stolz auf. »Ich kenne diesen Merlitz. Er war damals an der Seite Siklingurs, hier in meinem Hort.«

Genzo flog, die Beine überkreuzt, amüsiert um den Kopf des Drachen herum.

Dann geschah etwas, das weder Tomper noch Quent erwartet hätten. Der Drache verbeugte sich und richtete seinen Blick zu Boden.

»Mein Leben liegt in Euren Händen, Quent, Siklingurs Sohn, Prinz der Tamin.«

Quent war ratlos, verwirrt, er wusste nicht, was er sagen sollte. Das war das Skurrilste, was er je erlebt hatte.

»Ich … Ich will dich nicht töten«, sagte Quent.

»Dann gibt es noch eine andere Möglichkeit«, sagte Genzo und landete breit grinsend neben Quent auf dem Boden.

»Was meinst du, Genzo?«

»Ihr werdet Faro als normales, sterbliches Wesen nicht besiegen können. Ihr habt zwar elbisches Blut in Euch, das Ihr einem Eurer Ahnen zu verdanken habt, aber Ihr seid im Großen und Ganzen nur ein einfacher Mensch. Hihihi. Ihr braucht Kräfte. Magische Kräfte. Ihr müsst ein Valuar-Ritter werden.«

»Ich habe was? Elbisches Blut? Was ist ein Valuar-Ritter?«

»Valuar-Ritter speichern alte magische Kräfte in speziell angefertigte Waffen. Das Schwert Eures Bruders ist so eines und auch Ihr habt so eine Waffe von König Tulil Feuerbart geschenkt bekommen.«

»Das Mithril-Schwert?« Quent griff an das Heft der Waffe.

»Ja. Hihihi. Euer Onkel und Euer Vater waren Valuar-Ritter. Sie hatten beide die Geister magischer Wesen in ihren Waffen und nutzten die Kraft im Kampf. Je älter und stärker der Geist, desto stärker wird der Valuar-Ritter. So lange der Träger lebt, lebt auch der Geist in der Waffe. Euer Schwert ist leer, Quent. Füllt es!«

»Ich bin bereit, meine Schuld an Eurer Seite auszutragen, Prinz Quent«, sagte Sorros.

»Ich ... ich kann das nicht«, sagte Quent. »Ich kann dich deiner Freiheit nicht berauben. Außerdem trägst du keine Schuld mir gegenüber.«

»Oh, doch«, sagte Genzo. »Das tut er.«

Quent sah die bestimmten Gesichter von Genzo und Sorros.

»Ist das wahr?«

»Es ist so, wie der Merlitz es gesagt hat«, sagte der Drache. »Siklingur hat mich vor zwei Jahrzehnten im fairen Kampf besiegt und am Leben gelassen. Seine einzige Bedingung war das Wohl seiner Familie. Wenn Faro die totale Herrschaft übernimmt, ist auch das Zeitalter der letzten Drachen vorüber. Ich schenke Euch meine Kraft, lebe an Eurer Seite weiter und bin doch von meiner Schuld befreit. Ich würde mich freuen, für dieses Ziel nützlich zu sein.«

Quent, überfordert von der Situation, setzte sich auf den Boden und sagte nur: »Gut, was soll ich tun?«

»Ihr? Nichts«, sagte Genzo. »Gebt mir Eure Waffe.«

Quent zog sein Schwert aus der Scheide und reichte es

dem Merlitz.

»Nun brauche ich noch einen Tropfen Blut von euch beiden. Hihihi. Gebt mir Euren Dolch, Quent.«

»Warum Blut?«, fragte Quent.

»Ein Tropfen beider Wesen auf die Waffe. Wie sich das Blut vermischt, werden sich eure Seelen aneinanderbinden. Das Schwert nimmt den Geist Sorros auf und wird nur von Euch getragen werden können.«

»Ich mache es selbst.«

Quent nahm seinen Dolch und schnitt sich in den Zeigefinger. Dann ließ er einen kleinen Tropfen auf die Klinge des Schwertes fallen.

»Nun, Sorros«, sagte Genzo.

Sorros kam näher und streckte eine Pfote aus.

»Es tut mir leid«, sagte Quent und drückte seinen Dolch in die Schuppen des Tieres. Das Mithril auf dem Dolch hielt, was es versprach.

»Und nun?«, fragte Quent.

»Nun bin ich dran«, sagte der Merlitz. Er legte das Schwert auf den Boden und fuchtelte mit theatralisch übertriebenen Gesten über dem Schwert herum. Dabei zog er Grimassen, die Quent unter anderen Umständen wohl zum Lachen gebracht hätten. Dann sagte er in einem unnatürlich tiefen Grollen einen Spruch, den Quent nicht verstand. Schließlich ließ er sich auf den Boden fallen, hob das Schwert auf und stieß es mit lautem Gebrüll in die Luft. Sorros schloss die Augen. Quent hielt den Atem an.

Stille legte sich auf den Hort. Es passierte nichts. Sorros öffnete ein Auge und lugte auf den Merlitz, der noch immer in derselben Position ausharrte.

»Bei Karam!«, sagte Tomper. »Und jetzt?«

»Was weiß ich«, sagte Genzo. »Ich bin nur ein einfacher Diener, der die letzten Befehle seines alten Herren ausführt. Hihihi. Ich habe dieses Ritual irgendwo abgeschaut und mache es zum ersten Mal. Ich habe keine Ahnung, ob das überhaupt funktioniert.«

In dem Moment, als Quent wütend wurde und etwas erwidern wollte, fing das Schwert an, hell zu leuchten.

»War nur Spaß, hihihi, und los geht's!«

Der Merlitz legte das Schwert auf den Boden und nahm etwas Abstand. Zwei Lichtstrahlen flogen von der Waffe ausgehend auf Quent und Sorros zu und stellten eine Verbindung her. Der Drache wurde durchsichtiger und löste sich schließlich komplett auf. Das Licht verschwand und zurück blieben Quent und Tomper.

»Bei Karam!«, hauchte Tomper atemlos. »Der Drache ist verschwunden! Und der Merlitz auch.« Der Wirt hatte sich, seit sie aus ihrem Versteck herausgetreten waren, nicht bewegt.

Quent ging zu seinem dampfenden Schwert und hob es auf. Bei der Berührung vibrierte es und ließ ein angenehmes warmes Gefühl durch seinen Körper fließen.

›Wir sind nun verbunden‹, sagte Sorros Stimme in Quents Kopf. ›Ich schenke Euch meine Kraft und werde Euch helfen, Eure Aufgabe zu beenden.‹

Danke für dein Opfer, Sorros, dachte Quent.

Quent steckte das Schwert zurück in die Scheide.

»Tomper, ich bin müde. Lass uns etwas ausruhen und dann den Weg hinaus nehmen.« Quent dachte an seine Freunde und seinen Bruder. Er hatte ihnen so viel zu erzählen. »Ich will nach Hause.«

»Das ist eine gute Idee. Nach Hause. Bei Karam!, darauf

freue ich mich wie ein wackelnder Pudding.«

Sie machten sich, so gut es ging, ein kleines Lager zurecht und schliefen schnell ein.

*****

Ein helles weißes Licht blendete Selas. Er fragte sich, wo er war. Leises Murmeln war zu hören, gefolgt von quietschenden Schritten. Oder war dieses Quietschen eine Stimme?

Selas fühlte sich wohl. Es war kuschelig warm und die silbernen Gestalten, die sich vor seinen Augen im Licht bewegten, schienen sich gut um ihn zu kümmern. Angus, dachte er sich und legte sorglos seinen Kopf auf die Seite. Ein leises konstantes Piepen drang an seine Ohren. Jemand legte ihm eine warme, weiche Hand auf die Stirn und dann auf die Backe. Selas wünschte sich, sie würde auf ewig dortbleiben.

Er blinzelte. Das Gesicht einer Frau wurde deutlich vor ihm sichtbar. Sie schien zu lächeln. Mutter? Er erinnerte sich zum ersten Mal nach langer Zeit wieder an seine Adoptivmutter. Alda. So war ihr Name gewesen, er wusste es wieder. Sterbe ich, dass mir meine Erinnerungen wiederkommen?

Plötzlich durchstieß ihn ein unerträglicher Schmerz, als würden ihn Abertausende Dolche durchbohren. Er schrie aus Leibeskräften. Er schrie seine Seele aus dem Körper. Sein ganzer Leib brannte, als läge er inmitten hoch lodernder Flammen. Er wurde wahnsinnig. Es soll aufhören, dachte er. Aufhören! Aufhören!

Selas zuckte und die Qualen schüttelten seinen Körper

durch. Dann ließen sie langsam nach. Er atmete schwer. Luft! Er erstickte! Dann kam sie wieder durch seine Lungen geströmt. Was ist los? Was geschieht mit mir? Was ... er konnte keinen klaren Gedanken fassen. Er erinnerte sich an die eine schreckliche Nacht. Er war noch ein Kind. Zentauren. Sein Oheim. Die Angst und der schreckliche Schmerz, den sie ihm damals zugefügt hatten.

Selas öffnete die Augen und blickte hinauf zu einer vermummten Gestalt, die sich über ihn beugte. Rote Augen blitzten aus der Schwärze der Kapuze heraus. Ein Jost!

Selas schaute sich um. Er lag gefesselt auf einem dreckigen Holztisch in einem nassen, modrigen Keller ohne Fenster. Fackeln hingen an den Wänden und erweckten dunkle Schatten zum Leben.

»Er ist aufgewacht, Meister«, sagte der Jost vor ihm. Er hatte eine junge, melodische Stimme, die überhaupt nicht an diesen düsteren Ort passte. Selas hatte sie schon einmal irgendwo gehört. Nur wo?

»Sehr gut.«

Selas lief es kalt den Rücken runter. Es war eine eisige, krächzende Stimme, ein Hauch von Tod, der ihm wie Frost ans Ohr wehte und den ganzen Raum erfüllte.

»Selas, Siklingurs Sohn. Welch ein unerwarteter und erfreulicher Fang, Meister«, sagte die junge Stimme vor ihm und versuchte, erheitert zu klingen.

»Wirklich?«, fragte die eisige Stimme.

»Ihr müsst wissen, dass ich alles Mögliche versucht habe, um sie zu fangen«, setzte der Jost eiligst fort. »Es gab kaum Situationen, in denen ich nicht versucht hatte, Euch ein Zeichen zu geben.«

»Lüge mich nicht an, Angu! Aber du warst mir wirklich

von großem Nutzen, das streite ich nicht ab. Du wirst dafür angemessen belohnt werden.«

»Danke, oh, Herr.«

Selas betrachtete hasserfüllt das Dunkel der Kapuze. Ein Verräter also ... ein Angu? ... das kann nicht sein. Wer bist du? Ich brauche nur einen kurzen Blick ...

Und diesen Blick bekam Selas, als Faro an seiner Linken auftauchte und an ihm vorbeiglitt. Er war die ganze Zeit über hinter ihm gestanden. Das Feuer seines Kopfes erhellte für einen Augenblick das ausdruckslose Gesicht des Jostes, des Verräters, und Selas stockte es den Atem. Er?

»Du Hund! Du verräterisches Schwein!«, schrie Selas. Er zerrte an seinen Fesseln und versuchte, sich zu befreien. Er wollte den Mann packen und in Stücke zerreißen.

»Spare dir deine Luft, mein Junge«, sagte Faro, ohne sich umzudrehen. »Bald wirst du mir gehören.«

Mit diesen Worten verließen beide den Raum und verriegelten die Tür.

Selas war allein und die Schmerzen begannen von Neuem. Er schrie und in seinen Fieberträumen lachte ihn das Gesicht des Verräters hämisch aus, während er zuckend auf dem Tisch lag.

»Selas!« Quent schreckte aus seinem Schlaf auf. Er war im Hort des Drachens. Tomper schlief seelenruhig neben ihm. Er legte sich zurück auf den Boden und versuchte, den Traum im Gedächtnis zu behalten. Doch je mehr er sich anstrengte, desto mehr verflossen die Gestalten und gingen in Vergessenheit über. Selas war gefangen! Faro hatte Selas! Wer hatte sie verraten? Er konnte sich nicht mehr an das Gesicht des Mannes erinnern. Quent stand auf und weckte Tomper.

»Es wird Zeit, Tomper. Wir müssen los. Faro hat Selas gefangen genommen.«

»Bei Karam! Nein! Woher weißt du das?«

»Ich habe es geträumt. Wir müssen, so schnell es geht, nach Adamas zurück.«

»Wir können aufbrechen, ich bin bereit.«

Sorros, kannst du uns hinausführen?, dachte Quent.

›Ja, Quent. Es ist kein langer Weg. Wir werden in fruchtbares Land kommen, in dem ihr euren Hunger und euren Durst stillen könnt.‹

Quent und Tomper machten sich auf und verließen den Hort. Sie gingen in den Gang, der sie zurück an die Oberfläche bringen würde, und verschwanden in der Dunkelheit.

Weitere Bücher von J.S. Kaiser:

Mango – Die kleine rosa Raupe
Kinderbuch, ab 5 Jahren
93 Seiten
ISBN 979-8-568318-23-1
Taschenbuch: 14,95€ oder eBook: 3,99€

Mango, die kleine rosa Raupe, fasst den Entschluss, in die Welt hinauszuziehen. Ihr Ziel: Sie will ihre Mutter finden. So beginnt für die kleine Raupe ein großes Abenteuer. Gemeinsam mit der Mücke Ramo macht sich Mango auf die Suche und entdeckt dabei fantastische Landschaften, findet neue Freunde und meistert Gefahren. (Eine Buchempfehlung des Bundesverband Kinderhospiz e.V.)

Besuchen Sie J.S. Kaiser im Internet:

www.jeremiekaiser.com
www.facebook.com/jeremiekaiserartist
www.instagram.com/j.s.kaiser

www.ingramcontent.com/pod-product-compliance
Lightning Source LLC
LaVergne TN
LVHW010427230826
846092LV00009BA/1077

9798700133746